書下ろし

飛行船月光号殺人事件

謎ニモマケズ

鳴神響一

目次

序　十三夜に煉獄を見た男

昭和三年の十三夜、帝都は雲ひとつない好天に恵まれた。

「こりゃあいい……。終電でやって来た甲斐があったというものだ」

白金の森をさまよい歩いていた一人の洋画家が、目の前に開けた玉名川の景色に見とれて独り言をつぶやいた。

月輪は中空高く輝き、地上のすべての存在を蒼い帳で包んでいた。川面も、対岸の土手に揺れるススキの穂も、西の微風を受けて銀鱗の如く輝いている。

堤防上にはポプラ並木が無数の葉裏を反射させて震える。幹と幹の間に臨む三階建てのコンクリート建造物も、南仏の古城を思わせて、西洋画のモチーフとしてはお誂えだった。

背景には、白金御料地の高台が優美なシルエットを映し出していた。

草土手に腰を下ろした洋画家は、大きな提げ鞄からスケッチブックを取り出した。スモックの袖をまくって鉛筆を立て、彼は対象物の角度や位置の割合を測っていった。

十三夜月の明るさなら、灯火などなくともじゅうぶんに仕事になった。こんなに素晴らしい情景に出逢えたからには、朝までに十枚はデッサンするつもりだった。

「ゴッホなら、この月光の神秘を、アルテミスが風景にかけた魔法を、どう描いただろう」

興奮した洋画家は、あたりに誰もいないのを幸い、好き勝手に喋った。

上野の美校を出てはいたが、前衛的で癖の強い彼の画風は、世の中にほとんど受け容れられていなかった。

大きな商家に生まれ、もともと贅沢好みの彼は、パトロンの援助がなかったら、とうに飢え死にしていただろう。その援助の紐も洋画家自身が断ち切った。

親友の前衛画家の一人も、貧窮に追い詰められ、昨年五月に宿痾の結核に斃れていた。

「だが、俺は俺の絵を、俺にしか描けない絵を描くんだ」

洋画家は、心に浮かんだ淋しさをふり払うように首をふり、ふたたび景色に見入った。

「おや……誰かいる……」

灯りを落としたコンクリート建造物の外階段を、一つの影がそろりそろりと降りて来た。

中背の影は、若い男のように見える。男はあたりを落ち着きなく窺いながら、堤防上の小径へ出た。あっと思う間もなく、男は一目散に西の方角へと走り去った。二十メートル近く離れているので、男の顔はわからなかった。

「こんな時間に、電車も終わっているのに、どこへ出掛けるというのか」

一瞬、不審に思ったが、洋画家は忙しく鉛筆を運び始めた。

すぐに男の記憶は意識から消えた。

十分ほどの時が経過した。

彼の色彩感覚に違和感が走った。

青と黒と銀だけで構成されていた描画の対象に、突如、赤という夾雑物が加わった。

コンクリート造りの一階の窓に、不規則な赤い模様が明滅している。

「建物が燃えている！」

洋画家は、思わず叫んで立ち上がった。

赤い色彩は、あっという間に、一階のすべての窓に拡がった。

建物のあちらこちらから、黒煙が滝のように噴き出し始めた。

次の瞬間、鼓膜に響いた声に、洋画家の脳内神経細胞は発火した。

——助けてくれぇ

——熱い、熱いっ

——出してお願い、ここから出してぇ

「た、大変だ。中に人がいるんだ」

洋画家は爪先(つまさき)立ちして、うろうろとその場を動き回った。

川向こうで橋もないし、すぐに建物に近づく手段はなかった。いや、仮に徒渉(としょう)して対岸に渡ったとしても、彼に何ができるわけでもなかった。

スケッチブックを鞄に押し込むと、洋画家は転げながら草土手を滑り下りた。

堤防下の道を何度もつまずきながら、彼は息せき切って白金台町停留所へ走った。

闇の中に、消防団の火の見櫓と赤いガラス球の灯りが見えてきた。

当直の団員に大声で火災発生を告げていると、二階から数人の団員たちが下りてきた。団員たちは手分けして警察署や消防分署に電話を掛け、小型のポンプ車を引き出してきた。

ものの五分で、深夜の森にサイレンと鐘を響かせながら、消防団員は出動していった。

夜明けまでには間があった。洋画家は白金台町電停の待合小屋で夜明かしした。

火災現場は気になったが、疲れ果てていた彼は始発電車に乗った。市電五系統終点の永代橋電停で降り、ふらつく身体を支えながら、下谷の南稲荷町に建つ安アパートに戻って来た。

重い足を引きずって階段を上り、部屋の扉を開けた。

朝日が差し込む六畳間には、包丁の音も、味噌汁を温めるやわらかな匂いもなかった。

「戻っているわけがないか……」

結婚して四年。いったんは別れた妻とはよりを戻してこの部屋で暮らしていた。だが、浅草と赤坂での夜の仕事が多い妻とは争いが絶えなかった。お互いの心をわざと傷つける言葉をぶつけ合う日が続き、先月末に妻はこの部屋を出て行った。

暗い気持ちで敷きっ放しのせんべい布団に潜り込み、洋画家は眠り続けた。

目を開いたときには、部屋の中は宵闇が忍び寄っていた。

セルの羽織をはおった洋画家は、近くの煙草屋に走って夕刊を買った。

鼓動を抑えて社会面を開く目に、大見出しと三段抜きの記事が飛び込んできた。

——衞生疫學研究所全焼。四人が焼死せる酸鼻の大禍に！

昨夜深更、芝區白金に建つ東京市衞生疫學研究所が全焼した。該施設は七人の優秀なる醫師を擁し、あらゆる傳染病に對して帝都を守るべく建てられた近代的の施設であつたが、猛火の勢ひには敵わなかつた。

偶々目撃者の通報があつて、數刻の内に消防團が驅け附けたが、時は既に遲く、鐵筋コンクリート造りの疫學研究の牙城も、煉炭の如く焼け落ちてゐた。

さらには、四名の犧牲者を出すと云ふ最惡の慘事となつた。

遺體はすべて一階の出口附近に折り重なつてゐた。救ひを求め両の手を伸ばし事切れた人々の姿には、火災現場に慣れた消防團員達も涙を隠せなかつたと云ふ。

昨夜は、先輩醫師二人が後輩の慰勞の爲に該施設を訪れ、酒宴を催したとの事。コンロの消し忘れが、今回の大惨事を引き起こしたと云ふのが、警察消防の見方である。

今回の慘禍に遭はれ、尊い生命を失はれた犠牲者は左の通り。
▼水野光三郎醫師（主任）、駒原美彌醫師（助手）、谷山宗太郎醫師（民間研究醫）、雪ヶ谷幸之介醫師（開業醫）
當直せずして慘事を免れた醫師は、次の諸兄である。
▼宮前宗輔醫學博士（所長）、大迫竹藏醫師（所員）、出本陽之介醫師（所員）、笹峰康郎醫師（所員）、三島和孝醫師（助手）

今回の慘事に遭難した醫師たちは、何れも近代疫學の最尖端を擔ふ優秀な研究者であり、我が國の醫學界にとつての損失たるや、眞に大なるものと言はざるを得ない――

（帝都時報　昭和三年十月二十七日付夕刊社会面）

（あの男は……火事の前に建物を抜け出したあの若い男は）
洋画家の脳裏に、火事十分前の黒い影が活動写真のように蘇った。

（なぜ、あの男は、三階から外階段を下りてきたのか。被害者の遺体は一階に集中していたという……やはり、あいつが放火したのではないか）

犠牲者たちの断末魔の叫びが、耳の奥から響いてきた。

冥土から呼び掛ける声に衝き動かされるように、洋画家はその足で警視庁へ出頭した。

取り調べに出たのは胡麻塩頭の五十がらみの私服警官だった。火災現場で挙動不審の男を目撃した事実を洋画家は懸命に訴えた。

警官は大して興味がなさそうに形だけの調書を取った。「後日、呼び出すことがあるかもしれないから」と告げられ、洋画家は警視庁を後にした。

翌日、洋画家は銀座の画廊で開かれた春陽会有志の合同展覧会を観に出掛けた。

親友の遺作となった黒衣の少女像の前で、洋画家は圧倒され、苦しいうなり声を上げた。

（俺には、こんな絵は描けない）

ブラッシュの勢いは作為を感じさせなかった。力強く、あるがままの流れだった。

打ちのめされた洋画家は、有楽町駅前の見知らぬ居酒屋で、ズブズブになるまで呑んだ。看板の時刻を過ぎてから、店の親爺に追い出されるようにして裏通りに転げ出た。

日曜日の夜十時過ぎのこととて、有楽町駅のホームに人影はなかった。遠くのベンチに菜っ葉服を着た工員と思しき酔っ払いがうつむいて寝込んでいるだけだった。

季節外れの生暖かい夜風に、洋画家は二度酔いしそうな気分だった。

茶色い省線電車が風を巻き起こしながらホームに入ってきた。

「うわわわーっ」

洋画家の背中を、誰かが力一杯に押した。

車輪を軋ますブレーキの轟音が鼓膜を破り、強烈な白光が視力を奪った。

必死の両手は、虚しく宙を摑んだ。

物凄い衝撃を覚えた瞬間、全身の神経活動が消えた。

彼の意識は、二度と戻らぬ昏冥の底に墜ちていった。

第一章　飛行船月光号、清風に飛び立つ

【1】

飛行船『月光號』記念初飛行ノ御招待客各位ニハ、
五月十三日午後三時迄ニ霞ヶ浦海軍飛行場正門附近ノ受附迄
参集サレタシ

積もった庭の雪がゆるみ始めた昭和五年（一九三〇）の四月初旬に、宮沢賢治

のところに郵送されてきた搭乗案内の文句だった。案内状には月光号の挿し絵やゴンドラ内の図面が入った多色刷りのパンフレットも同封されていた。

山高帽に革トランク、黒い毛織りコートの下には誂えたばかりの薄茶色の三つ揃えを着込んで、賢治は花巻川口町の家を出た。

深夜の花巻駅で乗り込んだ常磐線経由の上野行き一〇四夜行急行列車を、十三日の昼過ぎに土浦駅で降りた。ここから常南電車に乗り換えて、飛行場最寄りの終点、阿見駅へ向かうのである。

黄土色に塗られた単行の電車は、レールの継ぎ目を拾う小気味よい音を響かせて、霞ヶ浦に沿って田園地帯を走ってゆく。二十人近くが座れるロングシートは、行楽気分の都会人と思しき家族連れでいっぱいだった。

桜川をゴトゴト鉄橋で渡ると、左手に現れた湖岸寄りの家々には防風林の屋敷森が黒々と点在していた。照葉樹が吐き出す香気豊かな風が吹き込んで、賢治の鼻腔をくすぐった。

「いや、このあたりの百姓は、いいなぁ」

一列に並んで田植えをしている幾組もの農民たち家族を眺めながら、賢治は無意識に声を出していた。

(おらほと違って、地味が肥えてるナ。あの黒々とした土は、秋には、ほんとによい収穫を生むべさ)

苗代から移し替えられたばかりの青々とした稲の列に賢治は目を細めた。

花巻でも、そろそろ田植えが始まっていた。雪が消えると種もみの準備から種蒔き、代掻きと、息もつけぬほどに春は忙しい。このあたりでは、雪解けを首を長くして待って代掻きをする必要もないはずだ。

だが、賢治の関心は、すでに次へと移っていた。

土浦駅で貰った常南電車のパンフレットを膝の上に開いてみた。『筑波の御帰りには是非、東洋一の霞ヶ浦海軍飛行場へ』なる青刷りの文字が躍っていた。

(ふーむ、『飛行隊では日曜、祭日でも隊員附添ひ懇切に説明案内して下さります』か。なにせ、東洋一の飛行場だ。帰る前に水上機基地の見学でもさせて貰うべかな)

平和な時代が続いて、明治以来威張りくさっていた軍人たちの肩身が狭くなっていた。

日露戦争の昔とは違って、海軍も開放的になっている。霞ヶ浦飛行場では見学も大歓迎らしい。飛行船はもちろんだが、賢治は飛行機だの電車、汽車だのが大好きだった。

（この電車も、新しくてきれいだ）

コールタールを塗った床から白ペンキ塗りの天井に伸びる真鍮の手すりは、初夏の陽差しを受けて輝いていた。

あらためて車内を見回した賢治は、ロングシートの向かいの席に紺色のオーバーコートを着た小柄な娘が座っているのに気づいた。

四つに折り畳まれた新聞紙に隠れて顔が見えないが、長い髪に水色の大きなリボンを結んだ姿は、英字の躍る小難しげな新聞に似つかわしくない。

娘の洋装は、タイピストやハローガール（電話交換手）といった新しい仕事に就いている職業婦人か、富裕層以外にはあまり浸透していなかった。

（タイピストさんだべか……いやいや……）

娘のオーバーは、最近流行している大きな襟とダブル・ブレステッド仕立てが特徴のアルスター型のウール・コートである。紳士物なら賢治がひいきにしている盛岡の高級洋品店でも仕入れ始めたが、婦人用となると、ついぞ見かけなかった。

店頭で見るアルスターは、英国からの船来物がほとんどだった。小柄な娘向きサイズの既製服があるとは思えない。

華奢な肩の線にぴったり合っているところから見ても、オーダーメイドであるはずだ。さして高くないタイピストたちの報酬ではコートをオーダーするのは無理だ。

(裕福な家の娘さんだべ……とすれば、東京か横浜からだナ)

本式のアルスターを仕立てられるテーラーは盛岡はおろか仙台にもないはずだ。娘が大都市居住者であるのは、間違いない。

この時間に常南電車に乗っているからには、目的は月光号に違いない。良家の子女が、夜行列車で京都や大阪、神戸から月光号の見物に来る状況も、あり得そうにない。

新聞のタイトルは『The Japan Advertiser』とある。明治から続く在留外国人向けの英字一般紙である。欧米的な物の考え方や感覚を学ぶのによいと聞いた記憶があるが、なまなかの英語力で、読みこなせる代物ではなかった。

人一倍強い好奇心がうずうずと湧いてきた賢治は、娘の顔が見たくてたまらなくなった。

「カヨちゃん、危ないじゃないっ」

左側から甲高い声が響いた。波模様の青い銘仙を着た若い母親が、窓から身を乗り出したセーラー服姿の三歳くらいの女の子の背中をつかんでいた。わーっという泣き声がひとしきり車内を騒がせた。

正面に視線を戻すと、向かいの席の娘は、黒目がアンバランスなくらい大きな瞳を見開いて、母子をじっと見つめていた。視線に宿る光は、強い意志の力を漲らせていた。

続いて、賢治の目は、眼光とは対照的な、ふっくらとした小さな唇に惹きつけられた。色白の小顔からわずかに突き出た口元に漂う甘やかさは、娘が愛情豊かに育てられた家庭環境を物語っていた。

（二十歳過ぎかな……もっと若く、十代にも見えるが……どっちにしても、いい家のお嬢さんだべ）

娘の顔はふたたび英字紙の向こう側に消えてしまった。

だが、白い右手の人差し指と中指の腹に広がる黄色い染みを、賢治は見逃さなかった。

常南電車は、路面電車となって町中に入り、終着阿見駅のホームに滑り込んだ。

賢治が網棚からトランクを降ろしている隙に、娘は視界から消えていた。

砂利を蹴立ててホームに降り立った賢治の目は、紺色のコートを追いかけた。

好奇心がウズウズしていた。

彼女は何かを自分に与えてくれる人物のように感じられた。

改札口の手前に、小柄な後ろ姿が見えた。キャメル色の革製ボストンバッグを左手に提げている。

口にものを含んだような重い自分の発声を気にしながらも、賢治は我慢できずに娘の背中から声を掛けた。

「もしかして、月光号にお乗りですか?」

最新のジッパー式ボストンバッグを手にふり返った娘は、怪訝そうな表情を浮かべた。

「いや……その……大きな鞄をお持ちなので……」

「あなたは、どなたなのかしら?」

賢治を見上げる娘は、全身から警戒音を発する小鳥のように見えた。

「失礼しました。岩手県の花巻から来ました宮沢賢治と言います。僕は今回の月光号記念飛行に招待されています」

娘は、いくぶん硬い笑顔を白い頰に浮かべた。

「それじゃ、お仲間ですね。初めまして、わたくし、最勝寺薫子と申します」

「最勝寺さんは、お医者さまですか？」

「え？　どうして？」

薫子は大きな目をさらに見開いて、賢治の瞳を真っ直ぐに見つめた。薫子の瞳は警戒心を通り越して、怖れの感情をあらわしていた。

（当たったか……でも、年齢から推測すると、研修医かな）

「『ジャパン・アドヴァタイザー』を読むような英語の力をお持ちで、手の指にヨード焼けがあるから、お医者さまかなと考えたのです」

薫子は得心がいったのか、ほっと吐息をついた。

「卵よ。まだ勉強中です。わたくし帝國女子医専の四年生なの」

「僕のカンは当たりました。東京から見えたとも思ってたんです」

大森にある帝國女子医学専門学校か、市谷の東京女子医学専門学校、あるいは大阪女子高等医学専門学校の三校に進む。このほかに、女性が医師免許を取る通常のコースはなかった。

「宮沢さんは、どんなお仕事なのかしら」

四年前の春に花巻農学校の教師を辞めた。賢治には、これといった肩書きはなかった。

「僕は……花巻で農業指導をしています」

「まぁ。大地を相手のお仕事なんですね」

ぱっと明るい笑顔を薫子は浮かべた。

「そうです。肥料の設計なんかをやっております。盛岡高等農林の学生時代にはヨードで殺菌する実験もしていたんで、僕にもヨード焼けの経験はあるんです」

「それで、見破られちゃったのね」

薫子は悪戯を見つかった子供のように、ちょっと首をすくめてみせた。

賢治は実験に没頭するあまり、素手でヨードチンキを扱って、手に黄色や茶色の染みを作った覚えが何度もあった。

ヨード焼けは、手袋をしていれば簡単に防げる。若い娘の身で、ヨードから指を守っていないところを見ると、薫子も物事に没頭する性質か、おっちょこちょいかの、どちらかに違いなかった。

「宮沢さん、せっかくだから月光号まで一緒に行きませんか」

薫子の右頰に片えくぼが浮かんだ。むろん、望むところである。

駅舎を出たすぐ目の前は、海軍飛行場の正門だった。

大谷石(おおやいし)で造られた門を入る。中折れ帽の紳士や丸髷(まるまげ)の婦人など、大勢の見物客がぞろぞろと飛行場へ入ってゆく。十六時に出発する予定の月光号が離陸する雄姿(ゆうし)を眺めようと意気込んでいる見物人たちに違いない。

六角形の屋根を持つ詰所(つめしょ)には、小銃を構えた紺色セーラー服姿の衛兵が立っていた。

とは言え、物見遊山(ものみゆさん)の長閑(のどか)さが漂う入口付近には、海軍飛行場らしい物々しさは、少しも感じられなかった。

視線を前方に向けると、銀色の巨体が視界に飛び込んできた。

「いやぁ、こりゃあ……なんともたまげだナ」

隠していた花巻訛(なま)りが賢治の口から飛び出てしまった。

「びっくり。こんなに大きいなんて、パンフレットの数字だけじゃ、わからなかったわ」

薫子も、西陽を浴びて輝く機体に見惚(みほ)れている。

白鯨(はくげい)……。いや、大きなレンズ雲だろうか。砂地に拡がる広大なヤードに繋留(けいりゅう)された飛行船は圧巻としか言いようのない巨大さだった。

差し渡しは二百メートルを超えているのではないか。全長は戦艦並みだが、高さが三十メートルほどもあり、容積では船舶とは比較にならないボリュームを感じさせる。

賢治は鼻をふくらませ半ば放心状態で、繋留柱につながれた月光号に見入った。

「あれ、飛行機も飛んできたじゃ！」

銀色の機体に赤い尾翼。胴体に大きく日の丸を描いた二機の複葉機が、飛行船の上空に姿を現した。

演舞飛行をする軽快なエンジン音が、青空に響き渡っている。飛行船との出会いはむろん初めてだが、飛行機を見たのも三度目か四度目だろう。

「行きましょう。僕らを待ってる月光号に！」

賢治は、もう我慢ができずに、飛行船目掛けて駆け出してしまった。薫子があわてて、後から従いてきた。

機体が繋留されている真下の広場には、何千人とも知れぬ、数えきれぬほどの見物人が集まっていた。

腹掛け姿にハンチングを被った職人風の男や、会社員らしい背広姿にパナマ帽の男、日傘を差したご婦人たち、半ズボン姿の子供たち……。見物の人々は誰もが、笑いさざめいたり、何ごとかを叫んだりして熱狂している。

　断髪におかま帽と称されるボンネット、べっとりと濃い口紅をつけた若い女や、ロイド眼鏡にセーラー・パンツ、ステッキを手にした若い男たち——銀座の大通りからやって来たようなモボ・モガの姿も見られた。

「あの人たち……モボ・モガたちは、銀座からやって来たわけじゃないようですね」

「どうしてですか？　銀座で流行の風俗じゃないかしら」

「たとえば、あの縞ズボンのモボ風の男性ですけれど……」

　グレーのピンストライプが小粋なパンツを穿きこなした若い男へ賢治は目を遣った。

「もし銀座から長旅をしてきたのなら、あんなにズボンの折り目がきちっとして、しわ一つないのは、おかしいでしょう？　おそらくは、地元のモボだと思いますよ」

「そう言えば、あの人たちの服は、みんな洋品店のハンガーから下ろしたばかりみたいね」

目を見張ってモボ、モガの集団を見渡しながら、薫子は感じ入った声を上げた。

「男女とも一世一代の晴れ姿をご披露といったところでしょう」

「でも、宮沢さんって、本当におもしろい方ね」

品よく口もとに手を当て、薫子は小さく声を立てて笑った。

「僕が、ですか？」

「だって、何でも方程式みたいに考えて、結論を出すんですもの」

「僕は、物事を観察するのには、合理的の思考は、いつも必要だと思うのです」

賢治としては真面目に答えたのだが、薫子は身体を震わせて笑いをこらえている。

「そんなところがおもしろいんですわ」

「どういうわけか、昔から大真面目に喋っていると、人に笑われたりするんですよ」

賢治は頭を掻いた。

新聞社からも大勢の記者たちが集まっていた。手帳を手にした中折れ帽の記者たちは、一癖ありそうな面構えの男ばかりだった。機体を見上げながら、報道カメラマンたちが頻りとプレスカメラのレンズを向けている。

出発準備に待機する作業衣姿の五百人を超える水兵たちや、時おり、野太い声で号令を掛ける下士官、紺色の詰襟姿も凛々しい士官。海軍軍人たちの表情も誰もが明るい。世間に吹き荒れる不景気の嵐も、どこ吹く風の霞ヶ浦飛行場だった。

機体の左横に建つ白い飛行船格納庫には、日の丸や海軍旗、万国旗が至る所に飾られていた。巨大な格納庫は、十二年前に終結した欧州大戦（第一次世界大戦）の戦利品としてドイツから分捕ったものと聞いている。

場内には、ブラスバンドの奏でる陽気なリズムが響き渡っていた。

軍楽隊ではない。赤いジャケットに黒い蝶ネクタイ、カンカン帽を被った本式のディキシーランド・ジャズバンドである。

「ジャズだ、ジャズだ！」

軽快なリズムに、身体中に喜びがあふれた賢治は、かたわらの薫子の存在も忘れて小躍りした。天野喜久代がレコードを出している『月光値千金』という曲だった。

大正末期頃から、賢治はジャズのリズムには関心を持っていた。『「ジャズ」夏のはなしです』などの詩にも書いた。ラジオから流れる天野喜久代や二村定一あたりの曲に耳を傾ける機会も珍しくはなかった。だが、ジャズを生演奏で聴くのは初めてである。

賢治たちは大勢の人波を掻き分けて《御招待客様集合場所》と墨書された看板が立っている場所まで足早に進んでいった。

天幕の手前には見物客を堰き止めるために金色の太い綱が両側に張られた通路が設けられていた。

肩をすくめながら賢治は通路に足を踏み入れ、人々の興味津々の視線を浴びながら天幕に向かって歩みを進めた。

遠くからは銀色の巨大な風船のように見えていた船体は、近くで見ると骨組みがゴツゴツと浮き出ていた。その姿は葉巻の形に作った立体凧を思わせた。

船体の腹下にのめり込むような形で銀色に塗られた大きなゴンドラが設けられている。舷側に数十の砂袋を吊り下げたゴンドラは、地上すれすれの高さで浮いていた。

土浦駅で降りた夜汽車の車両の二両を繋げたほどの長さがあり、幅も十メートルはあった。幾多のガラス窓を持ち、客船のキャビンに似たゴンドラの中央部分には搭乗口が設けられて、アルミのタラップが乗客を待っていた。

天幕の下には横長の木机が設えられ、白いタキシードを着た男が、身なりのよい男女に接客をしている。近くには黒い詰襟姿のボーイの姿も見えた。

洒落た葡萄茶の弁慶縞のジャケットに黒い蝶ネクタイを結んだ男や、鉄納戸色の結城お召しの男など、搭乗を待つ人々は多彩な雰囲気を持っていた。

天幕のところで手続きを済ませた搭乗客たちは、誰もがゆったりとタラップを上り、吸い込まれるようにゴンドラに入ってゆく。

薫子は、列の最後尾に並んでいた四十年輩の口髭の紳士を、遠くからそっと目顔で指し示した。

「あの男の方は、宮沢さんの『合理的の思考』によれば、どんな人なのかしら？」

「うーん、あの人は……そうだなぁ」

賢治は相手に気づかれぬように、紳士の頭の先から足下まで眺め渡して言葉を継いだ。

「山高帽にフロックコートとなると、政治家か官吏、あるいは大学の教員ですね。でも、神経質そうな顔つきは、あまり政治家らしくは見えない。書類を入れるための折り鞄を手にしているからには、公用でしょうね。でも、大学の先生が公用で月光号に乗る可能性は少ないだろうし、わざわざフロックコートなんて大仰な物を着込んでくる必要はない。たぶん、権威を周囲に示さなければならない官吏ですよ。となると、航空行政を司る逓信省か、防空関係の用務なら内務省ですね……。あの紳士には、少なくとも奏任官以上、つまり高等官の貫禄がありますね。本邦初の大型飛行船旅行視察の逓信省高等官なんてところが正解じゃないですか」

薫子は紳士に視線を向けたまま、興味深げな声を出した。

「後で、あの方に伺ってみたいわ。宮沢さんの方程式が、わたくしのときと同じように正しいか、興味があるの……。ね、あの紬をお召しになっている方は」

薫子は、フロックコートの紳士の数人前に立つ五十年輩の男へ視線を向けた。

大島紬の羽織着流しにステッキを突く姿は、素封家そのものといった感じで目を引いた。

「そうですね……あの方は……」

ごま塩頭と固太りの身体を見ているうちに、賢治の背中がなぜか粟立った。男の放つ空気が、なぜか重々しく暗かったからである。

「資産家のようですが……ちょっと……わかりません」

賢治が言いよどむと、薫子は意外そうに小首を傾げた。

「あら、宮沢さんらしくないわね」

「いやぁ、面目ないです」

「そうね。すべての人がわかったら怖いわ。さ、並びましょ」

薫子は明るい声で、列へ向かって歩き始めた。

一見して都会的な人々の列に並ぶのには、幾分かの気後れを感じた。とはいえ、薫子の手前、何でもない顔をして、賢治はフロックコートの紳士の後に続いた。

「それじゃあ、宮沢さん、あとでまた、楽しいお話を聞かせて下さいね」

薫子はさっさと搭乗手続きを済ませると、若いボーイに鞄を託して子鹿のような軽い足取りでタラップを昇った。

ふり返って手を振る薫子に会釈を返した賢治は、机の上に招待状を拡げた。

「花巻から参りました、宮沢と申します」

タキシードの男は、ゲジゲジ眉を上げて色黒な顔に白い歯を見せながら笑顔を浮かべた。

「宮沢賢治さまでですね。お待ちしておりました。わたくし、パーサーの田崎と申します。快適な空の旅をご案内致したいと存じます」

三十代半ばくらいの田崎パーサーの、どこか素朴な風貌に、賢治はほっとした。田崎には客を見下すような雰囲気はみじんも感じられず、篤実な富農を思わせた。

「高木。2Aに宮沢さまをご案内して」

田崎の指示に、かたわらに立っていた二十歳そこその色白のボーイがさっと歩み寄った。高木はうやうやしく賢治の革トランクを預かった。

高木に先導されて十段のタラップを上ると、狭いアルミドアの搭乗口が開かれていた。反射的に首をすくめてゴンドラ内に入ると、二十畳ほどの予想以上に広いサロンが広がっていた。

緋色を基調とした分厚い絨毯がサロンの床に敷き詰められていた。砂地を歩いてきた靴で踏み込むのがためらわれるほどだった。精緻なメダリオン模様が賢治の目を奪った。

マホガニー色のニスがつややかに輝く板壁の内装は、鉄道の一等車か豪華な客船の食堂といった雰囲気だった。

サロンの四カ所には展望窓が広くとられていた。窓にはゴブラン織で花模様を散らした緑系のカーテンが吊り下げられていた。両舷の壁は上方が張り出す形で外側に傾斜している。格子の入った展望窓は古い西洋帆船の船尾楼で見るような形をしていた。

五卓の丸テーブルは、カーテンとは共布で色違いになる赤系のゴブラン織クロスで飾られていた。それぞれ四脚ずつ、背もたれと脚の曲線が優美な椅子が並んでいる。二十名が同時に食事できる設計となっていた。

船尾側の右手の隅には真新しいアップライト・ピアノが用意されている。ピアノの横には、小さな飾りテーブルが設えられていた。伊万里焼の大きな花瓶に白百合の花が活けられ、その横のガラスの水槽には三匹の琉金が赤い尾を揺らめかせていた。

固定された花瓶や水槽は、空の旅が揺れない事実を誇示するためのデモンストレーションにほかならなかった。

船首方向には半間幅の木製の扉があった。郵送されてきた図面によれば、この先、船首方向には厨房や操舵室などの乗務員区画があるはずだった。

「宮沢さま、こちらでございます」

高木は船尾方向の通路を指し示した。船尾方向の扉は開かれており、一メートルくらいの幅の通路が延びていた。

通路の両側にはニス塗りの客室扉が並んでいた。

「お部屋は船首側から一番、二番となっておりまして、左舷がA、右舷がBでございます。宮沢さまのお部屋は、船首から二番目の左舷側2Aとなっております」

高木は2Aの扉を開けて、荷物を室内のドア脇に丁重(ていちょう)に置いた。

「じゃじゃ、まったく客船のようだなぁ」

賢治はしげしげと部屋の中を眺めて、感嘆の声を上げてしまった。

サロンの展望窓をそのまま小さくした形の窓から午後の陽ざしが差し込んでいる。

窓下には、畳を縦に二つに切ったくらいの大きさの二人掛けのソファが向かい合わせに設えられていた。夜間は二段ベッドに早変わりする構造に思えた。

「洗面台からは、お湯も出ます。また、トイレットとシャワー・ルームが通路の突き当たりにございます」

小花柄の壁紙で飾られた室内には、白い陶製のシンクを持った洗面台、クローゼット、小さな造り付けのテーブルが備えられていた。一脚だが丸いスツールも置いてあった。

「ご同室なさるお客さまは新聞記者さんです。それでは、出発十分前の十五時五十分までにサロンにお出で下さいませ」

高木は慇懃に頭を下げて、ドアを閉めた。

（新聞記者か……面倒くさい人でねぇといいけどナ）

と思うや、すぐにドアが開いた。別の若いボーイが、濃茶のツイードスーツに身を固めた若い男を案内してきた。

「や、これはどうも。成都新聞社会部の市川夏彦と申します」

市川は中折れ帽を脱ぐと、歯切れ良い口調で右手を差し出した。

二十代半ばか、鼻筋の通った顔に明るい瞳が爽やかに笑っている。同室が新聞記者と聞いて感じた不安は消し飛んだ。

「初めまして、宮沢賢治です」

二人は握手して、向かい合わせにソファに座った。

「農学者の宮沢賢治さんですね」

「はぁ……大正末年の三月まで花巻農学校で土壌学などを教えてはおりましたが……」

意表を衝かれたが、賢治の来歴を調べる方法は、考えてみれば幾つか存在する。新聞記者が一番とりそうな手は……。

「岩手日報をお読みになったんですか」

賢治の言葉は図星だったらしく、市川は照れ笑いを浮かべた。

「失礼ながら、今回の乗客の方々については、いささか予習させて頂きました。氏名と在住の市町村が我々新聞社に発表されましたからね。宮沢さんのお名前は岩手日報に何度か報ぜられていますから」

「なるほど、不思議が解けました」

爽やかな笑顔とは裏腹に、市川はなかなか油断のならない男と見える。もっとも、この程度の単純な下調べができなくては、新聞記者などの生き馬の目を抜く稼業は務まるまい。

「最後に申し込んだ五名を始め、半分以上はどんな人物かわからないんですがね……そうそう、宮沢さんは、花巻の財閥のご子息だそうですね」

これは誤解である。宮沢マキと呼ばれる親族の中には、地方小財閥と呼べる者もいないわけではないが、賢治の実家は富裕な商家といった規模に過ぎない。

「とんでもないです。弟が建築材料や自動車部品の卸しと小売りの店をやっていて、ほかにもモートルやラジオなどを商っていますが……」

「いやいや、お父上も政治家だそうじゃありませんか」

「父はたしかに町議をやっておりますが、政治家なんて大層なものではないです」

父の政次郎は大正末年に、それまで古着商と質店を営んでいた店を賢治の弟の清六に譲って、花巻川口町議会議員になっていた。

昭和二年の後の世に言う「昭和恐慌」に端を発した不景気は回復する兆しを見せていなかった。年明けに井上蔵相が行った金解禁政策が裏目に出て、三月に株式市場と商品市場が暴落してから、日本中はさらに暗い不景気の影に覆われていた。

だが、この大恐慌下にも、父の財力は大きな影響を受けていなかった。

賢治の実家は花巻に何台もない自家用電話も引いていた。

岩手日報の記事でも、「花巻川口町の町会議員であり且つ同町の素封家の宮沢政次郎氏長男」などと書かれ、賢治としては非常におもしろくない紹介の為され方だった。

だが、宮沢家が裕福であるのは間違いがなかった。月光号に乗るチャンスを得られたのも、父に奨めて太平洋航空会社の株主になって貰ったからにほかならない。

賢治は話題を変えようと、室内を見回して声を高めた。

「それにしても、すごい飛行船ですね」

「なにせ、去年の夏にやって来た、『ツェ伯号』を、さらに豪華に改良した飛行船ですからね」

自分の身内をほめられでもしたかのように、市川は得意げに頰をゆるめながら答えた。

「世界一周旅行の途中に、日本にやって来て大騒ぎになりましたね」

高熱に喘いでいた賢治は、病床で新聞記事を読んだに過ぎなかったが……。

「お盆過ぎの八月十九日、夕陽を浴びて東京上空を通過したドイツの『ツェッペリン伯爵号』が、この霞ヶ浦飛行場に着陸したのは十八時二十七分でした」

「東京中の人が空を見上げたと、新聞に載ってました」

「そうです。誰もが期待に胸を躍らせて、夏空を見上げました。それから五日間の滞在中に霞ヶ浦に見物に訪れた人は、のべ三十万人を超えたんですからねぇ」

市川は賛嘆の言葉を、唸るような声で発した。

「次の日の朝刊には、大見出しで『君はツェッペリンを見たか！』の文字が躍ってました」

「ええ、自分も記事を書きました。海軍は観測や偵察用に試験的に軟式飛行船を飛ばしていました。しかし、我が国民の誰もが、ツェ伯号のような高速で大型の硬式飛行船など想像だにできなかったのです」

「日本中に熱狂的な飛行船ブームが沸き起こりましたからね」

「建築にも服飾にも流線型が流行（はや）りました。昨秋にアルス社が流線型の『ツェッペリン万年筆』を売り出したのを切っ掛けに、『少年倶楽部（しょうねんくらぶ）』の付録にツェ伯号の紙模型が付いたり、ツェッペリンの名を冠したいろいろな菓子が街にあふれたりしましたね」

「花巻でも『ツェッペリン・キャラメル』を見かけましたよ」

「いちばんおかしかったのは『ツェッペリン巻き』と称する婦人の髪形ですね。まぁ流線型を採り入れたという話ですが、飛行船とはほど遠いかたちでした」

市川は声を立てて笑った。

さすがに賢治は『ツェッペリン巻き』を知らなかった。

「太平洋航空会社は、このブームに乗って設立されたわけですね」

「当然ながら、昨年のツェ伯号の来朝が大きな刺激となって太平洋航空会社は設立されました。ドイツのツェ社から、このLZ128型飛行船を半年契約で借り受け、当面、実験的に旅客事業を行うわけです。今回の初飛行は、宮沢さんたち出資者さまからのご招待ですが、僕は帝都各新聞社の代表として、取材搭乗なんですよ」

（やはり、そうだったのか……）

月光号の外から取材するしかない他社の記者と、市川は別格の扱いを受けているわけである。賢治と同室であるところを見ると、今回の招待客の中で報道陣は市川一人なのかもしれない。各社の代表取材を任されているのだから、有能な記者であるに違いない。

若いが、いかにも機転の利く市川は力のある記者として選ばれたのだろう。

「この月光号は、ツェ伯より、さらに豪華と聞いていますが」

「船体はまったく同じ設計だが、ゴンドラはだいぶ大きくなっています。それでいて、お客は同じ二十人だから、何もかもゆったりしているんですね。まさに空中の豪華客船と呼ぶにふさわしいですよ」

「この部屋も二等寝台車よりずっと立派ですね。むしろ、新聞で見た『氷川丸』

の二等船室の写真に似ています。これなら長旅でも、ゆったりできますね」

賢治が部屋の中を見回しながら言うと、市川も大きくうなずいた。

「月光号のゴンドラは列車の三倍の横幅がありますからね。そういえば日本郵船の氷川丸は、ちょうどいま頃、シアトルに向けて処女航海の最中ですね」

「飛行船と快速客船。これからの時代、どちらに軍配が上がるでしょうか」

「簡単には比較できませんが、必ずや飛行船時代は来るでしょう。さて、そろそろ、サロンに行きましょうか」

市川はソファから立ち上がった。賢治の目に、窓の外で月光号に騒然となって日の丸の小旗を振っている見物客たちの姿が映った。

賢治と市川は、出発時刻の十分ほど前にサロンに足を運んだ。すでにほとんどの搭乗客は参集しているのか、左舷に三卓、右舷に二卓設けられたテーブルは、おおかた埋まっていた。

搭乗客は実に多彩な雰囲気を持っていた。

入口すぐの左舷後方のテーブルに座る美男美女が目を引いた。赤いジョーゼット生地の夜会服風ドレスに身を包んだ派手な化粧の女と、黒羅紗の豪奢なジャケット姿の貴公子然とした男は、二人とも、どこかデカダン（退廃的）な雰囲気を持っていた。

この席には、搭乗口で見かけた弁慶縞のジャケットの男と、鉄納戸色の結城お召しを粋に着流した男の二人が同席していた。

右舷後ろ側のテーブルに着席している、そろって実った麦のような金髪を輝かせた西洋人夫婦には驚かされた。

西洋人の男は、グラフ誌から抜け出たようなモボ・モガの男女と日本語で会話を楽しんでいる。

薫子は西洋人たちの向かいの左舷中央のテーブルに座り、知的な容貌を持つ口髭に眼鏡の男と談笑している。紋付きに威儀を正した老人と、黒縮緬羽織を品よく着た夫人らしき老女が会話に加わっていた。

サロンに集まった搭乗客は賢治を含めて十六人を数えた。

賢治は盛岡高等農林学校を出た頃に、実家で店番をイヤイヤながら続けた経験があった。当然ながら衣類服飾には目が肥えている。そんな賢治から見ても、老若男女の誰もが相当に高価な装いに身を包んでいるのは間違いなかった。

よく見ると、卓上には部屋番号を刻んで光る真鍮の席札が置かれていた。賢治たちは、左舷前方のテーブルに「2A」のナンバーを見出した。

先客は、紺色の一種軍装（いっしゅぐんそう）に身を包んだ端整な顔立ちの海軍少佐と、口髭を生やした威厳ある背広姿の四十年輩の紳士だった。口髭の紳士は受付でフロックコートを着ていた人物だった。

「ここへ掛けても、ようございますか」

先客の物堅い雰囲気に気圧（けお）されたのか、市川は丁重に尋（たず）ねた。

「席は、部屋順に決まっているようですよ」

賢治と同年輩の少佐は、軍人らしからぬやわらかな調子で答えた。

真鍮札の横には、空色の短冊になかなかの達筆で「宮沢賢治様御席」と書かれた席札も置いてあった。

「わたしたちは、２Ａなので」

「じゃあ、ここですな。さぁ、どうぞ」

謹厳（きんげん）な雰囲気の紳士もまた表情をやわらげ、にこやかに左手で差し招いた。

「恐縮です。わたしは成都新聞の市川と申します」

市川は名刺を差し出した。

「岩手県の花巻から来ました宮沢賢治です」

花巻農学校を辞めてから、賢治にはこれといった肩書きもないし、名刺も作ってはいなかった。

「霞ヶ浦航空隊飛行船隊長の藤吉直四郎（ふじよしなおしろう）と言います。どうぞよろしく」

飛行船隊長となれば、飛行船の専門家に違いなかった。

「逓信省航空局書記官の、柏木（かしわぎ）です」

紳士は、よく通る声で名乗った。

（当たった！　大当たりだ！）

賢治がこっそりウインクを送ると、後ろのテーブルで薫子は目を見張って柏木を見た後、軽く右目をつむってみせた。

書記官なら、局長に次ぐ地位にある奏任官のはずだ。

「お二方は、お仕事ですか」

見た目よりクッションの効いた椅子に腰掛けながら賢治が尋ねると、柏木は軽く苦笑いした。

「残念ながら遊覧できるような身分ではありませんでな。逓信省も海軍も、今回の試験飛行には大いに期待をしておるのです」

「逓信省と言えば、空の行政を司っているお役所ですね。将来の日本の空には定期飛行船空路が開かれるのでしょうか」

賢治が張り切った声で訊くと、柏木書記官は大きくうなずいた。

「太平洋航空会社は、千葉県の茂原町に飛行場を建設する計画を持っておるのです」

「その飛行場から、やがては世界の空に飛行船を飛ばすと言うんで、父に出資を勧めたんです」

「実を言えば話はもっと具体的です。太平洋航空はすでに千葉とサンフランシスコを六十八時間で結ぶ定期空路の計画を持っているのだよ」

柏木はぐっと砕けた口調に変わって滑らかに続けた。

「アメリカまで三日足らずですって！　船なら優に半月以上は掛かる」

賢治は思わず叫んでいた。

合衆国の大農園における近代的な農法には、大きな憧れを抱いていた。

父の政次郎に合衆国渡航の費用を借用しようとした過去もあったし、農学校に勤めていた時代には、渡米して農場経営をしようと計画を練った日もあった。健康面から海外渡航どころではなくなってしまったが……。

「今回の鹿児島往復遊覧飛行はその布石だよ。昨年、ツェ伯号を見たのは東京と横浜の市民だけだ。名古屋から京大阪、広島や福岡の住民を始め、日本中の人々に月光号の雄姿(ゆうし)を披露する。これにより我が国が飛行船国家としてスタートを切った事実を示すのが一番の目的なのだ」

柏木は逓信省を代表するように、幾分の演説口調で言い切った。東北、北海道は後回しだが、まぁ、次回に期待しよう。

「書記官のおっしゃるとおり、ついに日本も飛行船国の仲間入りをしました。これからの世界の空には、月光号のような豪華客船にも負けぬ飛行船が日夜飛び交うでしょう」

藤吉少佐は輝かしい表情で、白手袋の拳(こぶし)を軽く握る仕草をした。

「わたしはまったくの素人だが、藤吉少佐は飛行船術の権威でいらっしゃる。一昨年(おととし)には、飛行船の本場ドイツに視察に出かけられて、ツェッペリン社も査察(ささつ)されたのだ」

「これは、いい人とお知り合いになれた!」

賢治は、わくわくと嬉しくなってきた。

「我が国の飛行船技術は、残念ながらまだまだ、ドイツや英米と比べて大人と幼児ほどの違いがあります。イタリアにさえも遠く及ばない。我々は、おおやまとの空を愛しながらも、虚心坦懐(きょしんたんかい)に西欧諸国からこの輝ける近代技術を学ぶ必要があるのです」

「まさに、和魂洋才(わこんようさい)ですね」

市川の絶妙の相の手に、少佐は大きくうなずいた。

「現に、この飛行船事業も太平洋航空会社とツェッペリン社の合弁事業なのです。ドイツ政府も後援している。だからこそ我が海軍も全面協力体制です。この点、昨夏のグラーフ・ツェッペリン（ツェッペリン伯爵号）来日のときと少しも変わりません」

「藤吉少佐は、ツェ伯号に乗られて、ドイツのフリードリヒスハーフェンから北欧諸国、ソ連の上空を経由して霞ヶ浦まで世界一周の行程の半分を搭乗されたんだよ」

（そうだ、藤吉少佐と言えば……）

――『見えたぞ！』ゆうべ徹夜の藤吉少佐が大聲(おおごえ)で操縦(そうじゅう)室から驅(か)け込んで來(き)た――

賢治は、一面でツェ伯号の本邦到着を伝えていた朝日新聞の記事を思い出した。

「百一時間四十九分を無着陸で飛びました。ツェ社の好意で操舵室にも自由に出入りできましてね。実に勉強になった。ところで宮沢さんも飛行船に、ご興味が？」

少佐の問いに、賢治は頬が熱くなるのを覚えて口ごもった。

「僕は田舎者で、ただ物好きなだけで……」

飛行船が好きなだけで、賢治は何も知らないのだ。だが、少佐は胸の前で鷹揚に手を振った。

「まだまだ我が国民の飛行船に対する理解は浅い。今回だって投資者三百人強に招待状を出したが、ほとんどがけんもほろろに断ってきたんです。実は皆、人間が空を飛ぶこと自体を怖がっているのです。あなたが物好きだとすれば、清遊人士こそ我が国の飛行船の将来のために大歓迎です」

「これからは海軍も飛行船をどんどん買い入れるのですか」

賢治は照れ隠しに訊いた。

「そうですね……積極的な運用ができる日を待ち望んでいます」

藤吉少佐はさらっと答えたが、柏木は気負い込んで補足した。

「ロンドン海軍軍縮会議で我が海軍の保有艦量が削減されることとなったからには、飛行船にはぜひ頑張って貰わなきゃならんね」

英、米、日、仏、伊という五大海軍国による軍縮会議が一月からロンドンで開催された。難航した交渉の末、日本は艦種により対米英七割から七割五分の保有量に留(とど)めるという条約が締結された。

海軍の反対を押し切って軍縮を進めた浜口雄幸(はまぐちおさち)首相は、この年の秋に右翼青年に銃撃され、受けた傷がもとで翌年死去した。

不平等条約であると憤慨(ふんがい)した者のなかには、二年後の昭和七年に海軍青年将校が官邸に侵入し、内閣総理大臣犬養毅(いぬかいつよし)を暗殺した五・一五事件の首謀者がいた。

徐々に時代は暗い翳りを見せ始めていた。

いつの間にか市川は緑革の手帳を取り出して、細身の万年筆で油断なくメモを取り続けている。賢治は知らぬ間にインタビュアの役割を担(にな)わされていた。


【2】

扉が開く音がした。前方通路から田崎パーサーが姿を現した。

田崎はサロンを見渡して声を励ました。

「本日は月光号の初飛行に遠路お越し頂き、篤くお礼申し上げます。まもなく離陸となります。この記念すべき瞬間をお見逃しなきよう、皆さま、左舷側の展望窓にお集まり下さいませ」

田崎パーサーの挨拶に、腰掛けていた十六人の搭乗客は椅子をガタガタ言わせていっせいに立ち上がった。

「さぁ、記念すべき瞬間を存分に味わおうではありませんか」

少佐の言葉が終わらないうちに、賢治は左舷前方の展望窓に駆け寄っていた。

「いよいよ、空の旅へ出発ね」

いつの間にか隣に立った薫子が、窓の外を眺めながら楽しげにつぶやいた。

「フロックコートを着ていた男性、やっぱり逓信省のお役人でしたよ」

薫子は大股に近づいてくる柏木を目で追いながらささやいた。

「さすがねぇ。宮沢さんの合理的思考は」

窓の下では、船体の近くに寄ったジャズバンドが、高らかに『月光値千金』のメロディを奏で始めた。薬玉が割られ、紙吹雪が湖畔を吹き渡る風に舞っている。

ゴンドラの砂袋は外され、作業衣姿の何百人もの水兵が、ゴンドラのまわりを取り巻いて、船体を両手で支えている。

メガホンを手にした略帽（りゃくぼう）姿の若い海軍少尉が賢治たちに向かって挙手の礼をした。隣に立つ藤吉少佐に対するものに違いない。

「準備完了！」

少尉はメガホンを口元に持ってゆくと、ゴンドラの前方に向けて大音声（だいおんじょう）で叫んだ。

声に釣られて、賢治は反射的に展望窓を開けた。首を出すのが精一杯だったが、顔を船首方向に向けると、最前部の操舵室が何とか視野に入った。

「繋留を解除！」

操舵室の窓から顔を出した制帽姿の四十代の男が引き締まった顔つきで命じた。メガホンを手にした口髭とあご髭のいかついこの男こそ船長に違いない。

ゴトッという音が船首の方向から聞こえた。

足下に何とも言えぬ不安定さを感じた。窓の外を見ると、船体がわずかに浮き上がり、ゴンドラを支えるたくさんの水兵たちは、おのおの両手を目一杯に伸ばしている。

「運用索、離せ！」

船長の号令で、ゴンドラを支える水兵とは別の一団の水兵たちが、何十本ものロープを離した。

船体は左右に大きく揺れたが、すぐに水平位置に戻った。

「離陸！」

ゴンドラを支えていた水兵たちは、手を離すと下から一斉に飛行船を押し上げた。

賢治は全身に浮揚感を覚えた。

「浮き上がったじゃ」

賢治は有頂天になって、小躍りしながら叫んだ。

「地面から離れるのって、本当に新鮮な感覚だわ」

バレリーナのように右手を壁の手摺に掛け、薫子は爪先立ちしながら身を乗り出した。

「おお！　飛び上がった」

「すごいわ、ほんとにぃ」

「本邦初、大空の旅の始まり始まりぃ」

サロン内は離陸の感激に沸きに沸いた。

「行ってらっしゃぁい」

「よい旅を」

眼下からは水兵たちの叫び声が聞こえる。なかには熱狂してその場で小躍りする者たちも少なくなかった。窓の下で白い作業衣の集団は見るみる遠ざかってゆく。

士官も水兵たちも見物客も、誰もが両手を大きく振って、月光号の旅立ちを見送っている。地上の人々はどんどん小さくなっていった。

「失礼致します。風が吹き込みますので、窓を閉めさせて頂きます」

田崎が丁重に辞儀をしながら、展望窓を閉めた。

地上の人々が豆粒のように小さくなったところで、エンジンに火が入った。予想以上に大きな機関音が響き始めると、月光号はなめらかに天空を滑り始めた。

「ああ、飛び始めた！」

賢治が我慢できずに、はしゃぎ声を出すと、隣に立った少佐の張り切った声が響いた。

「マイバッハ社製の十二気筒（きとう）エンジンは、出力が五百三十馬力。さすがに力強いですね」

「エンジンは幾つなのすか」

「月光号は五基のエンジンを積んでいる。船体側面のエンジン・ゴンドラには、それぞれ一名ずつ操機手が乗り込んでいるんです」

藤吉少佐が指さす方向には、銀色の船体が見えるばかりで、エンジン・ゴンドラは見えなかった。白い排気ガスの煙が風に流れていた。

「狭く寒い部屋で騒音に耐えながらエンジンと取り組む、きわめて厳しい任務なのです」

藤吉少佐の言葉に柏木書記官がうなずいた。

「だが、そんな乗組員たちのおかげで、我々はこんなにも快適な空の旅を楽しめるわけだよ。巡航速度は六十ノット弱、およそ時速百十キロなのだから、君、すごいじゃないかね。この秋に東京と神戸の間に登場する予定の超特急『燕』が時速六十八キロだから、陸上の乗り物とは、比べものにならん」

後方に遠ざかる翡翠色の霞ヶ浦を眺めながら、柏木書記官は目を細めた。

月光号はものの五、六分ほどで、田植えの済んだ稲田の中にきらりと白く光る牛久沼を通過した。

「書記官に補足させて頂くと、せいぜい五百キロの航続距離しか持たない飛行機に比べ、ツェ伯号やこの月光号は五日間、ないしは一万キロも飛び続けられます」

藤吉少佐は誇らしげに胸を張った。

「一万キロ！　地球の果てまで、ひとっ飛びですね」

市川は手帳から顔を上げて小さく叫んだ。

「お客さま方はお席にお着き下さいませ。船長がご挨拶に参ります」

田崎パーサーの声に、左舷側に集まっていた乗客たちは、それぞれのテーブルに着いた。

高木が香り高い紅茶をサービングしている間に、前方のドアが開いた。紺色サージ生地のダブル仕立てに金ボタンを並べた高級船員風の服を着た一人の男が現れた。やはり、離陸の際に操舵室の窓からメガホンを執っていた髭面の男だった。

「本日は月光号にご搭乗頂き、ありがとうございます。船長の滝野です。今回の空の旅は途上の天候も安定が見込まれます。また、今夜は本船の処女飛行を祝うにふさわしい満月が期待できます。どうぞ皆さま、本邦初となります本州最南端の桜島上空まで往復の二十六時間を存分にお楽しみ下さい」

滝野船長が堂々とした調子で挨拶すると、サロンには拍手が生まれた。

挨拶を終えた船長は、賢治たちのテーブルにたくましい体軀を運んで来た。

「柏木書記官、藤吉少佐、宮沢さま、市川さま、本日は、ありがとうございます」

船長の頭のなかには、すべての乗客の席順と名前が入っているようだった。

「滝野船長、いよいよ日本にも飛行船時代の到来ですね」

「いやいやまだまだです。わたしも含めて日本人乗務員は今回の初飛行においてもドイツ人クルーから実地に飛行船の飛ばし方を習っているわけですから」

少佐の会釈に、船長は謙虚に首を振った。

「操縦しているのは、ドイツ人なんですか」

覆い被せるように訊いた賢治に、船長は髭面に意外に優しげな笑みを浮かべた。

「日本人は研修中の者も含めて十名に過ぎません。しかも、船医一名を含め五名はサービス・スタッフです。操縦に携わっている日本人は五名なのです……本船の乗務員は四十一名なので、四分の三はドイツ人、という内訳になります」

「四十一名ですって！　乗客の倍以上ではありませんか！」

「この配置は遠距離飛行、たとえば、世界一周ができる態勢です。今回の乗務員配置や運行態勢は、ツェッペリン伯爵号とまったく同様になっています」

「民営とは言え、国家的事業だけに、採算は度外視しているのだね」

柏木は、官吏らしい威厳ある表情でうなずいた。

「お言葉の通りです。将来は我が太平洋航空も百名の乗客を運べる英国のR100型のように、さらに大きなキャビンを持った飛行船を運用するはずです。では、どうぞごゆっくり」

船長は丁重に頭を下げて、隣のテーブルに向かった。

「あの船長は、きっと軍人出身ですね」

船長の後ろ姿を見送りながら市川がつぶやいた。

「そうですね。落ち着いた身のこなしといい、鋭い目つきといい、ただ者ではないですね」

賢治の言葉に柏木もうなずいた。

「日本人でこれだけの飛行船の船長を務められる人物は世間広しといえども、そうざらにはおるまい。まぁ、他にはここにいる藤吉少佐殿くらいか」

「わたしなど、まだ、とてもとても。滝野船長は長年ドイツで本格的に修業した方だそうですよ」

藤吉少佐は顔の前で手を振って白い歯を見せた。

「よろしければ、操舵室をご覧になりませんか？　多少、寒いかもしれませんが……」

乗客に一通り挨拶を済ませた滝野船長が賢治たちのテーブルに戻ってきて微笑(ほほえ)んだ。

「本当ですか！　それはすごい」

賢治は思わず叫んでいた。

この大きな船体を動かしているところを見たくて見たくてたまらなかったのだ。

「結構ですな。少佐はともかく、我々は飛行船の操舵室など見た経験がない」

「お誘いがなければ、取材させて頂きたいと、お願いするところでした」

柏木も市川も身を乗り出した。

賢治は胸を躍らせて席を立った。せっかくだから薫子にも声を掛けたかった。

船長に許可を得たうえで隣のテーブルに足を運んだ。

「今なら、操舵室を見るチャンスがありますよ」

「あら、ぜひ参加したいわ」

賢治が耳打ちすると、薫子は目を輝かせて立ち上がった。

「初めまして、最勝寺と申します。わたくしもお仲間に加えて下さいますか」

「もちろんですよ。こんなにお美しいお仲間なら大歓迎です。僕は成都新聞の市川と言います」

薫子の会釈に、市川は意気揚々と名刺を差し出した。

「薫子さんは、帝國女子医専の学生さんなんです」

賢治が紹介すると、市川は大仰(おおぎょう)に身をのけぞらせて鼻から息を吐いた。

「将来の女医さんかぁ。優秀なんだなぁ」

柏木たちもそれぞれに名乗り、五人はサロン前方の木製の扉の前に並んだ。

高木がドアを開けると、何かを煮込むコクのある匂いが強く香った。

船長の先導で賢治たち五人は乗務員区画に足を踏み入れた。

サロンや客室とは違って鉄板にアイボリーの塗装が施されただけの、どちらかというと殺風景な壁が続いていた。

左舷側は配膳をするためのスペースで、前方には厨房が続いていた。扉が開かれたままの厨房では、忙しく立ち働く壮年の白人と若い日本人の姿が見られた。

「司厨長がディナーの準備に大わらわです」

コックコートのお腹がはち切れそうな真っ白な髪の五十がらみの男だった。司厨長はフライパンを手にしたまま、ちょっと賢治たちに視線を向けると、つやつやした頬を陽気にふくらませた。

「司厨長は、この月光号に乗る前にはデュッセルドルフの一流ホテルでコックをしていました。かの地は料理店の並ぶ、食文化の進んだ街です。本格的なドイツ料理を作ります。後ろで鍋の火加減を見ているのは見習いコックです」

二十代半ばの日本人見習いコックは、にこやかな笑みで目礼した。

「肉や魚などは、悪くならないのですか」

薫子の問いに船長は、待ってましたとばかりに答えた。

「月光号の食品貯蔵には、ドライアイスが用いられています」

「ドライアイスは、触ると凍傷になるような低温の氷でしたね……えーと、何から作るのだっけ……」

「炭酸ガスを加圧して固体にしたものですよ」

天井を見上げて思案している市川に横から口を出すと、船長がにこやかにうなずいた。

「我が国にドライアイスを知らしめたのは、実はツェ伯号なのです。昨年の来朝のときに、初めて食料保存用にドイツから持ってきたのです。我が国でもさっそく製造されるようになりましたね」

「鉄道省などでも生鮮食品の輸送に氷を止めて、ドライアイスを使う方式を検討しておる。昨年のツェ号は、実に様々な刺激を我が国に与えたのだね」

柏木はあらためて感心したような声を出した。

船長はゆったりとした笑みを浮かべながら、厨房真向かいの右手の鉄扉を指さした。

「この扉の奥は通信室です。海軍通信科出身の二等通信士が執務中です。長波無線を用いて電報も音声電話も使えるようになっています」

「飛行船の搭乗員となると、やはり海軍さんの出身者が多いんでしょうね」

市川は手帳にメモを取り続けながら、ちょっと顔を上げて訊いた。

「空を飛ぶ狭いキャビンでの勤務には、海軍の軍人が一番向いています。かく言うわたしも兵学校四十一期の出身です」

「おお、わたしの三期上の先輩ですね」

少佐は親しげな声を出した。

職業士官を育てる海軍兵学校へ進むためには、身体頑健な上にかなりのエリートでなければ難しく、少年たちの憧れの的だった。

「航海科出身で戦艦『伊勢』や駆逐艦『榎』などに乗り組みましたが、大正十三年に大尉で退官しました。ドイツ大使館附武官補佐官時代に知った硬式飛行船の魅力にどうしても抗しがたく、ツェッペリン社に入社してしまったのです。それ以来、現地で飛行船の操船を学んで参りました。この春に太平洋航空会社に出向したというわけです」

「驚きました。飛行船について、日本人で滝野船長より先に進んでいる人はいないでしょう。わたしのお手本のような方だ」

「少佐は海軍に留まって我が帝国に飛行船時代を招来して下さい。民間ではできる仕事に限りがあります」

「お言葉、肝に銘じます」

少佐は飛行船界の先輩である滝野船長に恭敬な態度で答えた。

船長は微笑を浮かべてうなずくと、前方のアルミ扉を開けた。

ヒンヤリとした冷気が忍び寄ってきた。左右両舷に壁を持たない三畳くらいのガランとした部屋だった。

　このあたりからゴンドラの幅は五メートルほどに狭くなっていた。

　黒革のハーフコートを着て制帽を被った金髪の三十代くらいの中背の男が、左舷側のチャート・テーブルに拡げられた航空図上で、銀色に光るデバイダを使っていた。右舷側には、士官の休憩用に使う薄緑色の革ソファが置かれていた。

「ここは、航法室です。当直航法士が執務中です」

「ヴィルコメン！　ゲッコーゴー」

　航法士は航空図から顔を上げると、愛想よく微笑んだ。

「ヤー、グーテン・アーベント」

　柏木が代表して答えると、航法士は軽く額（ひたい）に手を当てて挙手の礼をして、ふたたび真剣な顔で航空図に向かった。

　チャート・テーブルと通路をはさんだ壁に複雑な計器が取り付けられていた。見たことも想像したこともない複雑な形をしているが、針を持っているところを見ると、計測器のようである。

「これはなんですか……」

　好奇心が抑えられなくなった賢治は計器に歩み寄った。

「あ、さわらないで下さいっ」

船長は小さく叫んで警告を発した。

「すみません、さわるつもりはなかったんですが……」

叱られた子どものように賢治は身を小さくした。

「ベーム式音響高度計のメーター盤です。船体から地上に音波を発して返ってくる時間で高度を計測しています。皆さま、すべての機器にはお手をお触れになりませぬよう」

声をやわらげつつも船長は厳しく注意した。

「この梯子(はしご)は、船体へ通じているのですよね」

その場を取りなすように薫子が訊いた。

人一人がやっと通れるくらいの四角いハッチ横の壁に、アルミ梯子が取り付けられている。

冷気は、その開かれたハッチから忍び込んでくるのだった。

壁際で唸る小型ヒーターもかなわないのか、航法室の気温は五度前後と思われた。航法士の革コートは伊達(だて)ではなかった。

「主船体の船首から船尾まで通じている船体下部の通路に出ます。ゴンドラの大部分は乗客用のスペースに割(さ)かれています。乗務員の寝室や電気室はゴンドラの上の船体下部に設けられているのです。硬式飛行船ならではの設計で、軟式のように船体が風船状では無理です」

「船体の中は、風船のようにがらんとした空洞じゃないんですか」

市川は月光号の構造については、詳しくは予習してこなかったようである。

「月光号の船体は、ジュラルミン製の竜骨(りゅうこつ)とフレームで船体を構成し、硬い綿布(めんぷ)にアルミニウム塗装をした外皮を貼って造ってあります。浮揚させるためのガスが直接に入っているわけではありません」

「ガスはどんな風に入っているんですか」

「船体内にはベイと呼ばれる仕切りがたくさん設けられていて、月光号を浮揚させている十六個の水素ガス嚢(のう)が収納されております。ガス嚢は牛八十万頭分の盲腸(もうちょう)の皮で作られています」

「八十万頭とは、とてつもない数ですね。まぁ、ドイツ人はビーフをよく食べるのか」

市川は天井を見上げてうなり声を出した。

「この扉を開けると、いよいよ操舵室です」

船長が扉を開けると、鮮やかな黄昏(たそがれ)の陽光が賢治の目を射た。

五メートル四方くらいしかない操舵室はほぼ全面がガラス張りで、温室のような鉄材の桟(さん)が縦横に走っていた。

ゴンドラの先端はゆるく弧を描くように造られている。予想もつかなかった未来的な造形に賢治の胸は躍った。

真西へ向かっている月光号の操舵室は黄昏の光をいっぱいに浴びていた。左手にうねって延びる青い帯は利根川(とねがわ)であろう。

目の前には手賀沼(てがぬま)とまわりに広がる洪積(こうせき)台地の沃野(よくや)が広がっていた。緑の蔬菜(そさい)が幾筋も幾筋も植えられ、目にも鮮やかな幾何学(きかがく)模様を作っている。

操舵室では、航法士と同じように黒革のハーフコートを着た三人の白人船員が執務していた。

ゴンドラの最先端では、船舶とまったく同じように直径四十センチほどの舵輪(だりん)に若い大柄なドイツ人が取り付いて進行方向を凝視(ぎょうし)している。眼下には二つの羅針儀(らしんぎ)らしき計器が備えられていた。

「前方の舵輪を握っているのが方向舵手(だしゅ)です。ジャイロコンパスとマグネットコンパスを使って方向を見定めて舵(かじ)を切っています」

不思議なのは、左舷側にまったく同じ形の舵輪があって、これにも大柄な舵手が操作していることであった。

「左舷側にも舵輪があるのを不思議に思われたと思います。こちらのクルーは昇降舵手と言います。水上船舶とは違って、クォーターマスター（舵手）は方向舵手と昇降舵手の二人が必要です」

「昇降舵手は、どんな仕事を受け持つんですか……」

　市川はメモを取り続けながら尋ねた。

「月光号の尾翼には水平方向と垂直方向にフラップが設けられています。ギヤとロッドを介し、チェーンでこの操舵室からコントロールします。それぞれ一人ずつのクォーターマスターを要します」

「なるほど、上下方向にも動く飛行船ならではですね」

　市川は得心がいったという風にうなずいた。

「昇降舵手の横にある時計のような計器は、大きいほうが高度計です。左にあるのが気圧計でして、どちらも月光号の上昇降下を表示する計器です。トリム変化、つまり上下方向の傾きの変化を調整する昇降舵手は、経験と勘を要求される難しい仕事です」

「飛行船でトリム・バランスを取る難しさは、水上船舶の比ではありませんからね」

藤吉少佐が相槌を打った。

「方向舵手の右にある五つのレバーは、何ですか？」

薫子の質問に、船長はレバーを見上げて指さしながら答えた。

「あれは、五基のエンジン・ゴンドラへ向けて、指示を出すエンジン・テレグラフです。五人の操機手はテレグラフが伝える信号によってプロパンガスを燃料としたエンジンの出力を調整しています。テレグラフを操作するのは当直士官です」

「グーテン・アーベント」

四十年輩の髭面の士官は厳めしい顔で挨拶した。

「やはり、操舵室も船に似ていますな。ずっと狭いですが」

柏木は辺りを見回しながら、感心したような声を上げた。

「空を飛んでいるわけですから、海よりも大変なのは、想像できますわ」

薫子の感慨の声に、船長は誇らしげに言葉を続けた。

「飛行船の航行では、微妙なトリム変化や、気圧や気温の変化、気圧配置に基づく風向や風速を常に考えていなければなりません。このあたりを少しでも見誤ると、飛行を継続できなくなります」

「そのあたりを判断し続けるのが当直士官の仕事なんですね？」

市川は鼻から白い息を吐いている。

「そうです。当直士官は、飛行船の状態の変化を監視し続けて、二人のクォーターマスターと五人の操機手に指示を出し続ける仕事です。本船の当直士官は三人ともドイツ人ですが、いずれも船長資格を保有しており、一人で月光号の離着陸の指揮が執れます」

「それは、頼もしい」

柏木は計器を覗き込む当直士官の姿を敬意のこもった視線で見た。

「ほかに船体内の給電室で執務する電気技師や技師室にいるキール技師など、サービス・スタッフの四名を除いても、総勢で三十七名のクルーを必要とするわけです」

「なんとも贅沢な乗り物ですね。飛行船は」

驚いた賢治に、船長は相好を崩した。

「このような硬式飛行船を世界で初めて実用化したのが、ツェ社の創業者であるフェルディナント・フォン・ツェッペリン伯爵です」

「なるほど。創業者が華族……いや、貴族さまなのですか」

賢治が相槌を打つと、船長はなめらかに説明を続けた。

「伯爵は一八九一年に陸軍中将を最後に軍歴を離れて後、飛行船の実用化に晩年の精力を傾けた方です。私財をなげうってツェッペリン飛行船製造株式会社とツェッペリン基金を設立しました。それから数年で硬式飛行船は千六百回の飛行を無事に行い、四万人近い旅客を運んだのです」

「それはまさに、航空時代の幕開けであり、輸送革命だった、というわけだね」

柏木が口髭をひねりながら、官吏らしい調子で話をまとめた。

「おっしゃるとおりです。我々は目下、ただ速く安全に目的地に着くだけでなく、さらに豪華で快適な空の旅を模索しているのです。搭乗員の誰もが飛行船と空の旅の明日を信じて、誇りを持って任務に就いております」

船長は、雲の峰の上で傾き始めた西陽に目を細めながら胸を張った。

【3】

サロンのテーブルに戻った賢治たちは、半月ほど前の天長節（天皇誕生日）に宮城内で開かれた三百七十年ぶりの天覧相撲のことなど、他愛のない世間話をして過ごした。

しばらくすると、薫子も椅子を持ってきて会話に加わった。市川が新聞記事が作り出すファッションの流行について熱弁を振るった。

「お話し中、失礼。僕は鷹庭と言います。東京上空まではまだ間がありますし、夕飯前にカードゲームなどやろうと思っているんです。こちらのテーブルでポーカーにご興味のある方は、いらっしゃいませんか」

愛想よく声を掛けてきたのは葡萄茶のジャケットに黒い蝶ネクタイの男だった。賢治よりは少し歳上だろうか。服装や整髪油で撫でつけた髪は気障っぽいが、目尻が下がる笑顔は、いかにも好人物らしい。

「ねぇ、どんなお仕事の方かしら？」

興味深げに男を見つめながら、耳に息が掛かるほど唇を寄せてくる薫子に賢治はどぎまぎした。鷹庭に悟られぬように気づかいながらこっそりとささやいた。

「新しいスタイルの派手なジャケットだけど、裾が長めで全体にダブついているから既製服だね。ちょっとニヤケた感じだし、活動屋さん（映画関係）かな。カードに誘いに来るくらいだから、案外、手品師なんかだったりしてね」

「あとで正解を聞いてみましょうね」

薫子は人物当てゲームにすっかりハマってしまったらしい。

「君、こういう公の場での賭け事は感心せんな」

藤吉少佐と顔を見合わせながら、柏木は不快げに眉をひそめた。

いい大人がチョコレートを賭けるゲームに、ほかのテーブルの客を誘うはずもない。日本の法律が適用される月光号上で催される賭博が、犯罪であるのは言うまでもない。

賢治は賭け事が好きではなかった。実家が質屋をやっていた頃には、博打好きの農民の質草を預かる機会も多かったが、例外なく家族は貧窮に喘いでいた。カードゲームなど、ババ抜きと七並べで遊んだ経験しかない。ポーカーも役だけは知っていたが、チップの扱いなど、まるきりわからなかった。

「ポーカーですか」

勢い込んで身を乗り出したのは市川だった。

「あちらに一人、ぜひというお人がいらっしゃいますが、二人ではパッとしないんで」

鷹庭は不得要領に口ごもった。パッとしないというより、二人では勝っても負けても後味が悪いに違いない。

「じゃ、ちょっとだけなら」

市川は柏木と藤吉少佐の顔を盗み見てから、遠慮がちに承諾の意思を示した。

「あちらでお待ちの方も、お喜びになりますよ」

左舷テーブルに座る黒羅紗のジャケットを着た白皙の男に眼をやって、鷹庭は弾んだ声を出した。

「宮沢さん、あの人は、どんなお仕事かしら?」

「あの羅紗ジャケットは、肩の線にぴったり合っているので、注文服ですね。襟が流行の型です。テーブルに置いてある飛行艇ラベルの葉巻の缶をご覧なさい。ハバナ産ですよ。とてもではないが、給料取りには見えない。でも、世間の荒波を泳ぐ実業家でもなさそうです。教養がありそうで品がいい。御曹司の芸術家か、高等遊民って感じですね」

二人が内緒話を続けていると、鷹庭は市川の気を引くように笑みを浮かべた。

「大変な人とお近づきになれますよ。なにせ、華族さまですから」

華族と呼ばれた男は、何か冗談を言っているらしい。隣に座った若草色のワンピースを着たモガ・スタイルの二十代半ばくらいの女が、口元を手で押さえて笑い続けている。

「華族ですって？　ほんとうですか」

市川が驚きの声を上げたところを見ると、正体不明のうちの一人なのだろう。

「ほんとうですとも。昔で言えば丹後のお大名、一色範定子爵閣下です」

向かいの席で柏木書記官が顔をしかめて咳払いをした。子爵がからんでいるのでは、誰も賭博の非など糾せるはずもなかった。

「一色子爵と言えば、武家の名門じゃないですか」

「室町の四職のお家柄だそうですね。先ほどほかの人から伺いましたよ」

「それに、学習院から帝大の法科に進んだ秀才だ。油絵を描かせりゃ二科会に入るほどの腕前だし、ピアノを弾けば本職顔負けだそうですね。おまけに南洋にハンティングに出かけて、徳川義親公さながら、虎狩りの殿様もやってのけるんだから……。これは、是が非でも参戦しなければ」

賢治の袖をつかんで、薫子は敬意のこもった眼差しを向けた。

「宮沢さんの合理的な思考って、本当に素晴らしいわ」

「いやぁ、実社会では、あんまり役に立ったためしがないんですけどね」

市川は腰を浮かしながら、賢治の顔を見て誘うような笑顔を浮かべた。

「宮沢さん、どうです。見学してみませんか」

「え……僕ですか？」

「不思議と、後ろで友達が見ているとツキがいいんです。構いませんよね、鷹庭さん？」

「一色子爵にも、華やかなる応援団がいるようですし」

鷹庭は子爵の座る席へ目を遣った。いつの間にか、赤いジョーゼットの女がかたわらに立っている。

「ね……あのきれいな女の人は？」

薫子は、その女をそっと見つめながら、賢治の耳元に顔を寄せた。

「そうだなぁ。華やかなお化粧は素人とは思えない。でも、水商売の女性のように崩れた感じはないし……。あの押し出しの強さと、光り輝くような雰囲気は、他人に見られ慣れている職業……女優さんか、歌手じゃないかな」

「あら、素敵」

賢治たちの内緒話を市川は誤解したらしい。

「薫子さんにも応援して頂ければ、きっと僕の大勝利ですよ。ぜひ」

市川の気迫に圧(お)されて、薫子は微笑みながらうなずいた。

「せっかくお友達になれたんだし、市川さんの応援をしなくっちゃ」

市川は指をぱちっと鳴らして、賢治にも熱っぽい口調で請(こ)うた。

「本当ですか。僕はツイてるぞ。宮沢さんもお願いしますよ」

「じゃあ、後学(こうがく)のために」

カードゲームを作品の中に採り入れるつもりはないが、賢治は新しい知識には貪欲(どんよく)である。まして自分自身が賭け事に手を染めるわけでもない。

油絵は描かないが、賢治も水彩画は手がけていた。上手くはないが、オルガンもセロも習っている。また、『注文の多い料理店』の登場人物である都会の紳士を思い出して、ハンティングをする現実の紳士が、自分の創造した人物像とどう違うかにも興味があった。

「話は決まった。さ、あちらへ」

ウキウキとした鷹庭の声に誘われるように、賢治たちは席を立った。

「子爵閣下、臨席の栄を賜り光栄です。わたくし、成都新聞社会部の市川と申します」

テーブルに近づいた市川は、体側に手を伸ばし丁寧に頭を下げた。

「そういう挨拶は、よしてくれないかな」

賢治より少し若いと思われる一色子爵は、胸の前で品よく掌をひらひらさせた。

隣に座るモガの女は、子爵にしなだれかからんばかりの姿勢を取っていた。耳に掛かるようにカットしたストレートの黒髪は、この冬に公開されたドイツ映画『パンドラの箱』のヒロイン、ルイーズ・ブルックスを真似たものだろう。ワガママを絵に描いたようなモガ・スタイルの女には、映画ファンの間で『断髪の悪女』とも呼ばれた蠱惑的なルイーズの雰囲気は見られなかったが……。

「範チャンは、そんな野暮なの、大嫌いなのよぉ」

女はすでに酔っ払い始めているらしい。手にしたワイングラスを胸の前に掲げ、おかっぱ髪を派手に振って呂律の怪しい舌で叫んだ。

「芳枝……いくら何でも、失礼だぞ」

「紘平さんは余計なこと言わないでよ」

夫と思しきロイド眼鏡が額にしわを寄せて諫めたが、逆に芳枝にキッと睨みつけられて気弱に眼を伏せた。

「僕も皆さんと同じ、今夜の初飛行を楽しもうとしている、ただの乗客なんだから」

彫りが深く美男と言ってよい子爵の口元に浮かんだ笑みは、どことなく虚無的なものを感じさせた。

「一色さんは、粋な方なの」

背後に立つ赤いジョーゼットの女が取り成すように白い歯を見せて笑った。こちらの女は、賢治と同年輩の三十代半ばと思われた。

色白の細面に大きな黒い瞳、鼻梁の秀でた面差しに情熱的な厚い唇。美しい顔かたちのどこかに馴染めない危うさを秘めているような気がした。不健全な美貌とでも呼べばよいか。

女は、肩まで掛かる長い髪を華やかに波立たせていた。先日の新聞に載っていた東京や大阪で営業が始まった、パーマネントと称する髪型に違いない。

二人の男と二人の女、誰もが都会的であるばかりか、賢治が接した経験のない不思議な雰囲気を持った人種だった。

「失礼しました。記念すべき一夜に、この素晴らしい雲上キャビンに集うた仲間として、ともにゲームを楽しみましょう」

市川が幾分か気取った調子で、子爵の正面の席に着いた。

「僕たちは、部屋に戻っていようじゃないか」

「これから面白くなるのにぃ」

「わかったよ。でも、ほら、お邪魔になるといけないから、景色でも眺めていようよ」

紘平は芳枝を展望窓のところへ連れ去り、空いた右横の席に鷹庭が腰を下ろした。

「あなたは、ゲームなさらないの」

ジョーゼットの女が、艶やかに微笑みかけてきた。

「わたしは市川さんの応援です」

「そう、わたしは一色さんを応援するのよ」

じっと見つめられて、賢治はどぎまぎせざるを得なかった。そればかりか、女は身体をぴたっと寄せて、耳元に口をつけてささやいた。

「あなたは、一色さんとは正反対の瞳をしてるわ」

女は赤レースの手袋をはめた右手を賢治のあごにそっと触れた。

「僕は、田舎者ですから」

全身の震えを抑えようと懸命になりながら、賢治は小声で答えた。

「そういうことじゃないの。あなたはいい瞳をしてる。きっと、ひたむきで情熱的な男ね」

「はぁ……」

鼻腔をつく濃厚な香水に賢治は目を剝きながら答えた。女はうふふと含み笑いを残して身体を離した。

「佐和橋可那子です。わたしは……」

「もしかして、歌い手さんじゃないんですか」

体勢を立て直した賢治は、一矢を報いてみようと先制攻撃を掛けた。

「え？　どうして歌手だってわかったの？」

可那子は嬉しげな声で訊き返した。

「佐和橋さんの存在感というか、普通の人と違う雰囲気は、多くの人に見られるお仕事だと思いまして」

「ありがとう。まだ、あんまり、名前が売れてないのよ。でも、ディナーのときに歌うわ。聴いて下さるわね」

「もちろんです……あの、僕は、宮沢賢治です」

「よろしく、宮沢さん」

賢治が可那子に妖艶な挨拶を受けている間に、卓上には数十枚のチップが配られていた。

「レートは十銭で、よろしいでしょうか」

市川がカードをシャッフルしながら訊くと、鷹庭は大仰に驚いてみせた。

「十銭？　ご冗談を。そう何勝負もできないんです。一円くらいじゃないと、気合いが入らない」

十銭なら支那蕎麦一杯の値段だが、一円となるとチップ一枚が一人前の職人の日当にも当たる。

「そうだね。僕も一円に賛成だな」

一色のさらりとした賛意に、市川はあきらめ顔でうなずいた。

「東京の上空へ差し掛かるまでの勝負ですからね。家を売り払う必要もないでしょう。せめて、ワンプレーで賭けるチップは、最高十枚にして下さいね」

一色と鷹庭が同意し、ゲームが始まった。

スリーカード、フラッシュと二回とも続けて一色が勝ち、残りの二人は額に青筋を立て始めた。二人の負けはそれぞれが二十円にもなっていた。

「そろそろ、東京上空でしょう。ちょっと景色を見てきます」

気まずくなったテーブルから賢治は、足音を忍ばせて立ち去った。

「お客さま方、本船は、いよいよ帝都の上空へと進んで参りました」

田崎の快活な声が響いた。

「ご覧下さい。右舷の眼下に光っておりますのは隅田川でございます。回向院境内には国技館の堂々たる『大鉄傘』がご覧頂けます」

サロンに座っていた人々は、三々五々椅子から立ち上がると、右舷側に歩み寄った。

市川らはゲームに熱が入っているのか、テーブルを離れようとしなかった。可那子の嬌声と高らかな笑い声が響いていた。

賢治は右舷側の一番前方のテーブルのところまで身体を運んだ。２Ｂの札の置かれたテーブル席には座る者がいなかったためである。

人々のどよめきの声が響くなか、賢治も身を乗り出して展望窓の下に視線を向けた。

三十二本の柱を傘の骨のように張り出して丸い屋根を支える国技館は、空から見下ろすと、まるでオブジェのようだった。亜鉛(あえん)張りの屋根、無筋鉄骨コンクリート造の西洋風の建物である。

国技館のまわりでは蟻のように小さく見える大勢の市民が月光号を見上げている。見上げたり、手を振ったり、高度二百メートルからも人々の熱狂はよく伝わってきた。

対岸に目を移すと、隅田川に注ぎ込む神田(かんだ)川河口付近に浮かぶ小舟までが手に取るように見えている。背後には下谷方向の町家の屋根波が黄昏色に光って広がっていた。

遠くに白い反射の輝きを見せているのは上野の不忍池(しのばずのいけ)に違いない。

「宮沢さんは、昨今の東京に来られる機会はあったかね」

隣に立つ柏木書記官は、東京の街に目を遣りながら、静かに尋ねた。

「大正の末年に上京して、英文タイプやエスペラント語、それに、オルガンとセロを習いました」

「その頃の帝都は、まだまだ再建中だったろうが」

「建築中の建物も少なくなかったです」

「震災から七年だ。大したものだと思わんかね。今や帝都は、惨禍から完全に立ち直った」

「確かに、震災の傷跡はあまり感じられませんね」

目立つ建物は普請して間もないものが多かった。眼下の整然とした街区は、賢治の目には美しく映った。

「国技館の北方、房総線の両国停車場の向こうに広がる荒れ地が、なんだか知っておるかね」

右やや後方の広大な草原を指さした柏木は、賢治の返答を待たずして言葉を続けた。

「本所横網町の陸軍被服廠跡地だ。被服廠が立ち退き、大正十一年三月に逓信省と東京市に払い下げられた。二万四百三十坪は近代的な大運動公園になるはずだった。だが、空き地であったがために翌年の悲劇を生んだのだ」

「震災のおりに、多くの方が犠牲になったのでしたね」

本所区は東京十五区中でも、最も被害の多かったところだった。

「あの空き地に避難した東京市民は約四万人。そのうち火災旋風の犠牲となった者は三万八千人……。幸運にも生き残った者は二千人に過ぎなかった。震災犠牲者がおよそ十万人だから、四割近い人があの三角地で業火に斃れたのだ」

柏木は目を伏せて静かに合掌した。

「あの日、あの時刻、わたしは上野にいた。逓信省の用務で東京博物館を訪ねておったのだ。下谷区も丸焼けになったが、なんとか上野公園に避難できて一命をとりとめた。一夜が明け、はやる心を抑えて市谷左内町の官舎に戻ってみると、牛込区には火の手が及ばず、わたしの官舎も愚妻も無事だった」

「それは何よりでした」

「ところが……」

柏木の眉が翳った。

「娘が帰って来ない。あの春に女学校を出たばかりだった長女の優子は、友人と三越に買い物に行っていたのだ」

「日本橋区も、かなり被害が大きかったようですね」

「かなりというような話じゃない。日本橋区は、三越百貨店、白木屋呉服店、村井銀行、三井銀行をはじめ、各新聞社、書肆、問屋街など、寸土を余さず焼き尽くされたんだ」

「それで……お嬢さまは……」

「わたしは半狂乱になって、あの界隈に娘の青い洋装を探し求めた。三越は新館の尖塔と玄関の左右に寝そべるブロンズのライオン以外に何も残ってはいなかった」

眼下には、賢治にも見覚えのある尖塔もそのままに、白い瀟洒な石壁を再建したばかりの三越百貨店が、驚くほどのスピードで通り過ぎてゆく。

「焼け落ちた三越の玄関前まで来たわたしは、向かって左のライオン像の下に、長女と同じ年頃の若い女が倒れているのを見た」

賢治は思わず息を呑んで、静かな柏木の顔を見た。

「水縹色の爽やかな訪問着を身につけ、古風な桃割れに結った美しい娘だった。唇をわずかに歪めて天に向かって何かをつかむように両手を拡げていた。仰向けに抱き起こしてみた。すると……憐れにも、背中一面が焼けただれて息絶えていた。この娘を探し廻っているであろう父親を思って、わたしは一掬の涙を禁じ得なかった」

優子という柏木の長女を襲った不幸を予感して、賢治は言葉が出なかった。

「……それきり、長女の消息は知れない。満都が累々たる屍の山だったのだ。娘もまた無縁仏の仲間入りをしてしまった」

柏木は慨嘆の息を長く吐いた。

「長女を失って以来、妻は寝付いてしまった。次女も次男も夭折しているので、江田島（海軍兵学校）に行っている長男だけが頼りだ。だが、帝都はかくの如き輝かしい復興を見せたのだ。我々もいつまでも過去をふり返っていてはいかんね」

口ぶりとは裏腹に、柏木の両眼は潤んでいた。

「お嬢さまがかわいそう……」

湿った声に驚くと、いつの間にか薫子が立っていた。

「こりゃ、いかん。最勝寺さんが聞いているとは思わなかったんだよ」

柏木は気まずそうに頭を掻いた。

「ずっと函館に住んでたんで、あの頃、東京で生きるのが、そんなに大変で、そんなにも悲しい毎日だなんて……実感できませんでした」

薫子の白い頬には一筋の涙が流れ落ちていた。

賢治も七年前の震災には、ずいぶん心を痛めた。『昴』という詩では、

――東京は今、生きるか死ぬかの堺なのだ

と書いた。だが、しょせん自分にとっては対岸の火事だった、と、賢治は痛感するほかなかった。

「最勝寺さんは、震災の頃には東京住まいではなかったのかね」

「四年前に上京しましたが、叔母の家と学校の往復の毎日です。いまでも東京の街は西も東もちっともわからなくて……」

薫子ははにかんで頬を染めた。

「いやしかし、女医さんを目指すとは大したもんだ。亡くなった長女などには、とうてい思いもつかぬ話だったろう」

「でも、想像力に乏（とぼ）しいわ。だって柏木さんみたいな方のお悲しみを、少しも考えなかったんですもの。いま、目の前できらきら光っている東京の街は、とってもきれいだけど……」

薫子が眺め下ろす窓の下には、中西屋（なかにしや）、東洋館（とうようかん）、三省堂（さんせいどう）に冨山房（ふざんぼう）といった、新造なった書店群が整然と建ち並んでいる。

賢治も東京に出るたびに稀覯本（きこうぼん）や浮世絵を買い漁（あさ）った神田神保町（じんぼうちょう）だった。すずらん通りの街灯には温かな光が点（とも）り始めていた。東京で最も学生が多く、銀座よりも夜の明るい文化の街である。

黒蟻のような学生服の集団が月光号を見上げては手を振っている。若者らしく飛び跳ねたり、走って追う真似をしたりする大学生たちの姿も見られた。

「この美しい東京が再建されるためには、本当に数え切れない人々が苦しみや悲しみを越えてきたのね」

背後から沈香らしき雅やかな匂いが賢治の鼻腔をくすぐった。

「薫子さん、ご覧なさい。あれが順天堂医院ですのよ」

黒縮緬羽織の小柄な老婦人が窓の下を指さしている。薫子とともに座っていた六十歳くらいの女性である。

「思っていたのより、ずっと大きくてきれいです」

お茶の水橋近くの高台に建つ真四角な四階建てのコンクリート造りが通り過ぎてゆく。

「震災で焼けて一昨年に建て直されたばかりなのよ」

老婦人は目を細めて、夕陽に光る順天堂を眺め続けていた。

「これはこれは。最勝寺さんのお祖母さまですか」

「いいえ、どういたしまして」

柏木の問いに、老婦人は掌で口もとを覆って品よく笑った。数カラットもありそうな大きなダイヤの指輪が光った。

「薫子さんとは月光号でお知り合いになりましたの。宅が医療の関係ですので女子医学生さんと伺って、それは大喜びでして」

夫人が手招きをすると、紋付き姿も厳めしい禿頭の老人が泰然と歩み寄ってきた。夫人よりは五歳くらい歳上だろうか。艶のよい肌と赤みがかった鼻が特徴的である。

「順天堂医院で薬事部長をお務めになっていた仲里玄二郎博士と、奥さまの八重さんです」

薫子の紹介で、賢治たちもそれぞれに名乗った。

「佐藤進男爵の率いた順天堂と言えば、西洋医学の嚆矢で私立病院の雄ですな。なにせ、内科なら神田駿河台の杏雲堂、外科と言えば湯島の順天堂ですからね。しかし震災では難儀されましたね」

柏木の賛辞に、仲里博士は禿頭を光らせ、機嫌のよい声音で答えた。

「あの揺れにも、堅固に建てられていたうちの病院は無疵に近く、一人の怪我人も出なかった。ところが下町のほうから火の手が迫って参りましてな。なにしろ当時も入院患者が百名はおったんですから」

「避難と言っても、身体の利かない人が多いから、大変だったでしょう」

賢治も横から口を出していた。峻厳な顔つきとは異なり、仲里博士は気さくな人柄と見えた。

「歩ける者はいいが、歩けぬ者は職員が背負い、背負えぬ者は担架に載せて隣の女子高等師範（現お茶の水女子大学）に運んだんだよ。ところが、結局は上野の精養軒に移さざるを得なかったんだ」

「女高師にも火の手が迫ったのですね」

「そうだよ、お若いの。なにせ、追いかけてくる火の手を逃れながらだから、文字通り生命がけでな」

「あなた、陣頭指揮を執ったって、ご自慢でしたわね」

八重夫人の横やりに、博士はかえって愉快そうに笑った。

「殿に陣取って最後の患者の背中を見守りながら逃げただけで、武士なら当たり前の話だ。うちの病院は完全に焼けてしまったが、ただ一人の負傷者も出さずにすんだ。これは、わしのみではなく、順天堂全職員の自慢なんだよ」

「多くの人の生命をお預かりする病院の仕事を、無事に勤め終えて、本当にようございましたね」

目を潤ませ声を震わせる夫人に、仲里博士は静かにあごを引いた。

「肩の荷を下ろして、本邦初の大空の旅に出られたのは何よりだった……だが……」

仲里博士の言葉は、宙に浮いたまま止まった。

田崎パーサーの白いタキシード姿がサロン前方の中央通路の前に現れた。

「お客さま、お夕食のお支度(したく)が調(ととの)いましてございます。そろそろ、お席にお戻りくださいませ」

左右両舷に立っていた乗客たちは、思い思いに自分のテーブルに戻り始めた。

賢治は自分の席に戻る前に、カードに興じている一色たちのテーブルを見舞った。

三人のプレーヤーは手に手にカットグラスを持って一息ついているところだった。卓上を見ると、色とりどりのチップはほとんど、一色の手元に集まっていた。

「どうですか？　調子は？」

賢治が声を掛けると、市川は眉を寄せて泣き笑いの表情になった。

「どうもこうもない。形無しですよ……」

「一色さんの一人勝ちよ。あたしの応援がきいたみたい」

　うふふと心地よげに笑った可那子は、しなを作って右手を一色の左肩に置いた。

「なんだか今夜は、勝ちたい気分だったんだよ」

　一色は可那子の手に自分の右手を添え、悠然と笑った。

「勝敗は時の運ですからね」

　鷹庭は青い顔をして力なくカードを切っている。チップ一枚が一円のレートだから、二人とも少なくとも百五十円くらいは負けているのではないだろうか。

「今夜はこれくらいでお開きにしないかね」

　さらりと言った一色に、市川は目を三角にした。

「いくら一色閣下のお言葉でも、それはちょっといただけませんね」

「そうですよ。勝ち逃げはないでしょう。一色さん」

　鷹庭の声も、刺々しかった。

「わかったわかった。君たちが気が済まないのなら、夕食後に一勝負だけやろうじゃないか。ただ、一勝負限りにしたいな。せっかくの景色もまるで見ていないんだ」

一色は両手を開くジェスチャーをすると、呆れたような笑いを浮かべた。

「僕も男です。一勝負で結構ですよ」

「約束します。一勝負でいきましょう」

市川と鷹庭は鼻息荒く宣言した。

「二人とも、そんな怖い顔しないでよ。でも、次の勝負だって僕は本気を出すよ」

一色が口元に挑発的な笑みを浮かべると、残りの二人は声をそろえて叫んだ。

「望むところです！」

どこかデカダンな雰囲気を漂わせたこのテーブルの人々も、震災のときには苦労したのだと思うと、賢治は気の毒なような、おかしいような気分になった。

「大きな坊やたち。仲よく遊んでてね。あたしは、これからお仕事なの」

可那子は流し目をくれ、三人の男たちを見やると、テーブルを離れた。ジョーゼットの裾を翻（ひるがえ）して客室通路へ去って行く後ろ姿がエレガントだった。

【4】


晩餐は本式の西洋料理だった。

「このソップは美味いですね。何のポタージュですか」

「宮沢さん、これはジャガイモの冷製ですよ」

市川は気のない調子で答えを返してきた。

肉や魚が苦手な賢治だったが、スープの舌ざわりと喉ごしは大いに気に入った。

本式の料理は、スープ、鮭のスモーク、ハムのサラダ、チーズとソーセージの盛り合わせ、冷肉と続いた。賢治がフォークをつけたのは、チーズとサラダくらいであった。それも、細かく刻まれたドイツハムをきれいに取り除いた上で、である。

だが、頼んだ好物のサイダーが、花巻では見かけぬキレのよい有馬サイダーだったので賢治は上機嫌だった。

「君、よろしくないね」

驚いて顔を上げると、三つ揃えの濃茶の背広に身を固めた長身の紳士が立っていた。

知的な細い顔に、縁なし眼鏡に口髭がよく似合う紳士は、三十代終わりくらいか。

「さっきから見ていると、君が食べているのは、サラドとバタを塗ったパンばかりではないかね」

紳士の眼鏡の奥で両の瞳がきらりと光った。

「だから、君はそんなに蒲柳のタチなんだよ。滋養のあるものを摂らねばならんよ」

「ですが、僕は……」

「流行の背広姿からすると、とうてい禅寺住まいには見えんがね」

畳みかけるように言う紳士に、柏木も藤吉も市川も吹き出した。

「もちろん、在家です。それに禅寺の坊さんとは違って僕は魚も少しは食べますし、ダシ汁やコンソメなら大丈夫です……あなたは？」

「これは、失礼した。九段で開業している内科医の川島と言います。君は、どちらから？」

「岩手県の花巻から参りました。宮沢賢治です」

「それじゃあ、残念だが宮沢さんに僕の病院に来て貰うわけにはいかないな。せっかく月光号でご一緒したんだし、一度、じっくり君の身体を診てあげたいと思ったんだよ」

川島医師の目から見ても、病弱さは歴然としているのか。賢治は、ここ一年あまりの病床暮らしを思い浮かべて、暗い気持ちになった。

「いずれにしても、肉や魚をまったく食しないのは、寿命の短かった江戸時代に戻るようなものだよ」

田崎パーサーが心配そうな顔つきで近づいてきた。

「お食事がお気に召しませんか？」

「いや、食事が気に入らないなんて、とんでもないです……」

賢治はあわてて顔の前で手を振った。

「こちらの宮沢さんは、菜食主義者だそうだ」

「主義ではないのです。僕は肉が食べられないのです」

賢治は菜食を好んでいたし、菜食主義について考え続けてきた。だが、徹底して動物性の食事を口にしていないわけではない。たとえば天ぷら蕎麦は好物のひとつであった。ただ、母や妹の前世が動物だったらと思うと、獣肉だけはまるきり食べられなかった。

「さようでしたか。少しも存じませんで……お待ちください」

厨房の方向へ小走りに戻って行く田崎を横目で見やりながら、川島は親しげな笑みを浮かべた。

「ずいぶん失礼を言ったが、医者としての老婆心(ろうばしん)からだよ。悪く思わないでくれたまえ」

川島は軽く会釈して、すたすたと自分の席へ戻っていった。左舷側ひとつ後方の仲里博士夫妻や薫子と同じテーブルだった。

しばらくすると、田崎はどんぶりに山盛りになったジャガイモを持ってきた。白い湯気がほこほこと立っている、粉ふき芋である。

「まかない飯で恐縮なのですが、よろしければバタを付けて召し上がってください。ご予約の際に伺っていれば、ビジテリアン・メニュウをご用意したのですが……」

「すみません、ご心配をお掛けして」

賢治は肩をすぼめて頭を下げた。

ひとつをフォークで突き刺して口元へ持って行った。

香りも豊かで、茹で加減もちょうどよかった。ドイツの名産だけに、一流のコックならジャガイモはお手の物のはずだった。

なごやかな宴席は続いていた。賢治たちのテーブルの反対側、2Bの席札が置かれた右舷最前席は、離陸時からずっと誰も姿を現していなかった。後ろの4A、4B席には、森本紘平が金髪の西洋人夫妻と会話を楽しみながらグラスを重ねている。

夕方、一色にいちゃついてみせた芳枝は酔いが醒めたのか、おとなしく冷肉を口に運んでいた。

左舷の最後のテーブルには、一色子爵と鷹庭のほかに結城お召しの男が座っていた。

通路を挟んだ右舷側の空席に一人の男が腰を下ろした。年の頃は五十を少し越したところか。

大島紬の羽織着流しの姿は、素封家そのものといった感じであった。四角い顔立ちは整っているが、ギロリと光る目元に険があり、薄い唇が酷薄そうな印象を与えた。

さっとテーブルに近づいていった田崎パーサーが、ことさらに恭敬な態度で低頭している。重要な乗客に違いあるまい。

「驚いたな。堂元成道ですよ」

市川は流し目で男を見やると、賢治にささやいた。

「いったい、どんな人なんですか」

「実業家です。主に製薬事業で莫大な富を築いています。政官界に顔が利き、田中義一前首相とも親しいって話です。政友会には相当に献金しているらしい。陸海軍の上層部や有力な国粋主義者にも人脈を持つそうです。あまり人前に顔を見せないそうなので、まさか、こんなところで会うとは思わなかったな」

「では、飛行船が好きなんでしょうか」

「きっと、そうなんでしょう。先進的なものに興味があるらしく、霞ケ浦湖畔に大工場を建ててスフ繊維（レーヨン）製造に乗り出したばかりです。新しい投資先として太平洋航空会社を考えていて、あるいは事業の視察なのかもしれません」

　ボーイの高木が卓上の赤ワインのコルクを抜いた。堂元はコルクを鼻に持ってゆくと、不快げに眉をひそめた。

「この船では、客にこんな安物を出すのか」

低く、幾分かしゃがれた声だった。

「シャトー・サン・テミリオンのオーゾンヌ。あれは、フランスの第一等のワインです」

市川はフォークの手を止めて、驚きの声を上げた。

高木はぺこぺこと頭を下げると、オーゾンヌのボトルを手に、厨房へ小走りに去った。

川島が立ち上がって、つかつかと堂元のテーブルまで長身の身体を運んだ。

「アルコールはお控え下さるようにと、お願いしています」

「一杯だけだよ。先生」

口元を大きく歪めて、堂元は不機嫌そうな声を出した。

「昨日の検査も、あまりいい結果ではありませんでした。堂元さんのご病気にアルコールは、生命を縮めるだけのものでしかありません」

(川島先生は堂元さんの主治医なのか……)

川島が立つかたわらには黒い革の四角い診療鞄が置かれていた。

飛行船の旅に主治医まで同行させているとは、なんという贅沢さだろう。それにしても、禁酒を命じられている堂元の持病は何だろうか。

「一杯だけだと言ったはずだ」

堂元は威圧的な低い声で突っぱねると、それきり川島を無視するように、皿に盛りつけられたチーズをフォークで切り始めた。

「わかりました。一杯だけです。十五ミリグラム程度のアルコールなら、急激な症状の変化は起きないでしょうから。ただし、二杯目を召し上がったら、わたしも保証できません」

川島は言い捨てると、自分のテーブルのほうへ踵（きびす）を返した。

「このわたしが、他人の言うことを聞かなきゃならんとは」

自席へ戻る川島の背中に堂元は吐き捨てた。だが、慣れているのか、川島の表情には少しも怒りの色は見られなかった。

高木はすぐに別のボトルを持ってきた。しかし、このワインもちょっと嘗（な）めただけで、堂元は顔を顰（しか）めて首を振った。

結局、三本目を持ってこさせて、堂元はようやく納得した。

「ロマネ・コンティだ……世界最高峰のワイン。三百円はする」

市川は目を見張ってつぶやいた。

高木が注いだワインを傾けつつ、堂元は黙々とフォークとナイフを使っていたが、少しの表情も動かさなかった。高木が次々に運んでくる豪華な料理に少しも喜んでいるようには見えなかった。

　サロンの照明がいくらか暗くなった。後方客室通路のドアが開いて、可那子が肩の大きく開いた黒いイブニングドレスの正装でピアノの前に立った。

「こんばんは、佐和橋可那子です。ようこそ月光号へお越し下さいました。今夜は、これから皆さまを『ムーンライト・ステージ』へご案内いたします」

　サロン全体が拍手の渦（うず）に包まれた。音楽が大好きな賢治も、わくわくと期待を込めて拍手を送った。

「月光号は今、御前崎（おまえざき）の上空あたりで遠州灘（えんしゅうなだ）を西へ西へと航行中です。まもなく、月の出。先ほど船長さんから、雲もほとんど出ていないと伺いました。今夜は、素晴らしい満月が望めるはずです」

　小さな歓声が、サロンのそこかしこに上がった。

「それでは、今夜、わたくしのパートナーになって下さる、素敵な男性をご紹介しましょう。ロバート・ワイズマン！」

　紘平と談笑していた灰白色（かいはくしょく）地に赤い格子縞のジャケットに身を包んだ金髪の西洋人が立ち上がった。客席は、どよめきに沸いた。

「ロバートは、ほんとうは合衆国大使館のスタッフなのです。今回は空から眺めて我が国を知りたいと、素敵なエヴァ夫人とご一緒に、空の旅に参加されました」

可那子のかたわらに歩み寄ったロバートは、陽気な笑みを満面に湛(たた)えて会釈した。ロバートは三十歳くらいか。鼻筋の通った品のよい容貌の中で、青い瞳が明るく笑っている。

「アメリカ政府もこの事業に並々ならぬ関心を抱いているわけだな」

賢治の背中で柏木がつぶやいた。

「先ほどお話ししていたら、ピアノの腕前がプロ級とのお話です。伴奏をお願いしたら、快く引き受けてくださいました。グッディ・イブンニン、ボッブ」

「皆さん、コンバンワ。日本に来て五年です。今夜のワタシはピアニスト。可那子のステキな歌を盛り上げます」

思いの外(ほか)たくみな日本語で挨拶すると、ロバートは右眉をひょいと上げて、ユーモラスな表情を作った。

「キャッスル大使に話すと怒られるので、秘密の出演です。だから、ギャラはなしです。エヴァ、オーケー?」

ロバートがテーブルへ向かって冗談を言うと、エヴァ夫人は頰をふくらませてみせたので、客席はふたたび笑いの渦に包まれた。

エヴァ夫人は可愛らしい容貌の持ち主だった。この正月に公開されて歌と踊りの華やかさで話題騒然となった、ハリウッド初の全編トーキー映画『ブロードウエイ・メロディー』で観たベッシー・ラヴを思わせた。

笑いの渦が収まると、可那子が茶目っ気たっぷりな笑顔を浮かべた。

「曲をお送りする前にクイズです。月光号が霞ヶ浦飛行場を離れるときに、ジャズ楽団が盛大な見送りの曲を演奏してくれましたが、タイトルはなんだったでしょうか？」

紘平がエヴァの横で『月光値千金』と叫んだ。

「正解。一昨年に天野喜久代さんが歌って大ヒットした曲です。ラジオでおなじみの方も、もしかしたらレコードをお持ちの方も、いるかもしれませんね」

「ワタシの国では『ゲット・アウト・アンド・ゲット・アンダー・ザ・ムーン』という曲です」

「そうです。ロバートのお国、アメリカで生まれた曲です。ビング・クロスビーというシンガーが歌ってヒットさせた曲で、すぐに日本でも流行しました。今回の空の旅と月光号に捧げます。それでは、お聴き下さい」

ロバートはピアノの前のスツールに座ると、可那子の目を見て、開いた両手の指を鍵盤に下ろした。ウキウキとするような軽やかなリズムが、サロンに響き始めた。

可那子のちょっとハスキーで、豊かな声量を持つアルトが、サロンをブロードウェイのバーに変えていった。もちろん、賢治は映画で観ただけなのだが……。アクセントを付けて、シンコペーションのリズムを撥ねて歌うところなど、とても日本人とは思えない。

(うーん、彼女は本式のジャズ歌唱ができるのだな)

賢治は、可那子のいきいきと歌う口元を眺めながら、心の中で舌を巻いた。

ロバートが鮮やかな指使いで弾く洒落た間奏を挟んで、ヴォーカルは天野喜久代の歌でお馴染みの日本語となった。

♪ただ一人寂しく悲しい夜は　帽子を片手に外へ出て見れば
青空に輝く月の光に　心の悩みは消えて跡もなし
ああ　ああ　三日月の夜　ああ　ああ　空に輝く月の光に

星空に輝く月の光に　心の悩みは消えて跡もなし※1

「どうも、ありがとうございました。わたくしも大好きな歌です。ロバート、センキュー・ベリマッチ」

「モダーンでビューティフルな可那子に乾杯！」

グラスを手にしながら、客席へ戻るロバートに、一座の人々は惜しみない拍手を送った。

「続けて、わたしの仲間たちが三年前に歌って大ヒットしたこの曲を、お聴き下さい」

可那子はピアノの前に座ると、ニ長調で弾むような前奏を弾き始めた。

すぐに聞き覚えのあるメロディが始まった。可那子は張りのある輝かしい声で『麗しの思い出、モン・パリ　吾が巴里』を高らかに歌い上げた。

宝塚歌劇団が日本初のレビューとして上演した『「吾が巴里よ〈モン・パリ〉」』の主題歌である。奈良美也子が歌ったこの曲は、空前の十万枚の大ヒットソングとなっていた。全ヨーロッパで元歌がヒットしてから二年後だった。

（なるほど、可那子は宝塚歌劇団の出身だったのだな）

宝塚の歌劇団員は、高い歌唱技術の習得を目指した厳しい稽古の毎日と聞いている。

可那子は、ここ数年のヒット曲を次から次へと歌い続けた。ラジオの普及で世間では軽音楽が浸透し始めたが、ほとんどが西洋音楽の翻訳ものだった。

「最後の曲になりました。素敵な青空で始まった旅路が、素敵な青空で終わりますように」

♪夕暮れに仰ぎ見る　輝く青空
日暮れて辿るは　わが家の細道
せまいながらも　楽しい我が家
愛の灯影の　さすところ
恋しい家こそ　私の青空※2

一昨年、二村定一が歌って、空前の大ヒットとなった『青空』だった。「せまいながらも楽しい我が家」は、気軽に人々が口にする流行語となった。

前の年にアメリカで流行った『My Blue Heaven』が元歌であると気がつかぬ

ほど、日本の人々の心に染み入る曲だった。可那子はしんみりと叙情性も豊かに歌い納めた。

サロンの人々の拍手の中から、可那子の艶のある声が浮き立って聞こえた。

「お楽しみ頂けましたでしょうか。ムーンライト・ステージの最後には、月光号から素晴らしいプレゼントが用意されています。皆さま、左舷側の展望窓にお集まり下さい」

人々が可那子のアナウンスに従って、展望窓のまわりに集まると、サロンの照明はすっかり落とされ、前後の壁際で足下を照らす小さなランプだけになった。

（何たらキラキラづく景色だべ！）

展望窓の前に立った賢治は息を呑んだ。

左舷の斜め後方の海上に月が姿を現していた。

波間から顔を出して間もない満月は、透き通ったレモン色の大きな大きな丸いかたまりだった。まぶしい光の塊の表面には、クレーターの模様が薄青い影で月宮殿を描いている。

眼下には遠州灘が、まるで、プルシア藍の布地に銀糸を織り込んだ繻子の布地のように広がっている。一枚の油彩画のように見えた水面は、ゆっくりと静かなうねりを繰り返して、白い波頭を反射させていた。

(山だべがど思えば、やっぱり光る雲だたじゃい)

賢治は自分の『高原』という詩をもじって心の中で花巻弁で言ってみた。

水平線上には満月に映えて銀鼠色に光る長大な雲の峰が、幻の山脈のようにどこまでも続いていた。

胸のなかで、愛聴しているドビュッシーの管弦楽曲『牧神の午後への前奏曲』が響き始めた。主役を担うフルートを、弦楽器の豊かな音色が包み込み、ハープがやさしく寄り添う。

幻想的で官能的なその旋律は、目の前の光る雲の波に、牧神たちが遊ぶ楽園を思わせた。夜空の上の別世界へと賢治の夢想はゆっくりと舞い上ってゆく。

(夜空をどこまでも旅し続けることができたら……)

何年間か、あたためている物語の構想が賢治の胸に蘇った。

心ならずも二十五歳のときにいちばんの親友である保阪嘉内と決別することになった。

盛岡高等農林学校時代に、嘉内が見せてくれたハレー彗星のスケッチに添えられていた「銀漢ヲ行ク彗星ハ　夜行列車ノ様ニニテ　遥カ虚空ニ消エニケリ」の言葉。

二十六歳の冬に最愛の妹トシを失った。

悲しみを癒やす目的もあって翌年の夏に出かけた南樺太旅行のときに乗った樺太鉄道の車窓の記憶。

そんなイメージの数々が、窓の外の月光に光る雲と交錯する。

（いや……僕の物語は、もっともっと幻想的であってほしい）

心のなかで、賢治のイメージは物語へと熟成されてゆく。

田崎パーサーの声で我に返った。

「今日の月の出は、東南東からです。月光号は伊良湖崎沖を西へ向かっていますが、皆さまに素晴らしい月の出をお届けするために、船長は現在、南へ舵を切っているのです。昭和五年皐月の名月を、心ゆくまでお楽しみ下さいませ」

人々は拍手も言葉も忘れて、満月の豊かな輝きに見入り続けた。

照明が明るくなると、サロンはすっかりくつろいだ雰囲気になっていた。それぞれのテーブルの乗客たちは、飲み物を手に和やかな会話を楽しんでいた。

堂元成道は無表情にワインを飲み続けていた。市川は一色のテーブルに去り、「もう一勝負」のポーカーゲームが再開された。

賢治はデザートのレモン・シャーベットに舌鼓(したづつみ)を打ちながら、柏木や藤吉と浅草オペラの興隆や、震災後、浅草に飲食店が激増している話などをして過ごしていた。

天候は安定しているようで、飛行船はわずかなローリングを繰り返すだけだった。グラモフォン蓄音機から流れるゆったりとしたジャズに耳を傾けながらの食後の時間は、実に快適だった。

レコード鑑賞は賢治の大きな趣味の一つだった。農学校教師時代に花巻の楽器店でたくさんのＳＰレコードを購入したため、英国のポリドール社はその店に感謝状を贈った。

また、蓄音機の音質にもこだわり、自ら竹のレコード針を改良し、アメリカのビクター社にサンプルを送った。製品化はされなかったものの、賢治の改良した針は大きな評価を得た。

音楽にこだわりを持つ賢治の耳からしても、サロンの蓄音機の音はなかなか悪くはなかった。

鉄道旅行ではこうはいかない。賢治はあらためて飛行船旅行の快適さを感じていた。

賢治の知らぬ外国の女性歌手のやわらかな歌声とビッグバンドの甘い伴奏が、ゆるやかにサロンに響き続けていた。

第二章　月には群雲（むらくも）、花には嵐

【1】

「宮沢さん、ちょっと……」

背中から耳打ちしてきたのは、ステージ衣装からジョーゼットに着替え直した可那子だった。

賢治は柏木と藤吉に会釈して席を立った。

「一色さんがね。トイレに行ったっきり戻って来ないのよ」

可那子は賢治をサロンの後ろの扉まで引っ張っていき、眉根（まゆね）にしわを寄せて不安げな声を出した。

「悪酔いでもしたのではないのでしょうか」

十分ほど前に、客室通路に消える一色の背中を賢治は見ていた。たしかに少し足もとが覚束ないようであった。

船体の揺れはほとんど感じないので、飛行船酔いとは考えにくかった。

余裕の表情で勝ち続けたポーカーゲームで、見た目以上に心身を消耗していたのかもしれなかった。それほど頑健には見えないし、どんな持病がないとも限らない。

「それがね、一色さんの部屋からうめき声みたいなものが聞こえて、なんだか普通じゃないって感じで……一緒に見に行って下さらない？」

可那子に袖をつかまれて、賢治は個室に通ずる扉を開けて狭い通路へと入っていった。

「ここが、一色さんの部屋よ」

３Ｂ、右舷の真ん中の部屋の前で可那子は立ち止まった。耳を澄ますと、かすかに人のうなり声が聞こえてくる。

「ほんとだ……うめき声が聞こえる。一色さん、どうかしたのですか？」

賢治はドアをノックしながら声を掛けた。

返事は戻ってこなかった。

「ここを開けてもいいですか」

真鍮のノブに手を掛けて力まかせに引いてみた。しかし、鍵が閉まっていて、扉はびくともしなかった。

体調が悪いので眠ろうとして鍵を掛けたのか。だが、うなり声は尋常なものではない。一刻も早く、医師に診せたほうがいい。

「鍵を開けて貰いましょう。パーサーを呼んできます」

不安な顔の可那子を扉の前に残して、賢治はサロンに踵を返した。

「一色子爵のようすが変なんです。部屋に鍵が掛かっていて、中からうめき声みたいなものが聞こえて……。鍵を開けて貰えませんか」

他人目をはばかって話す賢治に、田崎パーサーは一瞬、顔色を曇らせた。

だが、すぐに陽気な笑顔を浮かべた。

「以前に勤めておりました郵船の飛鳥丸でも、シアトルに向かう航海初日には、船の揺れに慣れずに調子を崩されるお客様が数多くいらっしゃいました」

「でも、この月光号は少しも揺れないですね」

「ありがとうございます。乗組員一同、快適な空の旅のために頑張っております」

田崎に先導されて、賢治はふたたび可那子の待つ３Ｂのところまで戻ってきた。

可那子は身震いして、部屋の扉を力なく指さした。

「声が聞こえなくなったわ……」

賢治と田崎は顔を見合わせた。

「子爵閣下、パーサーの田崎でございます。失礼ながら、扉を開けさせて頂きます」

型通りにノックした後、田崎は腰の鍵束から一本の大ぶりの鍵を取り出して、黄金色に光る真鍮の鍵穴に差し込んだ。

賢治は嫌な予感がして、背中に冷たい汗が流れ落ちるのを覚えた。もし、意識がないような状態だったら、すぐに医者を……川島を呼んで来なくてはなるまい。

蝶番がわずかに軋む音とともに、あたたかな白熱光に照らし出された室内が視界に入った。

「ああっ。た、た、大変だ！」

叫び声を上げ、田崎は大きく後ろへのけぞった。

田崎を押しのけて部屋に足を踏み込んだ賢治は、鼻を衝く鮮血の匂いに、瞬時、めまいを覚えた。

二段ベッドの下段、白いシーツの上に、一色が窓の方向に頭を向けて仰向けに横たわっていた。

黒羅紗のジャケットの襟と襟の間のVゾーンから覗くシャツばかりか、あごも頸部も、流れ出た血で真っ赤に染まっている。

さぁーっと耳鳴りがして遠近感が狂ったが、賢治はすくむ身体と震える心を懸命に抑えつけ、一色の身体に視線を向けた。

賢治の全身の血がさーっと下がった。

(これは、だめだな……)

白目を剝き、苦しげに口を半開きに歪めた血まみれの形相はものすごかった。端整な顔は台無しで、とうてい生きているとは思われない姿だった。

一色の左右の腕は、胸元で短剣の銀色の柄を握り締めていた。一色の生命を脅かした短剣は、刃が見えぬほどに深く、胸板、それも心臓近くに突き刺さっていた。

「一色さんっ。宮沢です。僕の声が聞こえたら、返事をして下さいっ」

賢治は声をきわめて呼びかけたが、一色は、ぴくりとも動かなかった。

勇気を奮(ふる)って、賢治は一色の硬直した右腕の手首を摑んで、脈を測ろうと試みた。右手に血液が付着したが、気にならなかった。親指をまだ温かい手首の何カ所かに当ててたが、少しの搏動(はくどう)も確認できなかった。

「脈が、ない……」

「いやぁーっ」

可那子は両頰(りょうほほ)を掌(てのひら)で押さえて叫ぶと、へなへなとその場に崩れ倒れてしまった。

「お、お医者さんを……か、川島さんがお医者さんです。川島先生を呼んで来て……」

可那子は震える声で田崎に命じた。

「わ、わかりました」

両手を泳がせるように動かしながら身体を翻(ひるがえ)すと、田崎はサロンに駆けていった。

一色の生命を奪ったものは、脇差(わきざし)や匕首(あいくち)などの日本の刀剣ではなく西洋短剣だった。

血まみれなのではっきりしないが、細かい草木模様が彫刻された銀製らしき柄は、十センチほどで刃渡りは十五センチほどと思われる。

小ぶりで装飾性が高いダガー系の短剣だが、意匠は古めかしく、古刀のレプリカのようにもみえる。

部屋の中に荒らされたようすは見られなかった。構造は賢治の2Aとまったく同じで、小花柄の壁紙で飾られた船尾方向の右手の壁に沿って二段ベッドがセットされていた。

船首方向を観察する。洗面台の白い陶製のシンクは乾いていて血を洗ったようには見えなかった。賢治は指紋を残さぬようにハンカチで真鍮の把手をつまんでクローゼットを開けた。シルクハットと黒いウールのインヴァネス・コートが吊り下がっているだけだった。

赤系の絨毯の上には一色の手荷物と思しき暗い深緑色の革トランクが置かれていたが、造り付けのテーブルにもスツールにも不審物は見出せなかった。

黒革の診療鞄を手にした川島が緊張した面持ちでドアを開けた。

川島は無言で一色に覆い被さるようにして、右腕の手首で脈をとった。小型懐中電灯で瞳孔を確認した川島は、ふり返って暗い表情で首を振った。

「残念ながら……亡くなっておられる」

「いやよ、そんなのいやよ。ねぇ、一色さん、どうしたのよぉ」

可那子は、横たわる一色の右肩を摑んで揺すった。

「君、無茶をしてはいかん。警察……警察はいないか。そうだ、パーサー、こういう場合は、船長が警察権を持つんだったね」

「は、はい……さようで」

「すぐに船長を呼んで来なきゃいかんな。こんな風に自分の心臓を一突きに刺せる人間はいない」

川島は、一色の胸に突き刺さった短剣の柄を指さした。

「つまり、殺された……わけでしょうか……」

田崎の脅えたような声に、川島は黙ってあごを引いた。

「わ、わかりました。すぐに船長を呼んで参ります」

ほどなく沈痛な面持ちの船長が、二十代半ばの、船長と同じような紺色の上着を身につけた痩せぎすの青年を伴って入ってきた。

後ろには緊張に青ざめた顔の薫子も立っていた。

「田崎から状況は聞きました。この男は、海軍軍医出身の……」

「船医の北原(きたはら)です」

秀才らしい顔立ちの北原船医は、頬を引きつらせるようにして名乗った。

「わたしは内科医の川島と言います。間違いあるまいが、念のため北原先生にも脈拍と瞳孔を確認して頂きたい」

川島は懐中電灯を北原船医に渡した。

北原船医も川島と同じように右手首で脈を取り、瞳孔を懐中電灯の灯りで調べた。

「川島先生の診断に間違いはございません。一色閣下に生命反応は確認できません。死亡診断はわたしの名義でよろしいですか」

「そのようにお願いします……」

「最勝寺さまがわたしと田崎の話を聞いて、急病人なら診(み)ましょうと仰(おつしや)って……」

船長はきまりが悪そうに言い訳した。

たしかに、田崎が船長を呼ぶのに、「一色が死んでいるようだ」と言葉にするわけにはいかない。

「でも、まさか……まさか、こんな状態だったなんて……」

薫子は喉で低くうなり声を上げて言葉を呑み込んだ。

「最勝寺さん、あなたはまだ、自分で死亡診断をした臨床経験はないだろう。だが、卒業すれば、嫌と言うほど経験するはずだ」

「頸動脈洞で搏動を確認するのですね……」

血まみれの一色を見下ろす薫子の全身は、小刻みに震えていた。

「無理に頸動脈をさわる必要はない。橈骨手根関節部でいい。時には、こんな残酷な状況下でさえも冷静に行動しなければならない。それが医師という職業なのだ」

「わかりました。わたくしも近い将来、実務に就かなければならないのですから……」

北原船医は無言で薫子に懐中電灯を手渡した。

薫子は唇を引き締め、しっかりした手つきで、一色の遺体に触れた。

「呼吸と鼓動は停止しています。瞳孔反射も見られません。以上の明らかな死の三兆候から、この患者は死亡していると判断せざるを得ません」

きりっとした表情で死の宣告を終えると、薫子は肩で大きく息を吐いた。

「よくやった。君は医師を志す者として、一歩しっかり前に進んだのだよ」

「貴重な臨床経験を頂き、ありがとうございました」

薫子はきちんと膝に手をついて頭を下げた。

お嬢さんっぽい容姿からは想像しにくい薫子の毅然とした態度に、賢治は驚かされた。女性の身で医師を目指す人間は、さすがに心の成り立ちが違うようだ。

「ところで、部屋の中に荒らされたようなようすはないな」

川島の目から見ても、部屋に異常は見出せないようである。

「現場はこのままの状態で保存したほうがいいでしょう。警察が調べるまでは、現状を変えては、まずいんじゃないんですか」

賢治の言葉に、船長も部屋の中を一通り見回してから宣言した。

「おっしゃるとおりです。この部屋は施錠して、着陸まで誰も入らせません」

「ところで、君、宮沢さん」

サロンに戻ろうとすると、川島が背中から声を掛けてきた。

「佐和橋さんを部屋に連れて行ってくれ。ワインかなにかを飲ませてやるといい」

「わかりました……それくらい、お安い御用です……」

返事はしたものの、若い女性の身体に触れるのをためらっていると、可那子はニスで輝く壁に手をつきながら、よろよろと立ち上がった。

「佐和橋さん、あなたの部屋は、どちらですか」

「わたしの部屋は、隣の隣よ……」

血の気の失せた顔で、可那子は船尾の方を指さした。

むせ返るような香水の匂いにどぎまぎした賢治は、肩を貸すこともできず、ただ可那子の背に従って5Bの部屋の前まで行くのが精一杯だった。

ドアを開けると、こちらも構造は賢治の部屋と変わらなかった。

相客は薫子と思われた。可那子のものとは思えぬレースの縁飾りのついた鶯色のブルトン（フェルト帽）が壁のフックに下がっていた。

可那子は自分でさっさとキャビネットからボトルを取り出し、赤い液体をグラスに注いであおった。

ベッドにしどけなく腰を下ろすと、可那子は賢治にスツールを奨めた。

「ほんとに、なんてこと……一色さんが殺されるなんて……」

可那子の口ぶりからは、数時間前に知り合った人間のようには思えなかった。

「一色さんとは、月光号に乗る前からの知り合いなんですか？」

「いいえ。違うわ。でも、あの人有名だから」

「子爵さまだからですか」

「そうねぇ、どうかしら」

可那子の返答は、少しも要領を得なかった。が、知己(ちき)でないとしても、乗船前から一色の存在は知っていたようである。

「宮沢さま、佐和橋さん……船長からお話があるそうです」

わずかに開かれていたドアから、田崎が顔を覗かせた。

「どうぞ」と答える間もなく、滝野船長が髭面(ひげづら)に憂慮(ゆうりょ)をのぼらせて現れた。

「恐ろしい事態が起きてしまいました。船内に殺人者がいるわけですから」

「乗客の中に、ですか?」

「今はまだ、わかりません。しかし、クルーとは考えにくいのです。客室へは航法室とサロンを通らなければ辿り着けません。田崎が呼びに来た時刻は、二十時十分頃です。わたしは航法室で執務していました。乗務員区画からサロンに出入りした者は、田崎のほかには一人もおりません」

「あたし、お客さんの顔は覚えようとするのよ。お客さん以外にサロンを誰かがのこのこ通っていたらすぐに気づくわ」

賢治もサロンを、クルーらしき人物が通ったような記憶は皆無(かいむ)だった。

「お二人にお願いがあるのです」

船長はあらたまった声で言うと、賢治と可那子の顔を交互に見た。

「わたしたちクルーが全力を挙げて犯人を捜し出します。お客さまに混乱を与えぬためにも、しばらく今回の事件については黙っていて頂きたいのです」

「船長さんの御命とあれば、ねぇ、宮沢さん」

可那子はしないを作って賢治の肩に手を触れた。

「僕はウソがつけん性質なので、人に訊かれたら、ほんとの話を言ってしまうかもしれんです。ですが、自分からは決して何も言いません」

賢治としても、むろん騒ぎ立てるつもりはなかった。

「ありがとうございます。川島先生と最勝寺さまにもご承諾を頂きました。お客さまの中で、事件をご存じなのは宮沢さまたちお三方だけです」

「僕がドアを開けようとしたときには鍵が掛かっていました。そのときには一色さんはまだ生きていた。うめき声が聞こえてましたから」

田崎が扉を開けたときから気に掛かっていた事実を口にすると、可那子も大きくうなずいた。

「変な声が聞こえたから、宮沢さんに来て貰ったのよ」

「凶行が行われたのは、僕たちが駆けつける直前だったと思います。しかし、部屋の鍵は掛かっていた」

「鍵は犯人が持っているんじゃないかしら。たとえば、相部屋の人なんか調べてみなきゃ」

可那子は幾分か上ずった声で言った。だが、船長は静かに首を振った。

「客室はすべて二名様用ですが、一部の部屋は一人しかお客さまが入っておられません。一色閣下も特別なお客さまとして、お一人でお部屋をご利用頂いておりました」

「相客はいないのですね。でも、佐和橋さんの言うように、犯人が鍵を持っているはずですよね。もう捨ててしまっているかもしれませんけど」

「それが……まことに不思議なのですが……」

船長は眉間にしわを寄せた。

「……部屋の鍵は三本しかありません。一本は田崎が、もう一本は、お客さまがお一人の場合にはわたし自身が管理しています。最後の一本は……あの部屋、3Bのテーブルの下に落ちていました」

「か、鍵は部屋の中にあったの?」

可那子の声が震えた。

「あの部屋には掛け金状の内鍵がありますが、内鍵は掛かっていなかった。つまり、あの部屋の鍵は、外からだけ施錠されていたのです。客室の鍵は外から掛けた場合には内側から開けることはできません。また、船体に張り付いてゴンドラの外から侵入した人間もいなかった。客室の窓は人が侵入できる大きさではありません。また、百十キロでの航行中には不可能な話ですが、とにかく窓は内側から施錠されていました」

「天井に点検口などは、ないのですか？」

「ゴンドラのすぐ上は船体の底部ですが、点検口はありません。天井から人間の昇り降りはできない構造です」

船長は顔を曇らせた。というより、恐怖が唇の端に見えていた。

「要するに３Ｂは、密室だったのです」

「そんな馬鹿な！」

「そうよ、探偵小説じゃあるまいし」

「しかし、現在調査した結果、あの部屋は田崎が鍵を開けるまでは、密室だったとしか考えられません」

密室殺人……。賢治は大正の終わり頃に、どぶろく密造摘発にまつわる『税務署長の冒険』という探偵小説まがいの小品を書いた経験があった。

だが、これは、どちらかというと冒険活劇に近い作品だった。原書で英米の探偵小説も読んでいたが、むろん、賢治は犯罪とはまったく縁がなかった。殺人事件などを目のあたりにするのは初めてである。

まして、密室殺人が起きたのである。だが、密室から人が逃げ出せるわけがない。必ずどこかに見落としが存在するはずだ。

「船長」と田崎が顔を覗かせた。

「ほかの客室にはお客さまは一人もいらっしゃいませんでしたし、怪しい者の影も見られませんでした。すべての部屋は外側から施錠されており、これといった異常も見られません」

「ご苦労だった。客室通路の入口に田崎かボーイのどちらかが常に立っているようにしろ。出入りをチェックするんだ」

「わかりました。高木と森田に伝えます」

「一色子爵は体調が悪化して絶対安静と公表する。霞ヶ浦に着くまでは3Bの鍵は絶対に開けてはならない」

表情を引き締めて田崎が去ると、船長は賢治たちに向かって丁重に頭を下げた。

「それでは、くれぐれもよろしくお願いいたします」

船長が去ると、可那子がきゅっと眉を寄せた。

「戻らなきゃ。鷹庭さんも市川さんも、しびれを切らしてるはずよ」

「そうですね。あんまり時間を空けて、怪しまれてもいけないし」


【2】


賢治と可那子は、5Bを出てサロンに向かった。

「いったい全体、どうしちゃったんですか。一色閣下はお産が長すぎると思ったら、今度は、迎えに行ったあなたたちが帰ってこない。二人で逢い引きでもしてたんじゃないんでしょうね」

サロンに戻ると、カードを所在なげに切っていた鷹庭が口を尖(とが)らせた。

「それどころじゃないのよ。一色さん、倒れちゃったのよ」

賢治が返事に迷う間もなく、可那子が食って掛かってみせた。

「なんですって！」

鷹庭と市川は声を一にして叫んだ。

「川島先生が診て下さったんですけど……えーと……なんて病気だったかしら」

病名の打ち合わせまではしていなかった。可那子が目を天井に遣っていると、
当の川島が隣のテーブルから、のそっと長身を運んできた。

「軽い狭心症だ。ニトログリセリンが特効薬だが、この飛行船には積んでいない。少なくとも絶対安静だよ」

「狭心症……子爵は心臓がお悪かったんですか」

市川は川島を見上げながら、緑革表紙の手帳と細身の万年筆を取り出した。

記事になるかどうかは別として、今回の空中旅行における華族の重病は、価値のある情報に違いない。

(けど、ほんとの話を知ったら、市川さんは驚くべな)

賢治はメモをとる市川の顔を見ながら、ひやりとした。

「持病でなくとも、心臓の血管が詰まっていきなり発作を起こす場合があるんだ」

「さっそく、お見舞いに参じなきゃ」

鷹庭が腰を浮かしかけると、川島は強い口調で拒絶した。

「だめだ。さっき、パビナールを投与して眠らせてあるが、面会謝絶だ。わたし以外は、子爵の部屋に入ってはならない」

（お医者さまなんてのは、ウソが上手いもんだナ）

賢治は感心すると同時に、自分の身体に対する花巻の医師たちの診断が、どこまで真実なのか不安になってきた。

春からすっかり調子はいいのだが、この先への不安は消えない。

「わ、わかりました……」

鷹庭はひるんだが、すぐに頭上に両手を持って行くと背を反らして大仰に嘆いた。

「勝ち逃げって言ったら重病人に失礼だけど、二人とも大損ですよ。これは」

「確かに、僕の負けも、大変な金額になっちゃってるんですよ」

市川も口を尖らせた。

一色が災禍に遭ったのは、敗者復活戦中だったようである。

「もし、よかったら、あたくしがゲームに参加しても、よろしゅうございましょうか」

それまでワイズマン夫妻や森本夫妻のテーブルの横に立って談笑していた男が近づいて来た。

鉄納戸色の結城お召しを着流している。卵形の顔に小作りの造作だが、なかなかの美男子である。ただ、三十前と思しき年齢なのに、薄禿なのが玉に瑕だった。

賢治には、新聞で写真を見たような記憶があった。

「あなたは……たしか、歌舞伎の……」

男の顔をまじまじ見つめながら賢治は尋ねた。

「顔を覚えて下さって光栄です。ええ、中村伝七郎と申します」

伝七郎は笑うと目が細くなり、ますます女性的な風貌になった。

名前は知らなかった。が、和装の粋な着こなしや鼻筋の通った顔立ちは、役者と聞くと納得できた。

「三代目中村伝七郎と言えば、若女形としてまさに売り出し中ですよ。初春歌舞伎の『寿 曽我対面』で演じなすった化粧板の少将役が実によかったと、同僚の文化部記者が言ってましたよ」

「お褒めにあずかって恐縮です」

小柄で華奢な身体にしなを作るさまは、並の女性より女らしい。

「身のこなしもキレがあって軽いし、娘役の舞踊りを演ずるのにふさわしい。将来は、『娘道成寺』の白拍子花子を演るんじゃないかってね。五代目成駒屋みたいに」

「いえいえ、あたくしなどまだまだ未熟者ですから」

伝七郎は口元を手で押さえて、オホホホと笑った。

「中村さんが参加して下さるんなら大歓迎ですよ。ね、鷹庭さん」

「もちろんですよ。さぁ、どうぞ」

鷹庭は弾んだ声で答えると、伝七郎へ会釈を送った。

「そう言えば……鷹庭さんのお仕事を伺ってなかったな」

市川の言葉に、鷹庭は気取った調子でその場にいる人々に会釈した。

「ご挨拶が遅れました。僕は同潤会関係の仕事をしております」

「同潤会というと、帝都復興のために住宅供給を目的としている公益団体ですね。東京と横浜に、もう十五もアパートメントを建ててますよね」

市川も鷹庭の職業を初めて聞いたのだろう。意外そうな顔で訊いた。

（おやおや、鷹庭さんは活動屋さんか手品師だと思っていたが、これは外れた

な）

　まぁ、すべてが的中するようなら、占い師でも開業できよう。

「会長は、安達謙蔵内務大臣です」

「安達内相は、新聞記者出身ですよ。僕の先輩に当たるわけだ」

「会長は市川さんとは正反対の雷オヤジですけどね。さぁ、若女形と新聞記者と同潤会、普通なら出会わないような三人の取り合わせで、ゲームの再開と行きましょうか」

　鷹庭がウキウキした声を上げて、カードを切り始めた。

　可那子はすでに誰かを応援する気力はなくなってしまったとみえる。近くの椅子に力なく座って、見るともなくぼんやりとこちらを見ていた。

「宮沢さま、ちょっとよろしいでしょうか」

　背後から田崎が近づいて来て耳打ちした。

「船長がご足労頂きたいと申しておりまして。航法室までお出で願えませんでしょうか」

　田崎は目顔でサロン前方の扉を指した。

「わかりました。すぐに伺います」

このうえ、何の話があるのかと思いながら、賢治は田崎の後に従った。ゲームに興ずる三人は、賢治の動静には関心を示さなかった。

扉を背後で閉め、サロンの喧噪が消えると、近くのエンジンのうなりが浮き上がって聞こえた。当直航法士は操舵室にいるのか、船長が一人でチャート・テーブルの横に立っていた。

「宮沢さま。これをご覧になって下さい」

船長は賢治の顔を見るなり、樫の木のチャート・テーブルを指さした。カラーの航空図の横に、一枚の奇妙な柄のカードと白い西洋封筒が載せられていた。

「タロットだ……これは、どこにあったものですか……？」

「このカードは、田崎らがまったく気づかないうちに、３Ｂの扉の通路側にピンで刺してあったのです」

「３Ｂ？　一色さんの部屋ですよね」

「そうです。さらに……」

船長は手袋をした手で注意深く西洋封筒を取り上げて、中から一枚の白い便箋を引っ張り出した。四つ折りにしてある便箋をテーブルに拡げると、縦一行にタイプ文字が打たれていた。

「密通ノ罪」・ハーデース

「これが３Ｂの室内、一色子爵の亡骸のかたわらのスツールに置いてあったのです」

「そんな、馬鹿な……」

賢治の声は掠れた。賢治は３Ｂを詳細に観察したが、そんな封筒が残っていたら見落とすはずはなかった。

また、事件後、サロンから客室に通ずる入口には、常に高木が立っていた。サロンから出入りできた者は、いなかったはずだ。

「発見したのは、ボーイの森田です。田崎と二人で、客室に異常がないか、船尾から順番にチェックしている最中、３Ｂの前まで来ると……」

「カードが貼ってあったんですね」

「それであわてて、３Ｂを開けてみると、封筒がスツールの上に置いてあったそうです」

賢治は黒々としたタイプ文字に目を落とした。

大正三年に発明された和文タイプは、昭和に入って企業や役所などで、かなり普及していた。

とはいえ、二百円近い高額な機械であり、操作にも習熟を要した。小規模出版では活版ではなく、ガリ版が当たり前である。和文タイプは極めて珍しい機械だった。

「船長、これは斬奸状ですね。一色さんの罪を問うているわけでしょう」

「なるほど、密通ノ罪と書いてありますからね。宮沢さまは一色子爵に恨みを持つ者の犯行とお考えなんですか」

「そうとしか思えません。書いてある内容が事実かどうかわかりませんが、少なくとも自分の女房を寝取られた男が犯人である可能性はあり得ますね」

「わからないのは、ハーデース。これが、どんな意味だか……」

「死を司る神の名ですよ。ギリシャ神話の」

賢治が何の気なく口にした言葉に、船長は目を見開いて叫んだ。

「死神ですか！」

「死に瀕した人間を迎えに来たりはしませんから、正確には死神とは言えないかもしれません。ゼウス、ポセイドンに次ぐ主要な神で、冥府の長です」

「うーん、犯人は死神として一色子爵に罰を下したつもりなんでしょうね」

　船長はよほど感じ入ったらしく、低い声で唸った。

「ハーデースは、被ると姿が見えなくなる、隠れ兜という神器を持っているとされています」

「隠れ蓑みたいなものですか」

「そうです。神話にはつきものの神の道具ですね。ハーデースを名乗る犯人は、隠れ兜を被っているから、こちらの姿は見えぬだろうとばかりに、挑戦状を叩きつけているんじゃないでしょうか」

「なるほど、しかし、宮沢さまは博学ですね」

「たまたま、本で読んでただけで……」

　賢治は身を縮めて答えた。昔からギリシャ神話には興味があって、翻訳物のみならず洋書にも目を通していた。

　一般にギリシャ神話などに知識を持っている人間は稀であった。犯人は、少なくとも高等教育を受けているのは確かだろう。また、新しい文化であるタイプを使っているところから見ても、それほど年齢の高い人間とは思えなかった。

いずれにしても、犯人は持っている知見（ちけん）を隠すどころか、ひけらかしている。自分の頭脳に自信のある人間に違いない。

タイプの「密通」という文字を眺めていた賢治の脳裏にちらっと、一色にしなだれかからんばかりの媚態（びたい）を示していた芳枝というモガの姿がよぎった。同時に、気弱そうなロイド眼鏡の紘平という夫の姿も……。

好意を持ちながら一色につれなくされていたとすれば、芳枝には動機がある。自分への自信が過剰で自己中心的なものの考え方をする女にはありがちだ。あるいは、嫉妬に狂った紘平の仕業（しわざ）である可能性もないわけではない……。

賢治は、あわてて頭（かぶり）を振った。何の根拠もなく予断だけで他人様を殺人犯扱いにするなど、とんでもない話である。推理はもっと確実な根拠や物証に基づいて行わなければならない。

「ところで、この何だか怖ろしげなカードは何でしょうかねぇ」

船長の関心は、悪魔と裸の男女の絵柄を描いた一枚のカードに向けられた。

「これは、タロット・カードですよ」

賢治はメタファの研究のために、タロットについて書かれた洋書を読んだ経験があった。残念ながら、十年近く昔の話で、詳しい内容は覚えていなかった。

「タロットとはなんですか？　初めて聞く言葉です」

驚きの眼で、船長は賢治を見た。

「トランプの原型になったとされている、長い歴史のあるカードです。日本にはまだ紹介されていませんが、ヨーロッパではゲームや占いに使われています」

「ザ・デビル……これは悪魔を意味しているのですね」

船長はタロットに見入りながらあご髭をしごいた。

「タロット・カードに描かれる絵柄はすべて寓意を持っていて、悪魔は……たしか……裏切りを意味していたと思います」

「驚きましたな。宮沢さまは何でも知っていらっしゃる。まさに大博士ですね」

船長は心から感心したようすでうなり声を上げた。

「いや、物好きで色々な本を読んでいるだけなのです」

賢治に向き直った船長は、声の調子をあらためて言葉を続けた。

「犯人が船内にいるのは間違いありません。十七人……いや、被害者の一色子爵と宮沢さまを除くと十五人ですが、十五人の乗客の中に犯人がいるに違いありません」

賢治は可那子が呼びに来たときには、柏木や藤吉と談笑していた。一色が刺されたのはおそらくその時刻であろう。また、一色がうめいていたときには鍵の掛かった扉の前にいた。

最近、『新青年』などに掲載されている探偵小説で流行り始めた言葉で言えば、賢治には「アリバイ」があるわけである。可那子については、賢治を呼びに来る前の挙動が証明できない。

船長は賢治の目を強く見つめながら、切羽詰まった口調で請うた。

「宮沢さまに、お願いがあるのです」

「はぁ……僕にできることなら……」

「わたしにはむろん、警察官の経歴はありません。しかし、法律によって、また、道義上も、今回の凶悪事件の解決をする義務があります。月光号が霞ヶ浦に戻るまで二十一時間半のうちに犯人を明らかにしなければならないのです」

「月光号が陸に戻れば、犯人に逃げられてしまいますからね」

「お言葉の通りです。そこで、宮沢さま。犯人でないのが明らかであり、教養のあるあなたに、ぜひ協力して頂きたいのです。他のお客さまに知られぬうちに、何としても捜査を進めたい。力を貸して下さい」

船長は熱っぽい口調でふたたび頼み込んだ。

乗客の中で頼れるのは、まずは藤吉少佐と柏木書記官だろう。だが、二人は海軍と逓信省という国家機関の代表者である。船長としては気が重い相手に違いない。

大使館員のワイズマンも同じである。市川は新聞記者だし、仲里博士は高齢に過ぎる。鷹庭は正体不明、紘平と中村はどこか頼りなく、尊大な堂元には頼む気にもなれぬだろう。

船長が男性客に頼むとしたら、川島医師か賢治くらいしかいない。たまたま事件に遭遇した賢治を頼りにしたい船長の気持ちは、わからないではなかった。

「船長のお力になれるのならば」

賢治は諦めの吐息を漏らしながらうなずいた。

「ありがとう存じます。どうか、お願いいたします」

船長は帽子を取って深々と頭を下げた。

「では、はじめに、乗客の方々の名簿をお目に掛けましょう」

姿勢を直した船長はチャート・テーブルに一枚の図をひろげた。

賢治のところにも届いていたゴンドラの図面に、搭乗客の氏名を書き込んだものだった。

「これが今回の記念飛行にご搭乗頂いている、お客さまのテーブルとお部屋の一覧です」

賢治は図面をしげしげと覗き込んだ。

「それぞれのお客さまが楽しく時をお過ごし頂けるように、田崎たちが工夫してお部屋とテーブルの配置をしたものです」

「なるほど、これは、わかりやすいですね」

堂元成道が一人でテーブルを独占しているのが目立った。おそらくは筆頭株主でもあるのだろう。

「乗務員の方は四十一名でしたね」

「はい。非番の者も少なくないです。しかし、先ほども申しましたが、ディナー・タイム以前からわたしが航法室で執務しておりましたので、クルーがタラップを下りてくればすぐにわかります」

「乗務員の中に犯人はいないと断言できますね」

船長は黙ってあごを引いた。

「凶行時刻が、佐和橋さんがあなたを迎えに来るちょっと前だと仮定すると、宮沢さまは左舷の一番前のテーブルにいらっしゃったんですね」

「柏木書記官、藤吉少佐とお話をしていました」

そもそも、公用で乗り込んでいる柏木らが、そんな犯罪を決行するとも思えなかった。

「特に変わった行動をしていた人は、いなかったでしょうか」

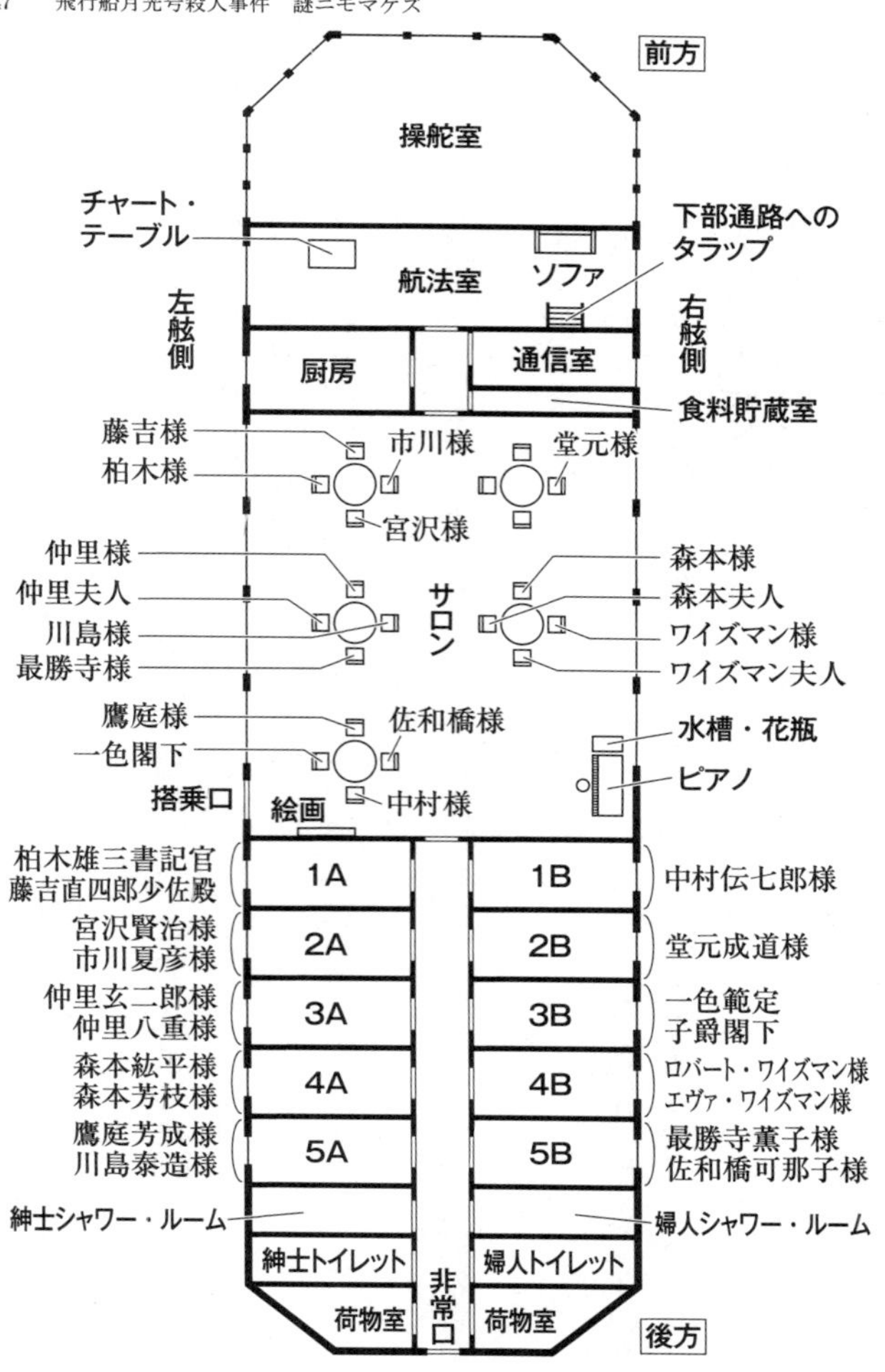
前方
操舵室
チャート・テーブル
航法室
ソファ
下部通路へのタラップ
左舷側
右舷側
厨房
通信室
食料貯蔵室
藤吉様
市川様
堂元様
柏木様
宮沢様
仲里様
仲里夫人
川島様
最勝寺様
サロン
森本様
森本夫人
ワイズマン様
ワイズマン夫人
鷹庭様
佐和橋様
一色閣下
中村様
水槽・花瓶
ピアノ
搭乗口
絵画
柏木雄三書記官
藤吉直四郎少佐殿
1A
1B
中村伝七郎様
宮沢賢治様
市川夏彦様
2A
2B
堂元成道様
仲里玄二郎様
仲里八重様
3A
3B
一色範定子爵閣下
森本紘平様
森本芳枝様
4A
4B
ロバート・ワイズマン様
エヴァ・ワイズマン様
鷹庭芳成様
川島泰造様
5A
5B
最勝寺薫子様
佐和橋可那子様
紳士シャワー・ルーム
婦人シャワー・ルーム
紳士トイレット
婦人トイレット
非常口
荷物室
荷物室
後方

「背を向けて座っていたので、サロン全体のようすはよくわかりません。ですが、ゲームの途中だったので、左舷後方テーブルに座っていた鷹庭さんや市川さんは動けなかったと思いますよ」

「それは、ありがたい。これで容疑者の範囲は十一人になりました」

船長は幾分表情を和らげた。

「この図面は写しなのでお持ち下さい」

船長に手渡された四つ折りの乗客配置図を、賢治は上着の内ポケットにしまった。

「問題は鍵ですね。３Ｂは完全に密室状態だったのですから。まず、密室の謎を解かねば」

賢治の言葉に、船長の顔がふたたび険しく変わった。

「おっしゃるとおりです。田崎たちも、すべてのお客さまの動静はわからないと言っています。もし、今後も何か気づかれましたら、直接お知らせ下さい。わたしも入ってきた情報は細大漏らさず、宮沢さまにお話しします」

「わかりました。お役に立てればよいのですが……」

賢治の心を不安が包んだ。

これは、薫子と楽しんでいた人物当てのようなゲームではなかった。

ほかの乗客に猜疑の目を向けるのも嫌だった。しかし、船長も乗客の中に味方を作りたいのだ。ハーデースやタロットを知っていたがために、気の重い役まわりが飛び込んできたわけである。

(柏木さんや藤吉さんに頼んだほうがよいのにナ)

賢治は憂鬱な気持ちで、航法室を出た。


【3】


サロンに戻るや否や、可那子がすり寄ってきた。賢治をサロンの隅に連れて行き、ほかの乗客をはばかりながら小声で訊いた。

「遅かったわね。船長に呼ばれてたのね」

「……そうなんです」

賢治は口ごもった。可那子をどこまで信用していいのかわからない以上、余計な話はするべきではなかった。

「で、犯人の目星はついてきたって？」

「いまのところ、何もわかっていないそうです」

「それにしても、一色さん、どうして殺されたのかしら」

「佐和橋さん。一色さんはなぜ有名なんですか」

賢治は可那子の部屋にいたときから引っかかっていた件を尋ねてみた。まずは、一色殺しの動機をつかまなければならない。

「さっき言ってた、あれ？　あの人、ドン・ファンだから……」

「ドン・ファンって、モーツァルトのオペラの主人公のドン・ジョヴァンニですよね。バイロンの詩では、ドン・ジュアン。たしか、リヒャルト・シュトラウスの交響詩のテーマにもなってたな」

リヒャルト・シュトラウス本人が指揮し、ベルリン国立歌劇場管弦楽団が演奏した交響詩「死と変容」のレコードは賢治の愛聴盤の一枚であった。

可那子は半ば驚き、半ばあきれたような顔で笑った。

「宮沢さんって本当に学があるのね。わたしは四年くらい前のジョン・バリモアの映画で知った言葉なのよ」

「映画は観てませんが、要するに一色さんは漁色家だったのですね」

トランプに興じていた一色の優雅な容姿と、血まみれの遺体の苦悶の表情が、賢治の脳裏に交互に浮かんだ。

「あの人の場合、女のほうから望んじゃうのよ」

（可那子さんも一色さんの恋人だったんじゃないのか……）

瞳をつい見つめてしまうと、可那子の右手が伸びて賢治の肩を軽くぶった。

「イヤだ。なに、勘違いしてるの。あたしはなんにもないわよ」

可那子は、いたずらっぽい表情を作って賢治を睨んだ。

「さっきも言ったでしょ。この月光号で初めて知り合った、って。だけど、あたしの友達の女優やシンガーにも、ややこしいことになった娘が何人かいるのよ」

宝塚出身の可那子なら、美人の友達も少なくなかろう。

「そんな女性たちの恨みを買ったんでしょうか」

「違うと思うわ。あくまで友達の話よ。一色さん、血統は超一流で帝大の法科を出てる秀才なのに、少しも偉ぶらないし、とってもジェントルマンなんだって。だけど、惚れっぽくて次から次に手を出すの」

「なら、女性が恨んでもおかしくはありませんね」

女性となると、月光号には容疑者候補が少ない。可那子のほかには一色に熱を上げていた森本芳枝くらいか。

賢治たちのテーブルで人物当てをやっていたときの薫子を思い起こしてみた。

だが、一色に熱を上げていた自分を隠していたとはとうてい思えなかった。また、もし薫子が犯人なら、船長や北原船医のあとについて、のこのこ3Bにやってくるはずはなかった。

合衆国大使館職員ワイズマンの夫人、エヴァも関係はないだろう。外国公館職員夫人が、そう簡単に日本の男と不貞を働くとは考えにくかった。老女の仲里八重は、そもそも、あの短剣を一色の胸に突き刺すほどの力を持っているとは思えない。

「でも、振られた女たちに、『あんな素敵な人と、いい仲になれただけで幸せだ』って言わせるものを、持ってるらしいわ」

「となると、やっぱり恨んでいるのは、女性を取られた男のほうですかね」

賢治は上着のポケットにしまってある乗客配置図を思い返していた。

男性だとすれば、あのときの動静がわからないのはワイズマン、仲里博士、川島医師、中村伝七郎、紘平、堂元の六人である。

「宮沢さん。どうして一色さんの女性関係にこだわるの」

ハーデースからの「密通ノ罪」という斬奸状を知らない可那子は、不思議そうに賢治の顔を見つめた。とりあえずは言い繕（つくろ）わなければならない。

「世の中に殺人事件の動機は数多（あまた）あると思います。でも、一色さんがドン・ファンだったなら、まずは女性関係を洗わなきゃ」

可那子は納得したようにうなずくと、急に肩をすぼめて見上げるような視線で賢治を見た。

「お願いがあるのよ。あたし、お手洗いに行きたくなっちゃったんだけど、あの部屋の前を通るのが怖くて……」

「3Bの部屋ですね」

「そう。だから、エスコートして頂けないかしら」

可那子の詮索（せんさく）から解放された賢治は、ほっとしてすかさず相槌（あいづち）を打った。

「ええ、それくらいのことなら……」

「嬉しい。じゃ、お願いね」

可那子は腰のあたりで左腕を組む姿勢を取った。

「どうしたの？　エスコートして下さるんじゃないの？」

腕を組めと言うのだ……。英国紳士などは、女性をエスコートするときに腕を組むと、ものの本で読んだ覚えがある。

「お願い、宮沢さん」

可那子の語尾上がりの請いには否やは言えず、賢治はどぎまぎしながらも可那子と腕を組んだ。体側が接触しないように距離を取りながら……。

公衆の面前でのこんな経験は初めてである。顔が真っ赤になっているのではないかと身を小さくしながら、賢治は右舷側の窓際を船尾方向へよろけるように歩いた。

あいにくと大方のテーブルは埋まり、乗客が談笑している。サロンの中程に立っていた田崎が興味深げな表情を隠さずに、それでも慇懃に会釈をした。賢治は背中から両耳まで熱くなるのを覚えた。

客室へ通ずるドアの前に立つ高木のところまで来たときである。

白眼がちに賢治を睨みつけている、薫子の大きな瞳に気づいた。

焼き餅を焼いてくれているなら、嬉しくないわけでもない。だが、あるいは単に女にだらしのない男と見て、軽蔑しているだけなのかもしれない。いずれにしてもここは逃げるが勝ちだ。

「おやおや、宮沢さんにばっかり、いい役を取られては、癪だなぁ」

冗談めかした非難の声とともに、切っていたカードを置いたのは鷹庭だった。

「そうだ、鷹庭さん、可那子さんをエスコートしてくれませんか」

賢治は渡りに船とばかりに、鷹庭に気恥ずかしい役廻り(やくまわ)りを譲ろうとした。

「蟻(あり)が鯛(たい)なら、芋虫(いもむし)や鯨(くじら)。僕がエスコートしますよ。可那子姫」

鷹庭は頓狂(とんきょう)な声を上げ、腰にさっと右手を当てて突き出した。

「え、ええ……じゃあ」

可那子は鷹庭の気合いに圧(お)された形で、賢治にからめていた腕を離した。

「そう来なくっちゃ。気高(けだか)き姫を宮沢さんに独り占めされるのは、男の沽券(こけん)にかかわりますからね」

鷹庭はいそいそと可那子の腕を取って賢治にウインクを送った。トイレの付き添いに男の沽券もないだろうが。

「市川さん、中村さん、ちょっと中入りといきましょう」

「いいですよ。僕は席に戻ってちょっと一杯、引っかけてます」

「どうぞ、ごゆっくりなさってね」

二人は揃って軽く手を振って鷹庭を見送った。市川たちの明るい表情は、負けが込んでいるとは思いにくかった。

「さぁ、姫、いざ」

いささかあきれて客室通路に消えて行く二人の後ろ姿を見送りながら、賢治は自分の椅子に腰を下ろした。

「少佐、そろそろ部屋に戻って、わたしが持ってきたブランディで一杯やりませんか」

「今、二十一時十五分です。風向きは西南でしょうが、これだけ揺れないとなると、微風ですね。順調に速力は出ているようですから、高度を上げてそろそろ奈良盆地の上空といったところでしょう。満月も中空高くなりましたね。月見酒と行きますか」

「三笠の山に出でし月かも……。奈良の上空で観月も風流だね」

テーブルに戻ると、柏木と藤吉の二人は腰を浮かしかけていた。窓の外の月はサロンの煌々とした灯りのせいで、色あせて見える。

「僕もそろそろ、引き揚げるとしましょうか」

市川はゲーム中だし、賢治も一人で部屋へ戻ろうとした。おかしな事件に巻き込まれて、ゆっくり月を見る余裕もなかった。船長は用事があれば呼びに来るだろう。

薫子はサロン右舷側後方のピアノに向かって、シューマンの『トロイメライ』

を優しいタッチで弾いていた。テンポは速めだが、情感も豊かで、ふんわりとした音色だった。

ドアの反対側で秘かに立哨する高木も、うっとりと聴き惚れている。

この曲は二十代の前半から大好きである。賢治の愛聴盤はパブロ・カザルスのチェロ演奏であった。童話『セロ弾きのゴーシュ』でも猫にこの曲をリクエストさせた。

（薫子さんは音楽センスもいいんだナ）

部屋に引き揚げようとサロンを後方へ歩む賢治は、自分の大好きな曲を薫子が選んだ偶然が嬉しかった。

会釈して扉に手を掛けようとすると、薫子はピアノを弾く手を止め、賢治の袖をつかんだ。

「一色さんのことだけど……」

聞き取れぬほどの低い声で薫子は切り出した。

「宮沢さんの合理的思考によれば、どんな人が犯人？」

薫子は、人物当てのときとは打って変わった真剣な声音で賢治に訊いた。

「犯行時、一色さんが起きていたとしたら、顔見知りだと思います。知らない人物がいきなり部屋に入ってきたら警戒するだろうし、あんなに鮮やかに心臓を一突きにできるものじゃないです」

「犯行時、一色さんは眠っていたのかしら」

「眠っていたか、体調が悪くて朦朧としていた可能性は高いですね。金が目当てなら、もっと楽な殺し方を選ぶだろうし、激情犯なら手もとが狂って一度でとどめを刺せないような気がします。とすると、恨みを持ちながら計画的に行動して冷静に目的を果たすタイプの人間が浮かんできます」

「殺し屋が犯人かしら?」

「たしかに、殺人のプロである可能性もあります。生きている人間の胸にナイフを突き立てる行為には尋常じゃない勇気が要るはずです」

「あの部屋は密室だったって、船長さんから聞いたわ」

「そう、犯行後、何らかのトリックで完璧な密室を作り出す偽装工作も、よほど冷静でないと不可能ですね」

「宮沢さんは、密室がトリックで作られたものだと考えているのね……」

客室通路のドアが開いて、うふふっと媚びを含んだ可那子の笑い声が船尾方向から響いた。二人は、じゃれ合うようにサロンに出てきた。

左舷側に立っていた鷹庭が耳に口づけせんばかりにして何かささやいた。可那子は身体を離すと、さっき賢治にしたのと同じように、左手で艶めかしく鷹庭の肩を叩いた。

そのときである。船尾方向から大きな風船を割ったような炸裂音が響いた。あわてて、賢治は音の響いた客室通路へ視線を向けた。が、人影は見られなかった。

視線を二人に戻すと、鷹庭が身体を硬直させて両手で左胸を押さえていた。指のすきまから血があふれ出ている……。

「きゃあっっ」

ガラスを割りそうな叫び声は可那子のものだった。

鷹庭は両の瞳をうつろに開いて、口をぽかんと開けて立っていた。口中でくっという音を立てて、鷹庭の顔が苦悶に歪んだ。

一秒ほどで、中背の身体は前のめりに、どさっと音を立てて倒れた。葡萄茶色の上着の背中からも血潮が吹き出ている。

「いやあああっ、どうしちゃったのよう」

可那子は、崩れ落ちるように座り込んでしまった。

サロンのあちこちに悲鳴が上がった。

乗客は総立ちになった。

芳枝は夫の腕の中で失神した。倒れるエヴァの身体をワイズマンが抱えた。サロンで気丈に立っている女は、賢治のかたわらの薫子と還暦近い仲里夫人だけだった。

「犯人は客室だっ」

椅子を蹴飛ばして藤吉がサロンを後方へ走った。

抜き放った士官短剣(しかんたんけん)の刃がぎらりと反射した。

柏木と中村が続き、田崎が両手を宙空でもがかせながら後を追った。

鷹庭は目を閉じて苦痛に顔を歪め、身体を小刻みに痙攣(けいれん)させている。ぶはっという音を立てて血を吐いた鷹庭の肩からがくりと力が抜けた。

「しっかりして下さい、鷹庭さん」

賢治は二メートルほど先に崩れ落ちた鷹庭の身体を覗き込むようにして、右手の脈を取った。ぴくりとも搏動していなかった。

「鷹庭さん、聞こえますか」

薫子は口角から流れ出る血の筋を避けながら、頸動脈に二本の指を当てた。

「だめだわ。搏動が確認できない」

「大丈夫ですかっ」

サロンの中ほどを自席からゲームのテーブルへ向けて歩いていた市川が駆け寄った。

「患者に手を触れてはいかん」

後方から走ってきた川島が押し留(とど)めたので市川は立ち尽くす格好となった。

「君、しっかりしたまえ」

川島は鷹庭の右の手首で脈を取ってから、彼の瞼(まぶた)を開くと瞳孔を確認した。

「だめだ……助からなかった」

川島は沈痛な面持ちで宣告した。

乗客たちはふたたび叫び声を上げ、恐慌(きょうこう)に陥(おちい)った。

高木が乗務員区画から焦げ茶色の毛布を持ってきて、鷹庭の全身を覆った。

「すぐに船長を、ここへ呼びなさい」

騒ぎが幾分か静まると、堂元成道が森田に厳(おごそ)かな調子で命じた。冷たい低い声音だった。かたわらで棒立ちになっていた森田は、あわてて航法室に駆け込んだ。

程なく青ざめた顔の船長が、北原船医を伴って航法室から出てきた。

「船長、あの男が殺された。しかるべき措置をとり給え」

堂元は倒れ伏している鷹庭をあごでしゃくって、きつい口調で命じた。

「今、パーサーが確認に行っております。犯人は直ちに拘束いたします……」

「北原先生、お手数だが、鷹庭氏の診断を願いたい……」

川島は毛布の顔の辺りを静かに剝がしながら頼んだ。

血の気を失い始めた鷹庭の口角から粘度の高い血の筋が流れ出て頰を汚していた。

緊張に青ざめた北原船医は頸動脈で搏動を確認し、ライトを瞳孔へ向けた。

「脈拍は確認できませんし、瞳孔も明確に拡大しています」

頰を引きつらせた北原が続けた。

「二十一時十六分。鷹庭氏がお亡くなりになられたと診断致します」

北原船医の死亡診断が響くと、川島はふたたび鷹庭の顔を毛布で覆った。

不安のうちに十分ほどが経過し、藤吉少佐を先頭に客室に入っていた連中が戻ってきた。

「パーサー、この扉を閉鎖して下さい」

少佐の指図に、田崎が客室通路に続く扉を施錠する音が響いた。

人々の意識は少佐に集中した。扉の前に立つ藤吉少佐の顔は真っ青だった。

「怪しい者はいない……。客室には、誰もいなかった」

「少佐、どういう意味なんだ」

堂元は、居丈高（いたけだか）な口調で訊いた。

「わたしと柏木書記官が右舷、田崎パーサーと中村さんが、左舷のすべての客室を調べました。が、誰もいない。シャワー・ルームもトイレも、荷物室まで調べたが、犯人の影も形も見えぬのです」

「馬鹿を言うな。では、いったい誰が銃を撃ったのだ」

「しかし、狭い客室内を四人で探して、見落としがあるとは思えません」

少佐は生真面目（きまじめ）な口調で堂元に抗（あらが）った。

「いま確認しましたが、一色閣下を除いて、すべてのお客さまがここに揃っていらっしゃいます。お客さまの中に犯人がいないのは、明らかです」

船長の言葉は一面で乗客たちをホッとさせたが、一面で新たな恐怖を呼び起こしもした。誰かわからぬ殺人鬼が、船内にいるのだろうか。

「船長、一色子爵は急病との話だった。彼は部屋にいるわけだろう」

堂元は粘っこい口調で船長に迫った。

「しかし、犯人は一色子爵ではあり得ない」

それまで黙っていた柏木が乾いた声でうめくように言った。

「なぜなら、３Ｂにいる子爵は……すでに死んでいるからだ」

かたわらに立つ藤吉少佐が無言であごを引いた。

柏木たちはいま、客室通路に行ったときに田崎から聞いたものに違いない。

「どういう意味かね。柏木書記官」

「わたしから、皆さまにお話しします」

堂元の問いに船長が代わって答えた。

「実は、二十時過ぎに客室で殺人事件が起きました。被害者は一色閣下です」

船内に、大きなどよめきが広がった。

「では、心臓病というのは……」

市川は喉の奥で声を詰まらせた。

「わたしが偽りを言ったのだ。子爵の死因は心損傷（しんそんしょう）に基づく僧帽弁閉鎖不全（そうぼうべん）によるショックだった」

「川島先生。素人（しろうと）にもわかりやすく言って下さいませんか」

紘平が丁寧な口調で尋ねた。

「こりゃ失礼。一色子爵は何者かによって胸をナイフで刺されたんだ。心臓を一突きにね」

乗客たちの動揺と恐怖は、サロンの空気のなかで、目に見えぬ波のように賢治にも伝わってきた。

「わたしが皆さまへの影響を考えて川島先生に病気と言って頂いたのです。クルーは一色閣下へ凶行を行った犯人を全力で捜しているところでした」

ばつが悪そうに船長は、がっしりとした肩を小さくした。

「船長、一色子爵の殺害を隠した君の判断の是非を問うべきときではない。だが、立て続けに二人の男が殺されたのだ。少なくとも、今の凶行を敢行した犯人は乗客ではない。乗客は、ここに揃っておったのだからね。乗組員を捜査すべきだ」

堂元は理詰めに船長を追い詰めた。

「お言葉を返すようですが、その調査は必要ないと存じます。クルーは全員が乗務員区画におります。わたしの前を通らなければ、サロンには出られないのです」

「では、乗組員でもなく乗客でもない者が、船内にいるわけか。この飛行船の保安は、いったいどうなっているのかね」

「外部からの侵入は考えにくいです。離陸前には左舷側の搭乗口しか開けておりませんでした。お客さま以外で搭乗口から入った者がいたとしたら、田崎と二人のボーイが気づかぬわけはありません」

大きくうなずいたのは市川だった。

「仮にもし、事前に潜入していた者がいたとしても、現在、客室区画に誰もいないんですから、銃を撃てる人間がいるはずはないですよね」

「馬鹿な……幽霊が犯人だとでも言うつもりかね」

堂元の言葉に可那子がよろよろと立ち上がって、厚い唇を震わせた。

「そうよ。ゆ、幽霊に決まっているわ。だって、一色さんは密室で殺されたのよ」

「密室だと？　船長、説明しなさい」

堂元は詰問（きつもん）口調で迫った。

「一色閣下の部屋からのうめき声に気づいた佐和橋さんが、宮沢さまとドアを開けようとしたときには、部屋の鍵は外から施錠されていました。客室の鍵を持っているのは、お客さまと、わたし、田崎だけです。田崎が部屋を開けてみると……」

「一色子爵は胸を刺されて死んでいたんですか」

市川が上着のポケットから手帳と万年筆を取り出し、興味深げに身を乗り出した。柏木が不快に眉をひそめたが、船長は素直に答えた。

「そうです。しかも一色閣下ご自身の鍵は室内にありました。まったく不可解ですが……」

「船長のおっしゃるとおり、すべてが、どうにも不思議なのです」

賢治が船長の言葉にうなずくと、人々はまたも騒然となった。

「高木、森田。鷹庭さまをお部屋にお戻ししなさい」

「鷹庭くんはわたしと同室だ。まぁ、医者だから死体と同じ部屋でも平気だがね」

川島は気にする素振りはなかったが、船長は即座に命じ直した。

「一色子爵と同じ、３Ｂにお戻しするように」

「はっ」と高木と森田が鷹庭の遺体のそばに歩み寄った。

「わたしが手伝うよ。君より力がありそうだし、遺体をできるだけ損傷させないように運びたい。着陸したら警察の検視があるだろうからね」

川島医師が、高木に代わって毛布でくるんだ鷹庭の遺体の頭を抱えた。

「森田くんは両足を水平に持ち給え。そうだ。それでいい。よし、このまま行くぞ。扉の鍵を開けて」

高木が急いで客室通路へ続く扉の鍵を開けた。

乗客たちは、客室区画から魔物が現れるのではないか、そんな錯覚でも持ったように、誰もが身を震わせて押し黙った。

「密室の謎を解けるのは、あなたしかいないわ」

薫子はあたりに気を遣いながら、軽く賢治の袖に手を触れて、励ましの言葉を贈った。

「考えているんだけど、いまのところは……」

賢治は口ごもるしかなかった。だが、必ず、見落としはあると信じていた。

すぐに川島と森田は戻ってきて、客室区画とを隔てる扉の鍵は閉ざされた。

「ねぇ、下ろしてよぉ」

どよめきの中から叫び声が上がった。失神から回復した芳枝だった。

夫の紘平が背中から左腕をつかんで制止したが、芳枝は船長に食ってかかった。

「こんな幽霊飛行船になんか、乗っていられないわ。すぐに下ろしなさいよ」

「下ろせとおっしゃられましても……」

船長は困惑げに眉を寄せた。

「だって、このままじゃ、次に誰が殺されるかもわからないのよ」

「船長、至急会社と連絡を取って、近くの飛行場への着陸許可をもらいたまえ」

堂元は傲然と言い放ったが、船長は言いよどんだ。

「はぁ……しかし着陸とおっしゃられましても」

いつかは長距離航空便に乗ってみたいと思っている賢治には、船長の困惑の理由がよくわかった。

旅客機が飛び始めたばかりの世の中である。日本中に飛行場など、幾つもあるわけがなかった。

来年の開港を目指して府下の羽田町に東京飛行場が建設中だったが、全長三百メートルの滑走路が一本、設けられるだけである。とてもではないが飛行船が離着陸できる飛行場ではなかった。

「グズグズしていて、次の被害者が出たら、どうするつもりなのっ！」

（地上へ下ろせと要求する人間は、犯人の可能性がある）

猛る芳枝が口角に泡を飛ばすのを観察しながら、賢治の意識は推理に向かい始めた。

犯人の心理としては、一刻も早く犯行現場から逃げ去りたいだろう。

だが、犯人でなくとも、二人の人間が相次いで殺された場所に留まりたい人間はいない。それだけで芳枝や堂元が犯人であると決めつけるわけにはいかなかった。

「海軍に頼めばいいでしょうが。ねぇ、少佐さん」

芳枝はなれなれしい調子で藤吉少佐に請うた。

「無理です。現在、飛行船が墜落の危険に陥っているのであれば、海軍も検討する可能性がありますが」

少佐は、にべもない調子で突っぱねた。

芳枝の提案に堂元は押し殺したような声で威迫した。

「いいかね、少佐、わたしは、海軍大臣の財部大将とも親しいんだよ」

だが、少佐は怯まなかった。

「万が一、大臣の許可が下りたとしても、どだい、中部日本から西日本にかけては大きな飛行場は存在しないのです」

　陸海軍とも大正から昭和に掛けて、ようやく航空本部を設置したばかりである。軍の保有する飛行場も限られていた。

「では、どこなら、下りられると言うんだ」

「たとえば、追浜まで戻ったとしても、狭すぎて下りられません。佐世保も手狭。可能だとすれば、大村飛行場くらいでしょうか」

「大村って、どこよ」

　芳枝は不機嫌を顔いっぱいに顕して口を尖らせた。

「長崎県です」

「じ、冗談じゃないわ。何時間かかるのよ?」

　芳枝は目を剥いて、少佐に食ってかかった。

「順調に行って、明け方くらいですね」

「一晩じゅう、こんな怖い思いが続くっていうの?　気が狂っちゃうわよっ」

　サロンに芳枝の金切り声が響き渡った。

「霞ケ浦に着くのは、明日の十八時の予定だ。明け方に大村に下りるのでも構わん。すぐに上官に連絡を取りなさい」

堂元が重々しい声で藤吉少佐に命じた。

「わたしは物理的な面積の話をしただけで、大村に下りるなど無理な話です」

「君の上官は誰だ？　将官級で言うと？」

堂元は少佐を睨めつけながら訊いた。

「霞ヶ浦海軍航空隊司令の小林省三郎少将が直属の上官です」

「少将クラスでは話にならん。もっと上だ」

「では、横須賀鎮守府長官の大角岑生中将です」

横須賀鎮守府長官ともなると、将来は海軍大臣に就く可能性の高い非常に重要なポストだった。

「大角中将に伝えるように横須賀鎮守府に連絡を取れ。この堂元成道の依頼だと」

堂元は肩をそびやかした。だが、少佐は毅然とした態度で撥ねつけた。

「月光号が下りる場所を確保するために、地上の機体をすべて移動しなければならない。それでは、大村航空隊の防衛機能に問題が出ます。失礼だが、あなたがどんなに財部閣下や大角閣下と親しかろうと、そんな許可は出ませんよ」

憤然とした表情で鼻から息を吐くと、堂元は船長に向き直った。

「船長、地上に下りられないのならば、ここから引き返したらどうなんだ」

堂元は自分の持っている権力を駆使して、月光号の滞空時間を短くしようとしている。二つの殺害と関係がある。……あるいは堂元自身が次の被害者となる怖れでも抱いているのか。

「戻っても意味がありません。すでに本社に対して、引き返すように要請したのですが、霞ヶ浦飛行場の着陸態勢が明日の夕刻近くでないと、整わないそうです」

「着陸には霞ヶ浦航空隊の協力が、どうしても必要ですからね」

藤吉少佐は言葉に力を込めた。

月光号が多くの水兵に押し上げられて飛び立った離陸時の光景が、賢治の脳裏に蘇ってきた。

「少佐のおっしゃるとおりです。海軍の力なくしては着陸できません。本飛行船は、予定通り鹿児島への往復を続けます」

太平洋航空会社としても、鳴り物入りの今回の記念飛行を中止する失敗は、できうる限り避けたいはずである。

「では、船長。乗客の生命（いのち）を守るために、どんな手段を講ずるつもりだ」

堂元は船長をギロリと睨んだ。

(やはり、犯人ではなく、単に自分を守ろうとしているだけか)

堂元の威圧的な態度は、地上に降りる策をあきらめても、少しも変化がなかった。

「クルーがもう一度、客室を点検して参ります。その間、お客さまはサロンにいて頂きます。ここでわたしがお供している以上、犯人には手出しさせません」

「船長が持ち場を離れても、操縦には問題ないんですか」

市川の問いに船長は、久しぶりに張りのある声で答えた。

「大丈夫です。三名の士官が交替で当直に就いております。士官は、いずれもツエ社の優秀な上級搭乗員で、全員が船長資格を有しております。一人で本船を完全に操船指揮できます。わたしが操舵室に行かなくても、何ら問題はありません」

「船医の北原と申します。わたしも、ここで皆さまの安全をお守りします。海軍出身ですので短剣は使えます」

神経質そうに眉を震わせながら北原が申し出ると、藤吉少佐は「ほう」という顔で船医の骨組みの細い身体を見た。

「北原先生も海軍出身ですか」

「昨年まで呉海軍病院外科部に、軍医中尉として勤務しておりました」

「なるほど……よろしくお願いします」

少佐の顔には明らかな失望が顕れた。非戦闘員の軍医出身では、剣の腕も頼りにはなるまい。

「なんで？　なんでよ？」

裏返った芳枝の声がサロンに響いた。

「なんで、高いお金を払って、こんな嫌な思いしなきゃなんないのよ。だいいち、あなたが一生の記念だから飛行船に乗りたいなんて言い出すからじゃないの」

芳枝は怒りの矛先を夫に向けた。

「月光号の記念飛行で殺人事件が起きるなんて、誰がわかるもんか」

「そんなこと言うなら、紘平さんが犯人を捕まえてよ」

「無茶を言うなよ……」

紘平は怒るでもなく、気弱に口をつぐんだ。

「田崎、高木、森田。三人で客室区画を隈なく点検してこい。念のために、非常

口も調べるように。仮に犯人が外へ出て非常口の安全網や船体外皮に潜んでいて
も困る」

船長の命に、三人は小走りに客室通路へ消えた。

「船長、ちょっと……」

戻ってきた田崎は眉をぴくぴく痙攣させながら、船長に耳打ちした。

「そうか……」

滝野船長は表情を変えずにうなずいた。

「お客さま、ご安心下さい。いま、パーサーたちが客室を完全に点検しました
が、怪しい者は、ネズミ一匹たりとも見つかりませんでした」

船長の声音は冷静そのものだった。だが、田崎の顔色から推察すると、客室区
画に何事か変事があったのに違いない。

「じゃあ、いったい誰が一色さんや鷹庭さんを殺したって言うの？」

芳枝の両の目が三角になった。

「やっぱり、幽霊よ。この飛行船には幽霊が乗っているんだわ」

可那子は表情を凍らせ、喉の奥で声にならない声を出した。

「いやぁぁ。わたし、やっぱり下りるわっ」

「芳枝っ。みっともないぞ」

「あたし、こんな怖いの、初めてよ。船長さん、なんとかしてよ」

芳枝は興奮して唇をわななかせた。

(とても恐怖の演技を続けているようには見えないな)

唇をアクアクと震わせている芳枝の顔を見ると、幽霊の仕業と信じているようである。

「クルーの中から、保安要員を選びます」

「そうお願いできればいいですね。できれば、腕っ節の強い男を二人くらい……」

市川は右腕で力瘤を作って、左の手でぽんと叩いた。

「一番腕の立つ男たちを連れて参ります」

船長はすぐに紺色のシンプルな制服に白カバーの制帽を被った二人の若い白人男性を連れてきた。二人とも熊のような大男で、二の腕は賢治の太股より太そうだった。

「非番の操機手からドイツ海兵大隊下士官出身の二人を選びました。金髪のほうがクルト・ギュンター。茶色い髪の男はロルフ・バルマーです。二人とも捕獲術を身につけており、ナイフと拳銃の扱いには慣れています」

二人とも腰の体革から黒革の拳銃ケースを提げている。

民間人の拳銃の携帯は、明治時代の終わりくらいから、許可制であるが私立探偵など職務に必要な者には割合ゆるやかに許されていた。船内保安の観点から、太平洋航空会社には許可が出ているのだ。

「グーテン・アーベント」

「イッヒ・フロイエ・ミッヒ・ズィー・ツー・ゼーエン」

二人の大男たちは愛想のよい笑顔を浮かべて、日本式に頭を下げた。

「こんばんは、皆さまにお目にかかれて嬉しいです、と申しております」

船長が翻訳すると、二人はにこやかに親指を立てる仕草をした。

「こりゃあ、頼もしい。こんな強そうな二人なら、誰も手出しはできんな。クルト、ロルフ……ダンケシェン！」

仲里博士があまり上手くない発音で礼を言うと、二人は姿勢を正し踵を鳴らして挙手の礼をした。

「ズィー・ズィント・ヴィルコメン！」

ロルフが力強く答えた。

「どういたしまして、と申しております」

クルトは客室通路に続く扉の前、ロルフは反対側の乗務員区画に続く扉の前で立哨の姿勢を取った。

二人の保安要員がサロン護衛の任務に就いたために、乗客たちは冷静さを取り戻した。

芳枝は「幽霊に捕獲術なんて、役に立たないのに」と苦情めいた言葉を口にしていたが、それでも表情には、はっきりした安堵感が表れていた。

芳枝の態度を観察し続けていると、ワガママな女性が月光号を襲った惨劇に堪えられなくなって、船長や紘平に八つ当たりして不快感を撒き散らしているだけのように思えた。

（そもそも一色さんに続いて鷹庭が殺されたことで、犯人の動機はわからなくなったんだ）

痴情がらみで芳枝が一色を刺したとしても、鷹庭殺しに関係があるとまで考えるのは難しい。

それればかりか、銃声は客室方向から響いたのだ。

ピアノの前に立っていた賢治の背後に位置する４Ｂの席に座る芳枝が、鷹庭の左胸を狙えるはずがなかった。同じくサロンにいた堂元も同じである。少なくとも、鷹庭殺しはサロンにいた人間の仕業ではなかろう。

犯人の目的に目星がつかない限り、賢治は客室に帰る気にはならなかった。

賢治は、他人に恨みを買ったり、生命を狙われるような罪を犯した覚えはない。だが、一色や鷹庭にしたところで、殺されるほどの罪を犯しているかどうかはわからない。逆恨みを受けているのかもしれない。

賢治は、霊的なものを否定はしない。それどころか、霊的な存在に深い畏敬の念を抱いている。法華経への信仰は、生きる源ですらあった。宗教と科学の相克は賢治にとって最大の命題と言ってよかった。

しかし、どんな神秘的に見える現象であっても、まずは科学的、合理的な検討を放棄するべきではないと考えていた。芳枝のように殺人を簡単に幽霊の仕業にするのには抵抗があった。

幽霊でないのなら、二人の保安要員の登場で乗客の安全は守られるはずである。

とは言え、このまま朝まで、いや、霞ヶ浦に戻るまで、乗客全員がサロンに缶詰になっていなければならないのか。

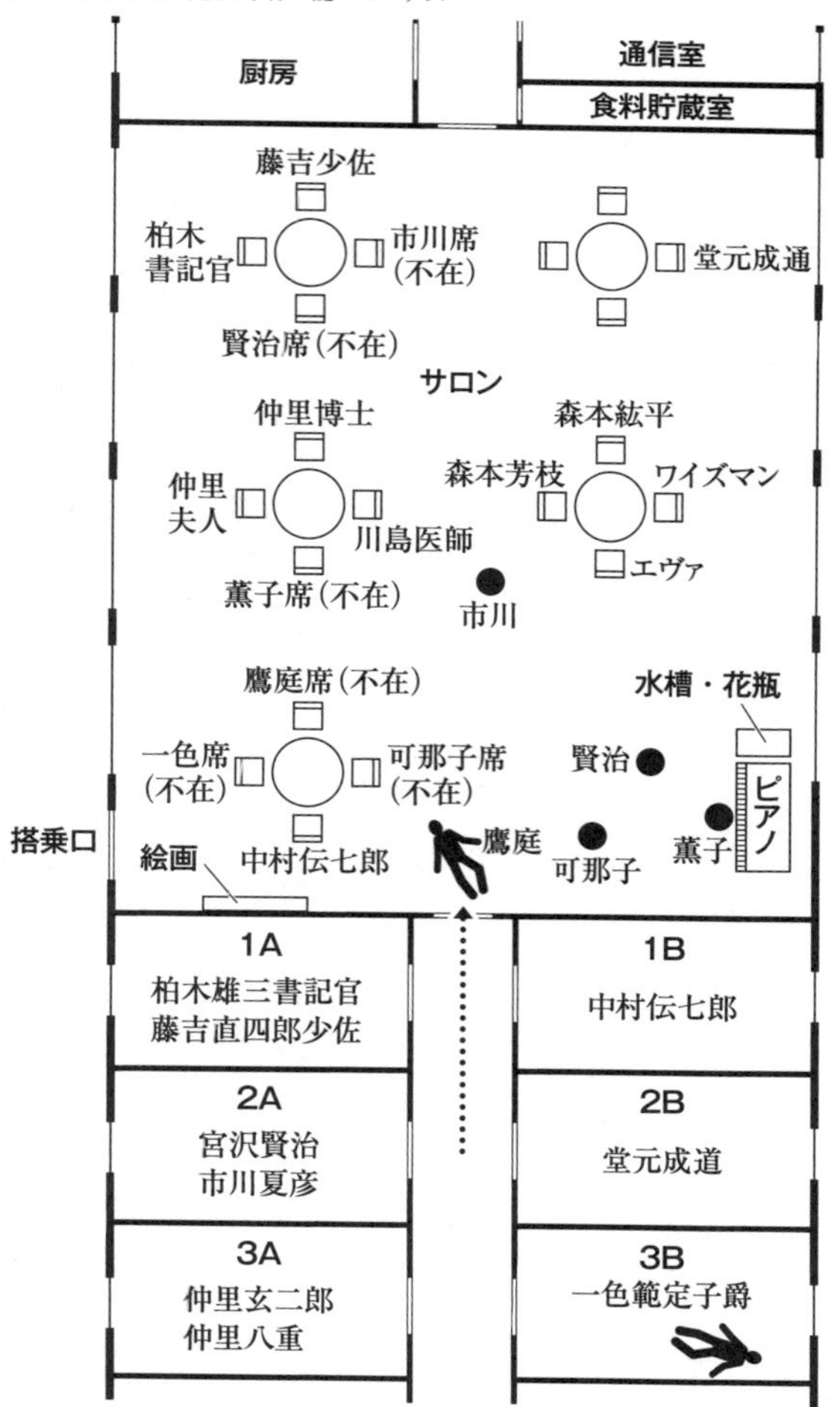

厨房
通信室
食料貯蔵室
藤吉少佐
柏木書記官
市川席(不在)
堂元成通
賢治席(不在)
サロン
仲里博士
森本紘平
仲里夫人
森本芳枝
ワイズマン
川島医師
エヴァ
薫子席(不在)
市川
鷹庭席(不在)
水槽・花瓶
一色席(不在)
可那子席(不在)
賢治
ピアノ
搭乗口
絵画
中村伝七郎
鷹庭
可那子
薫子
1A
柏木雄三書記官
藤吉直四郎少佐
1B
中村伝七郎
2A
宮沢賢治
市川夏彦
2B
堂元成道
3A
仲里玄二郎
仲里八重
3B
一色範定子爵

「皆さまにおくつろぎ頂くために、司厨長がアップルパイを焼きました」

田崎が先導して高木と森田が銀盆を運んできた。

乗客たちは、思い思いに自席に着いた。

一色と鷹庭殺しが偶然、無関係に続くはずはなかった。必ず、二つの殺人を繋ぐ《見えない糸》が存在するはずである。

賢治は、二人に関する、少しでも詳細な情報を得たいと考えていた。

第三章　月を指せば指を認む

【1】

司厨長ご自慢のパイは焼き加減といい、リンゴの甘さといい、舌が蕩けるようで、甘い物が好きな賢治は大いに満足した。

香り高い紅茶を楽しんでいるうちに、乗客たちにも、かなりの落ち着きが生まれた。

「ワタシが考えるに、これは幽霊の仕業などではない」

突然、テーブルに手をついて立ち上がったのは、ロバート・ワイズマンだった。

「ワタシ、考えました。今夜の記念飛行は、日本とドイツの国策事業です。日本が飛行船国家の仲間入りする始まりなのです。一九三五年現在、世界の飛行船先進国は、三つ」

「ドイツ、アメリカ、イギリスですね」

「そう、少佐、その通りですネ。ところが、三カ国のすべてが、今回の飛行船事業の発展を望んでいるとは限らない。抜きん出た技術を持つドイツは日本に協力している。合衆国は態度保留です。これはワタシが言うんだから間違いない。問題はイギリス。奴らはきっとジャマしたいのです」

賢治は頬を紅潮させてまくし立てるワイズマンの彫りの深い顔に見入った。青い眼は真剣そのもので、冗談を言っているようには見えなかった。

どういうつもりでワイズマンは、イギリスを槍玉に挙げ始めたのだろう。ワイズマン自身が犯行に関与している事実をごまかすための発言もあり得るのだ……。

「ワイズマンさん、お説が少々、唐突のようですが」

柏木は苦笑しながら牽制したが、ワイズマンは意に介さなかった。

「イギリスの批判など、大使館員としては言ってはならないのですが、今は、そんな場合ではない。犯人を捜し出すのが大事です。だから、皆さん、これからワタシが言うことはすべて忘れて下さい」

乗客たちは一様に無言でうなずいた。

賢治もワイズマンが、二人の殺害をイギリスの謀略と主張する根拠が知りたかった。

「ドイツは、日本を世界一よいお客さんと考えているのです。今回の合弁事業もそうですが、昨夏、藤吉サンが日本政府代表として乗り込んだグラーフ・ツェッペリン世界一周事業は、もっとはっきりしている。途上でわざわざ霞ヶ浦に寄港したのですから」

「フリードリヒスハーフェンから霞ヶ浦まで乗船した二十名の乗客のうちで、日本人は三人です。乗船客名簿の筆頭は大阪朝日新聞社の北野吉内氏で、次いで大阪毎日新聞社の圓地与四松氏。三番はドイツの報道写真家だったが、わたしは四番目の招待客でしたからね」

藤吉少佐の声は、誇らしげだった。

「我が合衆国は最も多く五人が搭乗しましたが、あつかいは日本より上とは言えません……自分でチケットを買った大富豪のリーズ氏が九番でした。残り四人の招待客ではハースト新聞のドラモンド・ヘイ女史が最上位で十三番でした」

ワイズマンはツェ伯号について詳しい知識を持っていた。柏木の見込み通り今回の搭乗も合衆国政府の命令による視察に違いなかった。

「ほかに、ドイツの報道陣や学者、フランスの特派員、スペインの軍人と王室医師、スイスの軍人、ソビエトの気象学者らの招待客がいましたね……イギリス人はたった一人だったはずだ」

記憶をたどりながら、少佐は天井に目を遣(や)った。

「イギリスからは極地探検家のウィルキンス氏がたった一人だけです。政府も軍も報道機関も招待されていなかった。どうです？　飛行船に関するドイツとイギリスの冷えた関係が浮(う)き彫(ぼ)りではないですか？」

畳(たた)み掛けるワイズマンの言葉に、乗客たちは誰もが釣り込まれるようにうなずいた。

だが、うがった見方をすれば、合衆国が謀略を行ってイギリスの罪に仕立てた可能性も、考えられる。

あえて強い調子で、賢治はワイズマンの論旨に賛同してみた。

「飛行船先進国として両国が協力関係にないのは確かなようですね」

ワイズマンは我が意を得たりとばかりにうなずいた。

「そうですとも。イギリスはドイツの飛行船事業を敵視しているのです。十二年前に終わった欧州大戦でツェッペリン飛行船による空襲のために、ロンドンは壊滅的な打撃を受けたからです」

「たしかに、おっしゃる通りですね」

紅茶のカップを手にしたままで藤吉少佐は身を乗り出して言葉を継いだ。

「一九一五年の冬に出撃したツェッペリンLZ27型から始まって、一九一八年八月のLZ110型による最後の空襲まで三年弱だ。ロンドン市民は、暗い空に浮かぶツェッペリン飛行船に脅える夜が続いたと言えますね」

賢治は少なからず驚かされた。海軍切ってのエリート士官だけに、専門に関しては驚くほど詳細な知識を持っている。

「オウ、その通りです。ルテナント・コマンダー（少佐）」

「イギリス軍は、ろくな迎撃機も持たなかった。さらには、高射砲部隊は照準具の整備が十分でなく、兵士たちも取り扱いに習熟していなかった。これがために、じゅうぶんな防戦ができなかったと聞いています」

藤吉少佐は幾分か早口になって続けた。帝国海軍を代表する軍人の立場として、外交官に過ぎないワイズマンに飛行船の知識では負けられない。そんな気迫が少佐の舌鋒には感じられた。

「多くの家が焼かれ、炎に巻かれた罪のない市民がたくさん死んだ。イギリス人はツェッペリン飛行船を憎んでいます。ドイツに追いつこうと、彼らはやっきになって大型軍用飛行船を開発しようとしていますが、成功していない」

ワイズマンは自分の主張を熱っぽい調子で展開した。

東京上空から見下ろした本所被服廠のガランとした跡地が浮かび、柏木の震災悲話が思い起こされた。ロンドン市民が飛行船を憎悪する気持ちは、賢治にも理解できた。

「R100型、101型とも、軍用として設計し始めたのにもかかわらず、トラブル続きで旅客用に転用しましたからね。大きな食堂を持っているし、計画ではたくさんの女性乗務員も乗せるらしいが、完成しても未だに運航できていない。性能は怪しい限りですね」

イギリスの飛行船技術については、藤吉少佐も疑問を抱いているようである。

「それに比べて、ワイズマンさんのお国は、昨年十月にアクロン号を完成させていますからね。この月光号とほぼ同じ全長でありながら、九十名近い士卒を乗せられるらしいではないですか」

合衆国を評価する少佐の言葉は、ワイズマンをさらに高揚させた。

「アクロン号は、我が合衆国海軍最大のコロラド級戦艦よりも大きい。しかも、ドイツが水素ガスを使っているのに対して、我々ははるかに安全なヘリウムガスを使用しているのです。この点ではドイツよりも進んでいる」

ワイズマンは、先生に褒められた子供のように、得意気に鼻を蠢かした。

「ヘリウムガスは合衆国しか生産できない状態ですからねぇ」

市川が調子よく相の手を入れた。

ワイズマンは目を見開き、自信満々に断言した。

「三カ国の中で一番後れを取っているイギリスは、ツェッペリン社の事業でもある今回の記念飛行が失敗すればよいと考えているのに違いない」

「どうして、そう言い切れるのですか」

賢治の問いかけに、ワイズマンは声に力を込めた。

「日本がドイツからたくさんの飛行船を購入し、乗務員を雇い入れ始めたら、どうなりますか。日本は自前の技術を持たないながらも、運用面ではイギリスを抜いてしまう。また、ドイツの飛行船事業は、ますます発展するではないですか」

「それなら、いっそ、この月光号に爆薬でも仕掛けるんじゃないんですか。日本人はいっぺんに飛行船嫌いになる」

市川が指摘すると、何人かの息を呑む音が聞こえた。

乗客たちを、轟音を立てて今にも船体が四散するのではないか、そんな大きな恐怖が覆った。賢治も首をすくめた一人だった。

だが、ワイズマンは「ははは」と快活に笑った。

「そんな無茶をしたら、将来のイギリスのお客さんを失うではありませんか。イギリスはドイツに代わって、日本に飛行船を売りたいんですヨ」

「なるほど……この飛行船で連続殺人が起きれば、とりあえず、今回の事業は頓挫する恐れがある。しかし、飛行船技術そのものに傷がつくわけではない」

柏木が思慮深げにうなずいた。

国家謀略……。そんな言葉が賢治の心の奥底に浮かんだ。

岩手の山野を駆け回った遠い夏。国家間の複雑な力関係が生んだ事件に巻き込まれた若き日の思い出が脳裏に蘇った。

忘れ得ぬ女神の淋しい横顔が胸をよぎって、炭酸ガスの泡のように消えていった。

国家の謀略というような考え方に立てば、イギリスを貶めるために、ワイズマンが誰かを使嗾して一色や鷹庭を殺害させた可能性もないわけではない。二件の殺人は合衆国の密命によるということになる。

しかし、ワイズマンの態度は終始、無邪気に愛国的だった。イギリス憎しの敵愾心から、今回の事件の原因を謀略説に求めようとしている。そんな風に賢治には思われた。

大局的な見方を語るに留まるワイズマンが、二つの殺人事件そのものをどう考えているか、賢治は知りたかった。

「もし、記念飛行への妨害だとして、一色子爵や鷹庭さんは、なぜ、殺されたのですか」

賢治が訊くと、ワイズマンは眉を寄せて首をひねった。

「ワタシには、それはよくわからない。ですが、彼らが殺された理由は個人的な怨恨などによるものではないと思いますネ」

「では、まだ、誰かが殺される可能性もあるとお考えなのですね」

賢治にとって最も気掛かりな点であった。

「ないとは言えない。被害者と犯人を繋ぐ関係が不明である限りは」

「ワイズマンさんには、犯人の見当はついているんですか」

心底を確かめようと、賢治はワイズマンの瞳を見据えながら尋ねた。

「あるいは、シークレット・インテリジェンス・サービス……」

ワイズマンは眉間に縦じわを寄せて、一つの言葉をゆっくりと発声した。

「なんですか、それ？」

市川は、きょとんした表情で尋ねた。賢治もむろん初めて聞く言葉だった。

「日本語に訳すと秘密情報部でしょうか……いや、確信はない。だが、マンスフィールド・スミス＝カミング海軍大佐が指揮するイギリスのスパイが乗り込んでいるかもしれないのです」

憂慮に翳る青い瞳を見て、賢治はワイズマンが犯罪に関与していないと確信した。

賢治はサロンの人々をこっそり眺め回した。老若男女、様々な職業、なかにはワイズマン夫妻のような外国人もいる。

だが、誰を見ても、とてもスパイらしき人物とは思えなかった。もっともスパイらしい顔をしているスパイなどはいないと、十年前の事件で学んだ。

「先の欧州大戦前に各国は情報機関を組織しました。あれから十数年を経て、諜報技術もどんどん進歩しているはずです。少佐、あなたたち日本海軍もスパイを使っているでしょう？」

　大真面目なワイズマンの問いかけに、少佐は目を白黒させた。

「さぁ……わたしは、そちらのほうには関係のない部署なので」

「柏木サン、政府機関はどうですか？」

「どうでしょうなぁ。少なくとも逓信省には、スパイはいないと思いますが」

　柏木は真面目に取り合っているようには見えなかった。

「仮にスパイだとしても、密室でどうやって人を殺すんですか？　また、誰もいなかった客室方向から、どうやって鷹庭さんを銃撃したのでしょうか」

　賢治は何かしらのヒントを得たくて、殺害方法へのワイズマンの推理を訊いてみた。

「スパイの諜報技術については各国とも最高機密のはずです。ワタシが合衆国諜報機関のそんな秘密を知ったら、恐らくは闇に葬（ほうむ）られるでしょう」

　ワイズマンは真剣な顔で声をひそめた。

　イギリス諜略説には、耳を傾けるべき点も多かったが、殺害手段についての説得力ある言葉は一つも聞けなかった。

　要するに、すべては謎に包まれたままである。また、乗客の中から一色や鷹庭が選ばれた理由も依然として皆目わからなかった。乗務員区画から出てきた森田が耳打ちすると、船長は賢治に歩み寄ってささやいた。

「宮沢さま、ちょっと、よろしいでしょうか」

眉間に縦じわを浮かべた船長の乾いた口調は、よからぬ情報が入ったことを意味していた。

無言でうなずくと、船長の広い背中に続いて、賢治は乗務員区画へ続く扉の前に歩みを進めた。

立哨していたロルフが、巨体を揺するように動かして通り道を開けた。

航法室に入った船長は、数枚の電文用紙をポケットから出した。

「本社に一色子爵と鷹庭氏についての情報を照会した結果が返ってきました」

「飛行船会社でそんな調査ができるんですか?」

「系列の信用調査会社から、秘密で警察に頼んで貰いました」

「それで、何かわかりましたか」

賢治の言葉をさえぎって、航法室の扉がバタンと音を立てた。

「宮沢さん、あなただけズルいですよ」

息せき切って後を追ってきたのは、市川だった。

「船長、どうして宮沢さんだけに情報を提供するんですか」

怒気(どき)を顕(あらわ)して詰め寄る市川に、船長は決まりが悪そうに口を開いた。

「じ、実は……宮沢さまに捜査協力して頂いておりまして……」

「微力ながら協力しますよ。僕にも情報を下さい」

市川は眉を吊り上げて勢い込んだ。

「しかし、今回の事件は、記事に書いて頂いては困ります」

「世人(せじん)に真実を伝える。それが新聞記者としての僕の使命です」

胸を張る市川の眼を見て、船長は遠慮がちにだが、明確な掣肘(せいちゅう)の言葉を口にした。

「申し上げにくいのですが、あなたが書きたくても記事にはならないと思います」

「そりゃ、どういう意味ですか」

尖った市川の声が、航法室の壁に響いた。

「本社から成都新聞社に依頼すると思います。海軍と逓信省の絡んだ国策事業ですから、失敗は許されないのです」

「あなた方、太平洋航空会社は、僕に卑劣な圧力を掛けるつもりなんですか」

市川は、ふんっと鼻から息を吐いた。

「犯人は二人の人間の生命を犠牲にしてまで、我が国の飛行船事業を叩き潰そうとしているのです。殺人事件を大々的に報道し、記念飛行に悪印象を残せば、それこそ犯人の思う壺ではないですか」

船長は静かな声音で牽制した。

「船長がワイズマン氏のスパイ説を本気にしているとは」

市川は嘲るように、せせら笑った。

「飛行船事業についての英独の関係については、首肯できる点が多々ありました。イギリスかどうかはともかく、犯人が個人的怨恨で凶行を続けたとは考えにくいです。やはり、組織的な謀略なのではないでしょうか」

「なぜ、船長は個人的な恨みによる犯行と考えないのですか」

市川の問いは、賢治の疑問と同じだった。

「もし、個人的怨恨なら、あえて、どこにも逃げ道のない飛行船なんか選ばずとも、地上でいくらでも人殺しは可能ではありませんか」

賢治は必ずしも船長の意見に賛成ではなかった。そうは言っても積極的に反論できるだけの材料も持ってはいなかった。

「なるほど……一理ありますねぇ」

市川は低くうなると、しばし天井に視線を遣って考えていた。

月光号内での連続殺人は、記者としての大特ダネに間違いない。だが、国際的な謀略ならともかく、仮に個人的な怨恨による犯行なら、しょせんは読者の好奇心を満たすだけの報道内容に過ぎない。いま、ようやく始まったばかりの我が国の飛行船時代に水を差すほどの価値があるかは疑問だろう。

意地悪く考えれば、代表取材で一人きりで搭乗している市川は、今回の事件を報じても自分の記者としての能力を証明するわけでもなく、大きな手柄にはならないとも言える。

やがて市川は、目に見えて明るい表情になった。

「僕も犯人に手を貸すような真似はしたくはありません。また、こんな素晴らしい空の旅を世の人に広めたい。記念飛行に傷をつけるような記事は書きませんよ」

「わかって下さってありがたい」

船長はゆっくりと愁眉を開いた。

「ところで、さっき、サロンで田崎パーサーは、何を報告したんです？」

身を乗り出すような姿勢で市川は船長に迫った。

「ですから、客室には誰もいなかった、と……」

わずかに泳いだ滝野船長の瞳を、市川が見逃すわけはなかった。

「それだけじゃないでしょう。パーサーの顔色が真っ青でしたよ」

「それは……その……」

「僕たちは、この狭い空間の中に運命をともにしているんじゃないですか。隠し事はなしにしましょうよ」

船長はあきらめ顔で溜息を吐いた。

「仕方がありません。お話しします。ですが、お客さまの名誉に関するお話なので他言はご無用に……」

「船長の許可なしには誰にも話しませんし、記事にも書きません。お約束しますよ」

「実は、今回の二つの事件には共通した不可解な事実があります。亡くなったお二人の部屋には、犯人からのメッセージが残されていたのです」

船長は、かたわらの書類棚から二通の封筒を取り出してきた。

「これが一色子爵の事件の際に3Bの室内に残されていたものです」

チャート・テーブルの上に、例のタイプ用紙が開かれた。

「密通ノ罪か……」

市川は斬奸状に見入った。

「すでに、宮沢さまには、ご覧頂いています。そして……これが、先ほど田崎たちが5A、つまり鷹庭さまのお部屋の室内テーブルの上から見つけてきたものです」

船長がテーブルの上に載せたのは、一色の斬奸状と寸分も違わぬタイプ用紙だった。

『騙欺ノ罪』・ハーデース

「へんき……鷹庭さんは誰かを騙したってことでしょうか」

賢治がつぶやくと、市川も首をひねった。

「ポーカーではイカサマしているようには見えなかったけどなぁ……」

「さらに不思議な話ですが、被害者の部屋の扉には、これが……」

船長は二枚のカードを白手袋で摘まんで、テーブルに置いた。

「一色子爵には悪魔のカード、鷹庭さんには、これです」

船長が悪魔のカードと並べてテーブルの上に置いたのは、夜空に月が浮かぶ絵柄のタロットだった。

月の中には性別不詳の浮かない表情、前景には水中から這い出ようとしているザリガニと遠吠えする二匹の犬の姿が、悪魔のカードと同じ作者の手になると思われる木版刷りで描かれていた。

「これは、月の大アルカナだ……」

やはり、鷹庭にも斬奸状のほかに、タロット・カードが残されていたのだ。

「アルカナって何です?」

市川は、月のカードを瞬きもせずに見入りながら訊いた。

「タロット・カードは一組七十八枚なんですが、そのうち二十二枚を大アルカナといいます。それぞれに、この月や悪魔のような寓意画が描かれています。残りの五十六枚は小アルカナといい、トランプの原型となったといわれています。小アルカナは数字とマークで描かれるのが一般的で、大アルカナのような寓意画は描かれていません」

賢治が説明すると、船長はうなずきながら賢治の言葉を引き継いだ。

「ヨーロッパでは、ゲームや占いに使うらしいですが、日本では紹介されていないそうです。実は、タロット・カードなどというものが世の中にあるとは、まったく知りませんでした。宮沢さまが教えて下さったんですよ」

「いやぁ、僕も知りませんでしたよ。それにしても、二枚とも何だか暗い絵柄ですね。どんな意味なんですか」

市川はタロットから顔を上げると、感心した表情で賢治を見た。

「月のアルカナは、よくない予感や欺瞞などを意味するんじゃなかったかな。悪魔は裏切りですね……もう少し勉強しておきゃよかったな」

悪魔や月のアルカナに犯人はどんなメッセージを込めているのか。どうにかして、犯人の突きつけた謎を解きたいと賢治は思った。

「タロットなんてものまで知ってるなんて、宮沢さんはどこまで守備範囲が広いんだ……ところで、船長」

市川は改まった顔つきになって船長に強い視線を向けた。

「犯人の狙いがはっきりしない以上は、僕が被害者となる可能性もあるわけです。だから、僕にもすべての情報を伝えて下さい」

「承知しました。知り得た限りの事実を、お伝えします」

市川に話すと決めた船長は、はっきりとした声で答えた。

「犯行や犯人については、すでに今までにお話しした以外の情報は持っていません。新たに判明したのは、被害者についてです」

「それじゃ、一色子爵について、何か出たんですね？」

賢治の言葉に船長は眉を寄せて声を潜めた。

「一色子爵は、三年前に姦通罪で告訴されているのです」

「なんですって！　子爵ともあろう人が人妻に手を出したんですか……」

市川は短く叫んで絶句した。

――あの人、ドン・ファンだから……

賢治の胸に可那子の言葉が蘇った。

「ですが、予審段階で無罪放免となっています」

「有力筋から予審判事に圧力を掛けさせたんだろうな。で……相手の女は？」

急き込む調子で市川は船長に問うた。

「それが、なんと、佐和橋可那子さんなんです」

「えっ」と声を上げそうになるのを、賢治は耐えた。

――さっきも言ったでしょ。この月光号で初めて知り合ったっ、て。

自分の目の前で平気でウソを吐いていた可那子に賢治は失望を隠せなかった。

「有夫（ゆうふ）なんですか、あの女」

　市川が驚きの声を上げるのも無理はなかった。可那子は既婚女性には見えない雰囲気を濃厚に漂わせていた。

「いいえ、すでに離婚しています。詳しくはわかりませんが、前夫は一色子爵のところに出入りしていた、窪山龍明（くぼやまたつあき）という洋画家だったそうで、この男が告訴人です」

「そうだとすると、『密通ノ罪』を糾弾（きゅうだん）するのは、窪山って絵描きさんのはずですよね。窪山さんは、その後、どうなったんですか?」

　この月光号には乗っていない窪山なる人物が、陰で糸を引いているのかもしれない。

　だが、賢治の問いに、船長は即座に首を横に振った。

「離婚して告訴までした可那子と未練たらしくよりを戻したそうです。ですが、貧困のうちに、一昨年の秋に自殺しています」

「じゃあ、そいつが犯人ってことはあり得ないな」

　市川の表情にも、はっきりと落胆（らくたん）の色があらわれていた。

「鷹庭氏については、もっとよくない情報が出ました。氏は通称、『新橋（しんばし）の鷹（たか）』

という地面師だったそうです。過去に二度も検挙され、三年ほど横浜の根岸監獄に入っていたそうです。ああ、今じゃ刑務所っていいますね」

　鷹庭の人のよさそうな笑顔が浮かんだ。見かけによらぬとはこのことである。だが、最初に浮かんだ手品師のイメージは、当たらずといえども遠からずだった。

「なるほどねぇ。それで『騙欺ノ罪』か。やっぱり、財産を騙し取られた人間が犯人なんじゃないのかなぁ」

　市川は鼻から息を大きく吐いた。

「地面師って何ですか」

　賢治には聞き慣れない言葉だった。

「他人の土地を騙し取ったり、勝手に借金の抵当に入れたりする詐欺師ですよ。宮沢さんは農学者だから、そのあたりに暗いのは当たり前でしょうけど」

　市川がしたり顔で答えた。

「でも、学者先生ならでは、いろいろな分野にお詳しい。市川さま、ハーデースの意味を教えて下さったのも宮沢先生なんですよ。ギリシャ神話に出てくる死神の名前だそうです」

「さすがだなぁ。ギリシャ神話なんて、よほど教養のある人しか読んでおらんでしょう。ところで、ハーデースを名乗る犯人は、斬奸状で二人の罪状を掲げていますし、やっぱり、二人に天誅を下している。つまり個人的な怨恨なんじゃないんですか」

「こんな情報は警察に関係者がいれば、すぐにわかります。現に本社も三十分そこそこで回答してきました。たとえば国家的な情報機関なら事前に情報を収集するのはわけもない話です」

船長は理詰めの言葉で自信ありげに断言したが、賢治は必ずしも賛同できなかった。

「なるほどね。二人の罪状は、こじつけってわけか」

「そのように思えます。ところで宮沢先生はどうお考えですか」

いつの間にか、船長は賢治を先生と呼んでいる。

「僕は、怨恨説は捨てないほうがいいのではないかと思います」

賢治は自分の抱いた感覚を素直に口にした。

密室での一色の刺殺、犯人の影の見えぬ鷹庭の銃殺の二つの事件。賢治には両方とも、念入りに過ぎる殺害方法に思えた。

もし、記念飛行に疵を付けたいだけなら、何故、犯人は乗客の恐怖心をここまで執拗に煽るのだろうか。もっと単純な、たとえば食事に毒を入れるなどの方法をとってもよいはずだ。

ワイズマンの言うように、日本とドイツの合弁事業を潰す目的ならば、恐怖心を与えるべきはいま現在、月光号に乗っている乗客よりも、これから乗ろうとする日本国民であるべきだ。

犯人が、誰かに向けてメッセージやタロットを残していると思われる点も、怨恨説を裏付けているように思われた。

「謀略説と怨恨説の両方から犯人を捜しましょうよ。ところで、ほかには何かわかりましたか」

さらっと訊いた市川だったが、船長の瞳は、うろうろと泳いだ。

「いえ、別に……ほかには……何も」

「僕が特高に調べられた過去も出てきたんじゃないんですか？　左翼思想の疑いで」

市川はにやっと笑って、船長の目の前で人差し指を左右に軽く振ってみせた。

「あなた方は乗客名簿に載っている名前を全員調べているはずです」

「は、はぁ……そ、それは……」

船長の顔に明らかな狼狽の色が浮かんだ。市川の言うように、乗客の前科の有無も警察に照会したに違いなかった。

「はは、事実無根ですよ。三年前、広島支局にいたときに、たまたま書いた日立造船の労働組合因島支部が開催したメーデーの記事が、当局のお気に召さなかったらしい。一年ばかり、特高の連中にこっそり尾行されてました。日立造船の組合は過激だし、当局は目の敵にしてますからね。けど、最近はあちらさんも、僕が社会主義者じゃないって納得がいったみたいですよ」

市川はこともなげに笑った。

だが、賢治の心臓は収縮した。

四年前の大正十五年、花巻農学校を退職した賢治は、旧盆の八月十六日に北上川沿いの下根子にある宮沢家の別邸に「羅須地人協会」を設立した。協会とは銘打っているものの賢治一人で運営する私塾だった。

賢治は、ここで近隣の青年たちに農業技術や農民芸術論などを講じたり、ともに楽器を演奏したりした。青年ばかりではなく、周囲の人々を集めたレコード鑑賞会や、子供たちを集めた童話の朗読会も行った。

ところが、翌年の二月一日の岩手日報に「農村文化の創造に努む。花巻の青年有志が羅須地人協会を組織し、自然生活に立ち返る」という記事が掲載された。好意的な論調だった。

この記事がきっかけで、賢治は花巻警察署長の伊藤儀一郎（いとうぎいちろう）による聴取を受けた。「羅須地人協会で社会主義的活動を行っている」との嫌疑（けんぎ）であった。

むろん、賢治自身は社会主義者ではないし、農民に政治的思想を伝えようとした覚えなどなかった。花巻の名士の長子（ちょうし）である賢治に対する署長の聴取は懇切（こんせつ）丁寧であったし、その後、とくに警察から呼び出しは掛からなかった。

しかし、聴取が直接の原因で、その月の内に協会の活動を停止せざるを得なかったのもまた事実である。協会に通ってくる農民たちに被害が及ぶ事態をも恐れたのである。

一昨年、治安維持法（ちあんいじほう）が議会の反対を封じ込める緊急勅令（ちょくれい）という強行的な手段で改正された。「国体変革」への厳罰化が図られ、最高刑は死刑となった。また、取締対象結社に所属していなくとも「結社の目的遂行の為にする行為」を同罪とした。この改革に反対した生物学者で衆議院議員だった山本宣治（やまもとせんじ）は、右翼団体構成員に刺殺された。

法改正の年の三・一五事件では治安維持法により千六百人の共産党員と支持者が一斉検挙された。昨年の四・一六事件でも約千人が検挙されるなど、政府による思想弾圧は年々激しさを増していた。

賢治は、警察に調べられた過去を、市川のように気楽に口にできなかった。だが、船長から羅須地人協会の話に触れるはずもない。

「ほかに警察で情報を持っていた乗客は、いなかったんですか」

賢治は話題を変えようと船長に尋ねた。

「特に、ほかには何も……。今後、追加情報が出てくる可能性はありますが……」

船長の顔は隠し事をしているようには見えなかった。ハーデースの凶行が二人で留まって欲しいと、賢治は強く願った。

「可那子は少なくとも一色子爵殺しの犯人じゃないよなぁ。だって、そうでしょう。自分が密通の片割れなのに、『密通ノ罪』と書くのは変ですよ。それに、可那子が密室をそう簡単に作れるとは思えないしな」

市川は口を尖らせた。

（もしかすると、そうなのか……）

賢治の脳裏で火花のような閃光が、ちかりと光った。

鼓動が速まる。賢治は目を閉じて呼吸を整えた。エンジンの低いうなり音が、頭上から響いてきた。

ふたたび目を開いた賢治は、無機質なアイボリーの天井を眺めて深呼吸を繰り返しながら、頭の奥で自分の発想に論理的な狂いがないか検証した。

（人を悪意を持って見ちゃなんねぇけども……）

狭い船内で二人が殺される異常事態である。戸惑いつつも、賢治は心の中に兆した考えを船長に伝えるべきだと心に決めた。

「あの……僕がこれから言う推理は、間違っているかもしれません」

「何か思いつかれましたか、宮沢先生」

船長は声を弾ませた。

「何の証拠もなく、他人を貶めたくはないのです。だから、あくまでここだけの話として聞いて下さい」

「もちろんですよ。僕も船長も、ほかへは絶対漏らしやしません。二人とも秘密を守るのは仕事のうちです。ねぇ、船長」

「市川さんのおっしゃる通りです。ぜひとも、宮沢先生のお考えをお教え下さい」

「密室の謎を解く方法が一つだけあったんです」

「なんですって！」「ほんとですか！」

賢治の言葉が宙に残っているうちに、二人は期せずして同時に叫んだ。

「何の不思議もありません。犯人は鍵を持っていたのです」

市川と船長は、黙って顔を見合わせた。

「ですが、鍵はお客さまのほかには、わたしと田崎しか……」

「そうです。三本の鍵のうちの一本——一色子爵に渡されていた鍵を犯人は持っていたのです。子爵と一緒に部屋に入り、子爵を刺した後で、３Ｂの外へ出て廊下から鍵を掛けた。この犯行ができたのは、可那子さん、ただ一人だと思います」

市川は興奮気味に叫んだ。

「そうかっ、一色と可那子の関係は続いていたんだ！　そうですよね、宮沢さん。二人の仲が続いていれば、一色子爵が部屋の鍵を渡しても不思議はないし、一緒に部屋に入るのも、当たり前って話ですよね」

賢治は沈着な調子を心がけながら言葉を続けた。

「子爵がサロンを離れてから、可那子さんが僕を呼びに来るまでは、ほんの十分ほどでした。しかも子爵は、可那子さんと僕が部屋の前まで行ったときには、まだ生きていました。うめき声が聞こえていたんですから……。可那子さんは、子爵を刺して部屋の鍵を掛けると、すぐに僕を呼びに来て、部屋の鍵が掛かっている事実をあえて確認させた。そのうえで田崎さんに鍵を開けさせた……」

「それじゃあ、鍵がテーブルの下に落ちてたってのは」

上ずった声で、市川は賢治に説明を急かした。

「みんながあわてて部屋を出る隙に、自分の持っていた3Bの鍵を、こっそりテーブルの下に置いたんですよ。絨毯(じゅうたん)が敷いてあるんだから、落としたって音もしない。僕も田崎さんも部屋に入ったときには子爵しか見ていなかった。なにしろ、胸を刺されて血だらけなんだから」

「なるほど、筋は一応、きちんと通っていますねぇ」

市川は低くうなり声を上げた。

「実に単純な方法だったんです。幽霊でも何でもない。ただ、頭の中で組み立てただけなんで自信はないんですけれど。それに、動機もはっきりしませんし……」

間髪を容れず、興奮気味に市川は賢治の言葉を引き継いだ。

「動機だってはっきりしている。一色子爵は独身だが、浮気な人として知られています。可那子は子爵を誰かに奪われ、嫉妬に狂って子爵を殺したんですよ。で、自分への疑いを逸らすために、あえて『密通ノ罪』なんてメッセージを残したんだ」

――でも、振られた女たちに、『あんな素敵な人と、いい仲になれただけで幸せだ』って言わせるものを、持ってるらしいわ。

可那子の明るい声の調子や、賢治を睨んだ悪戯っぽい目を思い出して、自分が口から出している推理にわずかな違和感を覚えた。

「けれど、僕は可那子さんに動機はないように思うんです。可那子さんが子爵について話すのを聞いたんですけれど、とても怨恨から子爵を殺した後のようには思えなかった」

賢治の逡巡に、市川は顔をしかめて吐き捨てた。

「そんな偽装ができるくらい、肝の据わった女なんですよ」

月光号に乗るまでは一色と面識がなかった、などというウソを平気でつける可那子だ。

また、もし二人の関係が続いていたとすれば、一色の殺害にもっと強い衝撃を受けているのが普通だ。

可那子は宝塚音楽学校では芝居も学んでいるわけだし、すべてが名演技だとすれば納得できた。

「船長、可那子を拘束しましょう」

市川は張り切ったが、船長は冷静な表情で首を振った。

「今の段階では、無理です。わたしも、宮沢先生のお考えは正しいと思います。しかし、証拠がまったくありません。たとえば、指紋なんか残しているはずもないでしょうから」

賢治は初めて会ったときに自分のあごに触れた、レースの手袋の感触を思い出した。

「そういえば、可那子さんは、ずっと手袋をしてましたね」

「くそっ、殺人鬼を放っておくしかないなんて」

市川は音を立てそうな調子で歯噛みした。

「クルーが可那子さんを完全に監視します。もう、次の犯罪など起こさせませ
ん。宮沢先生、ありがとうございます。第一の事件は、おかげさまで幽霊などの
仕業でないことがはっきりしました」
「でも、問題は残っています。可那子さんは返り血を浴びたはずです。ですが、
僕のところにやってきた可那子さんのジョーゼットのドレスは、すっきりときれ
いでした」
「素早く着替えたに決まってますよ。汚れた服は3Bの窓から放り出した。部屋
には洗面台もあるから、手だって洗える」
　市川の言葉通りの行動が、あの短い時間で可那子に可能だっただろうか……。
少なくとも一色の部屋の洗面台は乾いていた。可那子が手を洗うとすれば、自分
の部屋しかなかったはずだ。確認しなかったことを賢治は悔やんだ。
「ほかにも、謎は残っています。タロット・カードと斬奸状です。可那子さんが
この二つを残すのは不可能です。そんな代物がなかったことは、直後に田崎さん
たちが確認していますから。しかもその後、客室区画へ入った人物は誰もいなか
った。メッセージが見つかったのは、可那子さんと鷹庭さんがトイレに行く前で
すからね」

「メッセージについては、まるで謎かぁ……ところで、鷹庭殺しはどうなんですか」

焦れた市川は、賢治に次なる課題を突きつけた。

「銃声が聞こえたときに、鷹庭さんの背後の客室通路に人影が見えなかった事実は、僕がこの目で見ています。銃弾はいったいどこから飛んできたんでしょう……あっ！」

言葉を口から出している間に、賢治の脳裏で何かが弾けた。

「何か思いつかれましたか」

船長は瞳を輝かせた。

「あのときも……可那子さんは側にいた……。そうだ。僕から見て鷹庭さんの左側に立っていた」

賢治の脳裏で鷹庭が撃たれたときの光景が、フラッシュバックした。

二人がじゃれ合うようにサロンへ出てきたとき、可那子は右舷側、つまり賢治から向かって左に立っていた。

左舷側に立っていた鷹庭が何か冗談をささやいた次の瞬間、可那子は身体を離すと鷹庭の肩を叩いた……。そう、左手で……。

自分の肩をぶったときにも、あごに触れたときにも、可那子は右手を使った。もし可那子が右利きだとすると、あえて左手で叩いたわけである。なぜか。答えは明確だった。鷹庭を左舷側に立たせるために右舷側に立った場合に、右手で叩けば、二人の身体は交差してしまう。つまり、可那子は鷹庭から身体を離せない。

(可那子さんは、鷹庭が左舷側から撃たれると知っていたのだ!)

賢治が考え込んでいると、船長が静かに催促した。

「宮沢先生、仮説で結構です。今後の保安のために、参考になるお話は何でもおっしゃって下さい」

「もしかすると、鷹庭さんは通路から撃たれたんじゃないかもしれない……。通路に人がいなかった以上、論理的に考えれば、犯人はサロン内から撃ったはずです」

「でも、銃声は通路の奥の方角、船尾あたりから聞こえましたよ」

市川は不審げな声で反駁した。

「銃声は別のもの……たとえば、長い導火線をつけた爆竹かなにかを使ったんではないでしょうか。それを可那子さんが点火してからトイレを出た。二人がサロンに出たところで爆発する。破裂音にタイミングを合わせて、別の誰かがサロンの隅から消音器をつけた小型銃で鷹庭さんの胸を撃つ。これなら、居合わせた人は、廊下から銃弾が飛んできたとしか思えないはずです」

「なるほどぉ。タイミングを合わせるのはかなり難しいが、我々搭乗客は船内図をもらっているんだから事前に練習できないわけじゃない。すると、鷹庭を撃ったのは……」

市川の言葉を聞いている間に、賢治の脳内で、銃声が響いたときの配置図が組み上がっていった。

「位置からすると、左舷最後部のテーブル付近しかありません。右舷側だと、可那子さんの身体が邪魔です。市川さん、あのとき、あなた方がゲームをやっていたテーブルには、誰かいましたか？」

眉間にしわを寄せて、市川は記憶を辿った。

「鷹庭さんが中入りだって言ったんで、僕はいったん、自分の席に引き上げました。可那子は鷹庭さんとトイレに立ったわけですから、座っていた人物は中村さんだけですよ。ポーカーのテーブルに戻ろうとして、水槽の近くまで来たところで銃声が聞こえたんです」

「あのテーブルの壁際の席は……ええと」

賢治がポケットから座席表を取り出すよりも早く、船長が答えた。

「壁際の席……ああ、中村さまのお席です」

「やっぱりそうか……。もし、中村さんが一人であのテーブルで壁側に座っていたなら、テーブルの下から鷹庭さんをこっそり撃てますよ」

「これまた、筋は通ってるなぁ」

市川が鼻から息を吐く音が響いた。

「それを知っていたからこそ、可那子さんは鷹庭さんが撃たれたときに、右舷側に身体を離していたんです。利き手の反対の左手で鷹庭さんの肩をぶった理由は、そのためなんですよ」

賢治は銃声が聞こえる直前の可那子の動作を思い出しながら言葉を継いだ。

「可那子が共犯である証拠ですね！」

頬を上気させた市川に、賢治はうなずいて付け加えた。

「本当に小さい拳銃でないと、難しいでしょうけど」

「リンカーン大統領の暗殺に使われたデリンジャー拳銃の現在の型や、コルト・ポケットなら可能な話ですよ」

市川は右手で拳銃の形を作って引き金を引く真似をしてみせた。

「それに、中村さんはお召しを着ているから、袖の中に小型拳銃を隠すくらいは、簡単な話です。……もし僕の仮説が正しいとすると、鷹庭さんの遺体には、後ろからではなく、前から撃たれた弾痕が残っているはずです。素人に区別するのは難しいでしょうけれど」

「でも、調べてみたいですよ。船長、どうです？」

勢い込んだ市川を軽く掌で制して、船長は静かに首を振った。

「いま、我々が触ると、遺体の証拠能力に問題が出るかもしれません。地上に下りたら、警察に依頼します。警察で衣服を調べたり解剖したりすれば、銃弾の入射角や銃の種類、射撃位置のいずれも、はっきりするはずです」

前方からの小型拳銃の弾痕が残っていれば、それは賢治の推理の明確な証拠と言える。客室通路の遠い位置からデリンジャーの弾を心臓付近に命中させるのは、至難の業だろう。

「でも、地上に着いたとたん、伝七郎と可那子は逃げてしまいますよ。二人を拘束しましょう」

目を三角にして、市川は鼻息荒くのたまった。

「残念ながら、推論だけで確たる証拠がない以上は、犯人として扱うわけには参りません」

乗客の拘束について慎重にならざるを得ない船長の立場は、賢治にはよくわかった。

「船長、殺人犯をこのまま放っておくんですかっ」

市川は摑み掛からんばかりの勢いで船長に詰め寄った。賢治は助け船を出すつもりで、二人の間に割って入った。

「それより、まずは、婦人トイレを点検したほうがいいのではありませんか」

「そうだっ。爆竹の破片でも出てくりゃ、確実な証拠だっ」

賢治の言葉が終わらないうちに、市川は客室区画へ向かって走り始めた。船長が後を追い、賢治も続いた。

【2】

サロンに出てくると、ロルフの大柄な身体を背後の楯にするような形で、可那子と芳枝が客室通路から出てくるところだった。

賢治は視線をサロンに巡らせ、ほかの乗客が揃っていることを確認した。

「トイレに行ったんですかっ」

市川の剣幕に、事情を知らない芳枝が、たじろぎながら答えた。

「だって、さっき紅茶を頂いたし、怖かったけど、そろそろ限界だったのよ……」

芳枝の言葉を皆まで聞かず、市川は客室通路に飛び込んでいった。賢治も行きがかり上、黙って見ているわけにもいかず後に続いた。

「くそっ。手遅れだったかぁ」

婦人トイレに駆け込んだ市川が叫んだ。

ニス塗りの扉の中は手狭ではあるが、床も壁もきちんと白タイルが貼られ、金メッキのレバーも小綺麗な西洋式便器が設置されていた。窓はなく、天井で換気扇が低く唸っていた。

どんなに目を凝らしても、爆竹の紙片など、賢治の推理を裏付けるようなものは何も残されていなかった。

「あの女、トイレに行くふりして、すべてを水に流したってわけだな」

市川の声が忌々しげに響いた。東京の町中でも水洗トイレは珍しかったが、月光号は男女とも水洗式だった。

「僕の考えが間違っていただけかもしれません」

航法室で感じた可那子犯人説に対する違和感が蘇った。

「何を気弱になってるんです。宮沢さんは二つの殺人の謎を解いたんじゃないですか」

「でも、カードや斬奸状の謎については、まったく解けていないのです……」

賢治たちが通路を戻って行くと、サロンから、険しい声が響いてきた。

「わしは世の中に怪異などは認めん。科学の進歩したこの合理的な時代に、幽霊なんぞが出てきてたまるものか。船長、犯人捜しをもっと徹底的にやりなさい」

船長に食ってかかっているのは仲里博士だった。

「先ほどから、クルーが何度も現場付近をチェックしておりますが、ネズミ一匹たりとも見当たりません」

紋付きの袖を夫人が引いても、仲里博士の舌鋒（ぜっぽう）は収まらなかった。

「では、君はこのまま、犯人が逃走しても手をこまねいているのかね」

「そんな真似は許しません。霞ヶ浦に戻るまでには、必ずや犯人を拘束します」

船長は頼もしげな口調で、きっぱりと断言した。

「自分の言葉に責任を持つのだぞ……ところで、わしもトイレットに用事がある。あの頼もしい男たちの護衛を頼む」

かたわらに寄り添うように立っていた、八重夫人が博士の耳元で何かささやいた。

「ん、なに……。ああ、君、家内もだ」

「ロルフ！」

「ヤー。カピテーン」

ロルフは踵を鳴らして敬礼した。

自分の席に座ろうとすると、賢治の姿を認めた可那子が、遠くから親しげな微笑みを送ってよこした。可那子は、左舷最後尾のテーブルを囲んで、中村伝七郎と薫子の二人と一緒にお茶を飲んでいた。

「宮沢さん、お茶が入っているわよ。お座りなさいな」

可那子は賢治を手招きした。航法室での一連の会話で、中村と可那子を容疑者として指弾した賢治としては、ドギマギせざるを得なかった。

だが、拒めば怪しまれそうな気がして、可那子たちのテーブル席に腰を下ろすほかはなかった。

「船長と何話してたの？」

正面に、可那子の笑みを含んだ真っ直ぐな視線があった。

「い……いや、それは……」

しどろもどろになった賢治に、可那子は悪戯っぽい口調で突っ込みを入れてきた。

「箝口令が敷かれてるのね。市川さんも一緒だった。あの人、新聞記者なんですってね。さっきゲームのときに言ってたわ」

「ええ、まぁ……」

「三人で犯人の当てっこしてたんでしょ？　それで、名探偵さんの推理はどうなの？」

薫子は賢治の目を射すくめるように見た。

可那子と薫子に次々にジャブを食らい、賢治の額には冷汗がにじんだ。

「目下のところ、何もわからないのす」

賢治につける精一杯のウソだった。

「やっぱり、犯人捜しを始めたのね」

薫子が目を輝かせて微笑むと、右頬に片えくぼが浮かんだ。

「早く見つかるといいわね。みんな、ほんとに怖がってるわ。まるで、虎の檻に入れられたみたいな感じよ」

屈託のない可那子の表情には、殺人のような大それた罪を犯した後の、悔恨や苦しみの感情は少しも見られなかった。

賢治は、自分の推理に自信がなくなった。

では、密室殺人が実行可能だった人間がほかに存在するのだろうか。

「鷹庭さんについて、なにか知ってる事実はありませんか」

賢治は矛先を変えて、鷹庭殺害について探りを入れてみた。

「あら、さっそく探偵業務？」

可那子は心の底まで見透かすような視線で賢治の目を見た。

「そういうわけではないですけれど……」

賢治は可那子の視線をまともに受けられなかった。

「ほんとに、ウソのつけない人ね」

可那子は声を立てて笑った。

「あたし、あの人とも、この飛行船で初めて会ったのよ」

可那子は明るい調子で答えた。真偽は謎だが、問い詰めても口を割るわけはないだろう。

「月光号で会ってからの話を聞きたいんです。鷹庭さん、自分が誰かに恨まれているとか、そんな不安を口にしていませんでしたか?」

「いいえ、ぜんぜん」

可那子の表情は穏やかなままで、少しの変化も感じられなかった。

「トイレに一緒に行ったとき……殺される直前はどうでしたか」

「鷹庭さん、ポーカーに夢中だったわ。相手を代えても負け続けていたみたいよ」

黙って話を聞いていた中村が、椅子から半身を乗り出した。

「あたくしが相手に代わってからは、鷹庭さん、一人負けでしたからね。でも、勝ち負けは無意味になってしまった……本当にお気の毒でした」

中村は、小作りの顔に、悲しみの表情を上らせた。

賢治は中村の顔を注意深く観察したが、とてもではないが、鷹庭を殺した人間とは思えなかった。

「あたしをエスコートするのはゲン直しだって……戻ったら、一色さんのときみたいに応援団になってほしいって……そしたら、自分にもツキが向いてくるかもしれないって……」

　可那子は声を詰まらせた。潤み始めたその瞳は演技とは考えにくかった。彼女が鷹庭殺しの共犯とする推理は、やはり間違っているのだろうか。

「一色さんに百七十円も負けてて真っ青だけど、天国まで取り戻しには行けないって……はにかむみたいに笑って……」

　とうとう可那子は、肩を震わせてしゃくり上げ始めた。

「すみません、嫌な記憶を思い出させて……」

　賢治が詫びると、可那子は軽く掌を振った。

「気にしないで……。早く犯人を捜し出したい気持ちは、あたしだっておんなじだもの」

「みんな、気持ちは同じだと思いますよ。素敵な空の旅が台無しですからね」

　中村の表情にも、殺人犯の翳りは微塵も見られなかった。

　だが、この二人は演技のプロなのだ。賢治は二人のようすには、今後も注意を払い続けるべきだと思い直した。

「お茶はいかが？　さっき、田崎さんが、きちんとイギリス式に淹れてくれたのよ」

ていた。

可那子は表情を整え直し、口元に笑みを浮かべて白金で縁取りされた白磁のポットを手に取った。目の前には、ポットと揃いの華奢なティー・カップが置かれていた。

「ありがとうございます。いただきます」

喉が渇いていたわけではないが、断れない雰囲気があった。湯気を立てて石榴色の液体が白磁の中で鮮やかに輝いた。

紅茶は、多くは欧米向けに作られており、一般家庭にはなかなか浸透しなかった。が、花巻の賢治の家には、昔からイギリス製の銀食器などとともに来客用の紅茶が戸棚に用意されていた。

賢治自身も紅茶が好きで、機会があると口にしていた。大正十二年に書いた『茨海小学校』では、狐の世界に迷い込んだ「私」に狐の小学校長がミルクティーを奨めるシーンを描いた。紅茶によって、進んだ文化を持つ童話中の狐社会を表現したものだった。

香り高い液体を口に含むと、舌先に心地よい渋みとわずかな苦みが広がった。

身体の奥に広がる温かさを楽しんでいると、ロルフと仲里夫妻はなんの問題もなくサロンに戻ってきた。

順番を待っていたようにワイズマン夫妻もトイレを往復した。

夫妻が帰ってくるとすぐに、薫子がもじもじと立ち上がって、ピアノの脇に立っていた船長に声を掛けた。

「船長さん、わたくしもロルフさんにお願いしたいのです……」

薫子は白いワンピースの裾のあたりを軽く手でつかんでうつむいた。人には知られたくない用事を申告しなければならない現在の状態は、若い薫子には辛いに違いない。

そんな気持ちを気遣ってか、船長は無言であごを引いた。

「あの……船長、あたくしも、こちらのお嬢さんのお供をして、高野詣でと参りたいのですけれど……」

身をよじって立った中村が頬を染めた。

「弘法大師の高野山ですか？」

船長が怪訝な表情で訊き返したので、賢治は余計なお世話だと思いつつも口をはさんだ。

「トイレットの美称です。高野山では古くから川の水に流していたのです。貴重な肥料を水に流す贅沢は、僧侶たちにしかできない特権でもありました」

肥料設計と農地改良を農業指導の中心としている賢治は、いわゆる下肥(しもごえ)についても、ある程度の専門知識があった。

「さすがは、宮沢先生ですね。本当に博覧強記(はくらんきょうき)でいらっしゃる」

船長は素直に感心した声を出した。

賢治はトイレに行くと言い出した中村に、漠然とした不安を覚えた。

もし、賢治の推理のように中村が鷹庭を撃ったのだとしたら、あるいは拳銃を始末するかもしれない。

トイレには窓がないが、事情を知らないロルフと薫子の目を盗んで、自室の窓から捨てる怖れもあった。

「実は、僕もトイレに行きたかったんです」

尿意は感じていなかったが、とりあえず監視の役目に就こうと決めた。

中村伝七郎が先頭に立って、薫子、賢治、ロルフの順番で、客室通路へ歩みを進めた。

通路の奥、右舷側の3Bには一色と鷹庭の亡骸(なきがら)が安置されている。3Bと5Aの扉には、それぞれにタロット・カードも残されていたのだ。二つの部屋を通り過ぎるときには、背筋が寒くなった。

左右にトイレの扉が見えてきた。

とつぜん、前を歩いていた薫子の全身が激しく震え、硬い板のように強張(こわば)った。

賢治は、自分の目を疑った。

薫子は自分の首に両手をやって藻搔き始めた。

両目が、これ以上大きくならないと思うほどに見開かれ、苺(いちご)のような唇の奥から歯が小刻みに鳴る音が聞こえる。

「いやぁーっ」

薫子は非常扉の方向へよろけながら押しやられ始めた。そのまま先頭に立っていた中村の横をすり抜ける。

「やめて、お願いいいっ」

薫子は顔を天井に向けて、必死の声で叫んだ。

賢治は、薫子を助けようと反射的に身体を前傾させて、駆け出す姿勢を取った。

ところが賢治より早く、ロルフが獣のようなうなり声を立てて薫子に突進した。

ロルフは歯を食い縛り、両脇から腕を回して薫子を羽交い締めにした。薫子は眉間に縦じわを刻み激しく手足をばたつかせ続けている。

「うわわっ、な、なんだ」

今度の叫び声は、ロルフのかたわらに茫然と立っていた中村のものだった。中村は薫子とそっくり同じように、首にまとわりつくものを撥ね除けるかのような姿勢で、身体をくねらせ始めた。

「な、なんだ……いったい、お前はっ」

顔を歪めて両目を見開いた中村は、廊下の空間に向けて叫んだ。結城お召しの袖をひらひらさせながら、中村はずんずんと非常扉の方向へ押しやられてゆく。

立て続けの怪異に、賢治は何もできずに立ち尽くしているしかなかった。

中村は、アイボリーのペンキで塗られた非常扉に、前のめりに体当たりした。

「やめろぉーっ」

次の瞬間……。

非常扉が軋みながら開き、夜の闇から冷気が吹き上がってきた。賢治は全身が凍るかと思うほどの寒さを覚えて身を震わせた。

「おわーーーっ」

両手で空を掻きながら、中村はもんどりうって非常扉から空へ飛び出してしまった。

「ああっ、な、中村さんっ」

中村の小柄な身体が夜の闇に吸い込まれていく姿が、賢治の目にはスローモーション映像のように焼き付いた。夜の闇に青っぽい結城お召しの残像が消えずに残った。

「きゃーっ」

「オー・マイン・ゴット！」

中村の身体が消えると、非常扉はバタンと音を立てて閉じた。

賢治はどうしても自分の眼前に起きた出来事が信じられなかった。

薫子を襲っていた魔物も姿を消したらしい。薫子は憑き物が落ちたようにその場に立っていた。

薫子から身体を離したロルフは、大口をあんぐり開けて突っ立っている。

冷気は去り、廊下は何事もなかったかのように元の静けさを取り戻した。

短剣を抜いた藤吉少佐と北原船医、船長の三人がサロンから足音を立てて駆け寄ってきた。

「悲鳴が聞こえましたが、何事ですか」

少佐の緊迫した声が廊下に響いた。

「中村さんが、あそこから……」

非常扉を指さし、張り付く舌を剝がしながら伝えるのが精一杯だった。

「外へですかっ」

船長は泡を食って、非常扉のノブに手を掛けた。

「非常扉が開いていたなんて！」

叫びながら、扉を開けた船長は闇に目を向けて立ち尽くした。

「ああ、安全ネットにも引っかかっていない」

船長はうめくようにつぶやいた。

「何も残ってはいない……」

藤吉少佐は低くうなった。

少佐の後に続いて、賢治は非常扉の外を怖々覗き込んだ。

吹き上げてくる夜風が身を切るように冷たい。

廊下の灯りで畳一枚くらいの金属製の安全ネットが二メートルほどの高低差で

ぼんやりと浮き上がっていた。

眼下は海なのか、真っ暗で他に視認できるものは何一つなかった。

目を凝らしても、中村の着物の切れ端すらもネットには引っかかっていなかった。

船長は扉を閉めると、左の壁に設けられた小さな点検口の蓋を開けて中を確かめた。

「そんな、馬鹿な……」

中には、赤く塗られたガス栓に似たレバーが設けられていた。

「非常扉の解錠レバーです。この扉は外からは開きません。レバーを縦にするとロックが外れて内側から開く仕組みになっているのです。万が一、不時着して脱出する場合などに、お客さまを誘導する乗務員が開ける決まりになっていますが……」

「ロックされていなかったのですね」

賢治の言葉に、船長は黙ってうなずきながら、レバーの位置を横に戻した。

「先ほど田崎が確認したときにはロックされていました。それが……いつの間にか」

「幽霊よ。そうでなきゃ、悪魔だわ」

薫子が髪をふり乱して叫んだ。

「幽霊……。本当に幽霊なんでしょうか」

賢治には、どうしても納得がいかなかった。

「だって、宮沢さんは、幽霊がわたくしを襲うところを見ていたでしょう」

幾分か落ち着きを取り戻した薫子は、いらいらとした口調で賢治に突っかかった。

中村は目に見えぬ化け物の手によって闇空に放り出されたのだ。

賢治は、つい今しがた目の前で繰り拡げられた光景を脳裏で反芻した。二人に紐や綱のような物が巻き付いていたわけではなかった。中村を夜の空に追い出したものは、姿を持たない「力」だった。

「幽霊とは、どういう意味ですか、宮沢さん」

士官短剣を腰から吊った鞘に納めた藤吉少佐が目を瞬いた。

「最勝寺さんは、目に見えない何者かに襲い掛かられたのです」

「ええっ、なんですって」

少佐は背をのけぞらせた。

「透明なお化けが、首を絞め上げてきたの。お化けはわたくしの背中を凄い力で押し続けて、あの扉へ……」

声を震わせて、薫子は扉を力なく指さした。

「ロルフさんが助けてくれなければ、わたくし、もう少しで殺されるところだった」

恐怖が蘇ったのか、薫子は目を見開いて背中を強張らせた。

「薫子さんを守ろうと、ロルフさんが身体を支えているうちに、中村さんも同じように苦しみ始め、ついには、扉の外へ押しやられて……」

賢治の言葉を、薫子は悲痛な調子で続けた。

「わたくしの代わりに、中村さんが生命を落としたんです」

薫子の両目から涙があふれて頰から細いあごへ伝わった。

「中村さまをお守りできなかったのは、完全に、わたくしどもの落ち度です」

船長は嘆息するように言って肩を落とした。

「信じられん……」

少佐は喉の奥で掠れた声を出した。

顔色を失って突っ立っていた北原船医は我に返ったのか、ようやく短剣を鞘に戻した。

船長はドイツ語で、戸惑い顔のロルフにいくつかの質問を続けた。ロルフは大きい身体を縮めて汗をかきかき答えている。

「ロルフの報告も、宮沢先生たちのお話しになった内容と、少しも変わりありません。ロルフは二人を同時には守れなかった。申し訳ない……と言っております」

「化け物を相手に戦う術は、どんな軍人も学んでいない。ロルフ、ダンケ」

少佐に慰められたロルフはふたたび巨体を窄め、しょんぼりと答礼した。

「船長、現在の高度は海抜五百メートルくらいですか」

船長に向き直った少佐は、眉根にしわを寄せて訊いた。

「たぶん、四百五十メートルほどでしょう。二十二時七分、淡路島上空です」

船長は大ぶりのフェイスを持つ腕時計を覗き込みながら答えた。

どちらにしても、中村が助かる見込みはない。

「第三の犠牲者が出てしまった……」

船長は暗澹とした表情でつぶやいた。

「船長……僕は間違っていました……」

賢治の推理は的外れだった。少なくとも二人を襲った犯人――襲撃者は、人間ではなかったのだ。

【3】


サロンに戻ると、それぞれの席にきちんと座っていた乗客たちが、いっせいに船長に注目した。

「お客さま方にお伝えいたします。先ほど、客室通路で事件が発生いたしました」

固唾(かたず)を呑んでいる乗客を見渡しながら、船長は唇を開いた。

「中村伝七郎さまが、お亡くなりになりました」

乗客たちに巻き起こる恐慌(きょうこう)を防ごうと、船長は冷静な口調で続けた。

「今度は、なんなのよう」

「何が起きたんだ！」

サロンはふたたび、騒然となった。

「まことに信じがたいのですが、中村さまは目に見えぬ力で、非常扉から追い落とされました。その力は、はじめ最勝寺さまを襲い、ロルフが最勝寺さまをお守りしている隙を狙って、中村さまに災いをもたらしたのです」

船長は沈鬱(ちんうつ)な表情で、黙とうするように瞳を閉じた。

「やっぱり、幽霊飛行船よ。もうたくさんだわ。お願い、あたしをここから下ろしてえっ」

芳枝は半狂乱になりながら、頭に両手をやって絶叫した。

「スパイだ。スパイを探し出せっ」

激高したワイズマンは椅子を蹴立てて立ち上がると、どんとテーブルを叩いた。

「わたし……」

八重夫人が、糸のようにか細い声を出した。

「黒いモノがあの廊下をフワフワ飛んで行くのを……」

八重は廊下の方角を力なく指さした。

「なんですって？　く、詳しく話して下さいよ」

市川が詰め寄ったが、八重は首を横に振るばかりだった。

「気のせいかもしれないの……でも、廊下の天井に大きなコウモリみたいな、黒いインヴァネスを着たような半透明の影が飛んで行くのが」

夕方、薫子と喋っていたときの自信に満ちた口調とは別人のように、八重はオドオドと続けた。

「本当に見たんですね」

賢治が重ねて問うと、八重はうつむきながら頼りない口調で言葉を継いだ。

「あの……はっきりとは……」

それきり八重は、黙りこくってしまった。

「それこそ、スパイの暗躍です！」

ワイズマンは激しい口調で叫んだ。だが、スパイとは言え、人間が天井付近を飛べるものではなかろう。

「やっぱり、この飛行船には幽霊だか妖怪だか、なにか得体の知れないモノが取り憑いてるのよぉ」

芳枝は口をアクアクさせて言葉を失った。

「船長。何処(どこ)かに下ろすように海軍と掛け合え」

堂元は凄みのある声で威迫(いはく)したが、船長は首を縦に振らなかった。

「先ほど士官総員で詳細に検討を加えましたが、ほかの飛行場に着陸を強行すると、かえって多くの危険を呼び起こす恐れがあるとの結論に達しました」

「船長のお言葉は正しいと思います。我が国には霞ヶ浦以外に、こんな大型飛行船を想定した飛行場は存在しない。無理をすれば、着陸に失敗して大惨事が起きてしまうかもしれない」

飛行船の専門家である少佐の言葉には説得力があった。堂元は不快に顔をしかめながらも黙らざるを得なかった。

「残念ながら、明夕十八時に霞ヶ浦飛行場に着陸するまで、地上には戻れません。申し訳ありませんが、お客さま方には、今夜はこのサロンでお過ごし頂きたいと存じます。トイレにご用のお客さまは、一人ずつお申し出下さい。ロルフとクルトの二人で、お守りいたします」

「幽霊が相手じゃ、二人だって不安よ」

船長に食ってかかろうとする芳枝の袖を、例によって紘平が引っぱった。

「運航に支障が出てしまうため、これ以上は、保安要員を割けません。また、二人のように、拳銃が扱えるうえに捕獲術を身につけているクルーは、ほかにはおりません」

「わたしも軍人の端くれです。剣道にはいささか自信がありますし、二人に協力して客室通路の往復には随行しますよ」

少佐は胸を叩いて頼もしく請け合ったが、相手の正体がわからないだけに、サロンを覆った不安感は消えなかった。

「首が痛いわ……」

静かになったサロンに澄んだ声が響いた。薫子が細く白い首に手を当て、軽くさすっていた。

「どこか傷めているといけない。念のため、診てあげよう」

川島医師が立ち上がって、薫子に静かに歩み寄った。

「いいえ、大丈夫です」

薫子は、嬰児がいやいやをするように首を振った。

「最勝寺さま、ぜひ、川島先生に診て頂いて下さい」

船長は力を込めて請うた。

「でも、ここじゃ、ちょっと……」

薫子は口ごもった。衣服を緩めなければならないし、サロンは若い女性の診察にとって適当な場所ではなかった。

「航法室をお使いになりますか」

船長はクルトの立っている前方の扉を指さした。

「わたくしの部屋でお願いします。……でも、通路に入るのは怖いわ」

薫子の喉が小さく鳴った。

川島は意に介さず、あえて気楽な調子で薫子の肩を叩いた。

「どうせ、トイレとなれば、みんな客室区画に入らざるを得ないんだ。少佐、最勝寺さんの部屋まで、護衛について貰えませんか」

「もちろんです。任せて下さい」

「クルトを同行させます。クルト、シュッツェン・ズィー・エス」

船長はクルトにドイツ語で短く命じ、田崎が鍵の束を渡した。

「僕もご一緒しますよ」

賢治は、もう一度事件の現場を見て、詳細な観察を加えたい欲求に駆られていた。

「これだけ応援団がいれば、何が来たって大丈夫だ」

川島は明るい声を出した。

クルトを先頭に六人は客室区画に足を踏み入れた。

薫子の部屋は可那子と同室の５Ｂで、右舷の最後尾の部屋だった。薫子が手早く鍵を開けて、薫子と川島は部屋の中へ入った。

「すまないが、診察が終わるまでは、扉を閉めさせて貰うよ」

川島は医者らしい謹厳(きんげん)な表情になって、内開きのドアを中から閉めた。

奥の非常扉に目をやると、小さな黒く四角い異物が眼に入った。

「少佐、あれは……」

賢治は自分の声が震えるのを覚えた。

無言でうなずいた少佐は、一人ですたすたと非常扉に歩み寄っていった。

「カードだ。ピンで留めてある」

少佐は白手袋を嵌めた手で、カードを扉から注意深く剝がした。

「これは、いったい何でしょうかね？」

少佐が突き出したカードは、真ん中に描かれたバベルの塔に似た建造物が落雷のために火を噴き出して崩れている絵柄だった。塔から放り出された二人の人物が真っ逆さまに地面に墜落している。

「いや……それは」

ウソが吐けない賢治は、口ごもるしかなかった。

「宮沢さん、何かご存じでしたら、教えて下さい。これ以上に犠牲者を増やさないためにも」

少佐に問い詰められて、賢治は仕方なく口を開いた。

「船長に口止めされているのですけど……」

一色と鷹庭の部屋の扉に悪魔と月のタロットが掲げられており、室内にはそれぞれ斬奸状が残されていた次第を、賢治は説明せざるを得なかった。

「なるほど、一色子爵には『密通ノ罪』、鷹庭氏には『騙欺ノ罪』ですか……それで、この気味の悪いタロットは？」

少佐はタロットに、じっと見入った。

「これは、塔のアルカナです」

「どんな意味なんですか？」

「災いとか破滅を意味します」

不吉な絵柄通り、よい意味はないカードだった。

「ここにカードが残されている以上は、中村さんの部屋を調べる必要がありますね」

賢治の言葉にうなずいた少佐は、軍人らしい、きりっとした表情になって、クルトにドイツ語で命令を下した。

「クルト！　オッフェン・ズィー・アイネ・ディー！（扉を開けろ）」

「ヤヴォール・ヘア・コルフェッテン・カピテーン（はっ、少佐殿っ）」

敬礼したクルトは解錠すると、分厚い掌で1Bの扉を押した。

「やっぱり、ありましたね」

少佐が指さすテーブルの上には、前の二通と同じ封筒が置かれていた。

はやる心を抑えるかのように、少佐はあえてゆっくりと封筒を手に取った。中から出てきたのは、先の二通と寸分も違わぬタイプ用箋だった。

「陰言ノ罪」・ハーデース

少佐と賢治は顔を見合わせた。

「いんげん……陰口だな……これが中村さんへの斬奸状ですね。しかし、いったい、誰がここに置いたのでしょう」

賢治の問いに、少佐はうそ寒い声を出した。

「たしかに、あれから客室通路に出入りした者は、一人もいなかった」

少佐は封筒とカードを一種軍装のポケットに慎重にしまった。

「お待たせして、すまなかった」

5Bの扉が内側から開いて川島と薫子が廊下に現れた。

「先生、最勝寺さんの具合は、どうなんですか」

賢治が訊くと、川島は気楽な調子で答えた。

「頸椎に軽いねんざを起こしているが、本人が首を強い力ですくめ続けていたためだ。心配はないよ」

「さっきは痛みが残っていましたけれど、もう消えました」

薫子の口元にも、微かに笑みが浮かんだ。

「その……首を絞められた痕などは、なかったのですか」

賢治は遠慮しながらも、肝心の点を聞き糺した。

「皮膚に発赤は見られなかったし、爪痕などの擦過傷も見られないね」

川島は診断の結果を明確に告げた。

「では、物理的な力が最勝寺さんを襲った痕跡はないんですね」

「そう考えるしかないな」

薫子の表情が強ばった。

賢治は薫子の前で訊くべきことではなかったと悔いながら話題を変えた。

「薫子さん。僕がサロンに戻る前のことなんですが、中村さんは自分が殺される
ような不安なんかを口にしていませんでしたか」

薫子はわずかの間、記憶を確かめていたが、はっきりと首を横に振った。

「いいえ、逆に、自分は他人に恨みを買うような生き方はしてこなかったから、

って言ってました」

薫子は辛さに耐えるように目を伏せた。

サロンに戻ると、少佐はほかの乗客には気取(けど)られぬように、メッセージについて船長に報告した。船長の表情は見るみる険しくなった。

高木が、可那子のテーブルに置いてあったお茶道具を片付けていた。白磁のポットが、シャンデリアの光に反射した。

脳裏で、またも火花が散った。高木の側に走り寄った賢治は小声で頼んだ。

「高木さん……。お茶道具は片付けないで！　航法室のテーブルの上に、置いたままにして下さい」

怪訝な顔をしながらも、高木はうなずいて去った。

「船長。仲里先生と藤吉少佐、田崎パーサーに航法室までご足労頂きたいのですが……」

「なにか、お気づきになりましたか？」

賢治のささやきに合わせて、船長も小声で答えた。

「宮沢さん……僕も呼んで下さいよ」

市川は聞き逃さなかった。

航法室には、仲里博士を始め、船長、藤吉少佐、市川、賢治が顔を揃えた。田崎も後からやってきた。

「なにか、わしに訊きたい話があるそうだが？」

航法室の無機質な事務椅子に腰掛けた博士は、眉をひょいと上げた。

「先生、人を一瞬で狂気にする……と言うか、幻覚を見せる薬なんてないでしょうか」

賢治は自分の抱いていた疑問を単刀直入にぶつけた。

「それは、たくさんある。麻薬の類いにはの。たとえば、阿片、コカイン、ヘロインなどは有名だ。変わったところでは、麦角菌なども幻覚症状を引き起こす」

「麦角菌……細菌ですか？」

「いや、細菌ではない。真菌類の中の子嚢菌門だよ」

「とすると、カビやキノコに近い菌類ですね」

賢治の盛岡高等農林の得業論文（卒論）のテーマは『腐植質中ノ無機成分ノ植物ニ對スル價値』だった。真菌類を顕微鏡で覗く機会も少なくはなかった。

「さよう。ライ麦をはじめとする麦類に寄生する一種のカビだな。現在の合衆国で十七世紀に起きたセイラム魔女裁判は、麦角菌がもたらした集団幻覚症状によるとする説が有力での」

「集団幻覚症状を引き起こすカビがあるんですか……」

賢治には初耳だった。

「二人の少女が降霊会の途中に突然に暴れ出し、医師によって悪魔憑きと診断されたのがきっかけだった。村中が疑心暗鬼となり、ついには二百名もの村人が魔女として告発され、罪なき十九名が処刑された恥ずべき事件だ」

「そりゃ、なんとも怖ろしい事件ですね」

市川が相の手を入れると、仲里博士は眉間にしわを寄せて続けた。

「当時は悪魔の仕業とされた。だが、村人たちに様々な怪奇現象が見えたのは、麦角菌の発生したライ麦粉で焼いたパンを食べた者たちが、集団幻覚に陥ったためだと考えられておる」

「ああ、だから、科学的な思考は大切なのだ」

賢治は思わず詠嘆した。

仲里博士は賛同の意思を表して大きくうなずいた。

「その通りだよ。近代に生きる我々は、いつも科学を忘れてはならんのだ。麦角菌は一例に過ぎん。地球上には人間に幻覚作用を起こさせる動植物が多々存在する」

「宮沢先生は、今回の事件に麻薬が関係している、と？」

船長は賢治の瞳をじっと見つめた。

「いや、根拠はないのです。ただ僕は、やっぱり幽霊だの怪物だのと、考えたくはありません」

目に見えない「力」を論理的に否定しようとすれば、中村や薫子自身の行動と考える以外にはなかった。異常な行動をもたらすものは、まず薬物である。

「わたしも、海軍士官として、また、飛行船という先進技術を学ぶ者として、幽霊などを肯定するわけにはいきません。だいいち、幽霊が和文タイプなんかを使うわけがない」

少佐はポケットから封筒を取り出すと、チャートテーブルの上にタイプ用箋を拡げた。

「陰言ノ罪……これは、どこにあったのですか？」

「1B……中村さんの個室ですよ。テーブルの上に置いてありました」

「中村伝七郎の斬奸状ですね。うーん、そういえば、中村は役者仲間では、あまり評判がよくないと聞いた覚えがありますね。梶原(かじわら)みたいなヤツだって」

市川の話は、賢治の予想通りだった。

「梶原とは、何かな?」

仲里博士には聞き慣れない言葉のようだった。

「他人さまの悪口を言って陥れる人間のことですよ」

市川の言葉を賢治が引き継いで説明を加えた。

「腰越状の話です。九郎判官義経が梶原景時の讒言で、兄の頼朝に疎まれ、ついには討たれる羽目になった……中村さんを殺したのは、中村さんに陰言を言われて陥れられた役者仲間という話になりはしませんか」

「実を言うとの、家内はあの女形の芝居を何度か観ておる。まだ、売り出し中だが、なかなか優れた役者で、ひいき筋も少なくないとの話だった。こんな死に方をしたのでは大騒ぎになるだろう。しかし、役者の世界は空恐ろしいな」

仲里博士は渋面を作った。

「斬奸状と一緒に、このカードも非常扉に貼ってありました」

少佐はタロットをその場の全員が見えるように提示した。

「災いとか破滅を意味する塔の大アルカナです」

「なんだか、中村さんに恨み重なる人間の犯行って感じだよなぁ」

市川は鼻から息を吐いた。

「中村さんに恨みを持つ犯人が実際にいるとすれば、二人を襲ったのは、幽霊や怪物などではなく、幻覚とは考えられませんか」

賢治の問いに市川が、まず反応を見せた。

「なぁるほど。薫子さんが首を絞められたのも、背中を押されたのも、現実の力ではなく、幻覚のせいだ、と……」

「可能性としてはあり得るの」

仲里博士はあごに手をやった。

「証拠が出てこない以上は、断言できないのですけれど、実を言うと、二人はトイレに行く前に、共通した行動をとっているのです」

船長が真剣な顔で訊いた。

「どんな行動ですか」

「二人とも、田崎さんが淹れた紅茶を飲んでいます。このポットから……」

賢治は、この事実を幻覚説の根拠と考えていた。

「それで、ポットを洗うなと、高木に指示されたのですね」

得心(とくしん)がいったという風に船長はうなずいた。

「ええ。そして、お茶の席には可那子さんもいました」

「また、あの女か」

市川が忌々しげに叫んだ。

「船長、これでも、まだ、あの女を野放しにしておくんですか。すでに三人が犠牲になっているんですよ。あの女を放っておいて、犠牲者がさらに増えたら、どうするつもりなんですか」

市川は憤然と食ってかかったが、船長の顔色は冴えなかった。

「しかし……。確たる根拠なく、お客さまを犯人扱いはできません」

「船長さん。可那子さんを拘束などしないで下さい。僕の思い込みかもしれないのですから……」

賢治は船長に性急な行動を取って欲しくはなかった。

「二人がお茶に幻覚剤を混ぜて飲まされたとしたら、あのお嬢さんが見た幻覚が、中村に伝染する。つまり、一服盛られた中村が、廊下に透明な怪物がいると思い込んで、同じ幻覚を見るのは、不思議な話ではないな」

仲里博士は首をふり納得げに続けた。

「田崎さん、中村さんと薫子さんが飲んでいた紅茶は誰のオーダーだったんですか？」

　もう一つ重要な事実を、確認しなければならなかった。

「中村さまのご希望で、あのテーブルでお淹れしました」

　田崎の答えは、賢治の推理を裏付けるものではなかった。

「可那子さんが言い出したわけじゃないんですね」

　賢治は念を押した。

「佐和橋さまも是非にとおっしゃいましたが、初めに紅茶をご希望なさったのは、中村さまでした」

　少なくとも、幻覚剤を使うために、可那子が田崎に紅茶を淹れさせたのでないのは確かだった。

　だが、中村と薫子の目を盗んで、後からこっそりポットに入れる手はいくらでもある……。

「ただ、自分で言っておいて何なんですけれど、この考えにも欠点があります。僕自身も紅茶を飲んでいるのに、異常はないんです。特に気分が悪いわけでもないし、むろん、幻覚症状なんて出ていません……ところで、仲里先生、このお茶に幻覚剤が入っていたら、どうにか、その物質を検出できないものでしょうか」

賢治の問いに、博士は吐息混じりに答えた。

「きちんとした道具や試薬がないと無理だな」

「薫子さんの身体からは無理ですか」

「尿検査が必要だし、やはり試薬が必要だよ」

「着陸後ではどうでしょう」

賢治のこの問いには藤吉少佐が代わって答えた。

「簡易検査用具なら、霞ヶ浦航空隊の軍医が持っていると思いますよ」

「残存量によるが、ポットのお茶は着陸後にも検査できる可能性はある。が、物質にもよるが、明日の十八時過ぎでは、尿からは検出でききん公算が高い」

「どっちにしても、現時点では手をこまねいているしかないのか」

市川は地団駄踏むように悔しがった。

「だがの、宮沢さん。今の仮説で得心がいかぬ点がもう一つある」

仲里博士が思いついたように付け加えた。

「うちのは、黒い影が飛ぶのを見たと言っているが、可那子嬢のテーブルの紅茶など、飲んではおらん」

「そうでしたね……。やっぱり薬剤説は引っ込めるべきかな」

言葉とは裏腹に賢治は、仲里夫人の見た黒い影も、やはり幻覚だと思っていた。八重は異常な事態に遭遇(そうぐう)して、ヒステリーを起こしたと考えたのだ。

だが、根拠もないままに仲里博士の前で、夫人をヒステリー扱いするわけにはいかなかった。

【4】

サロンからはピアノの音が流れていた。

賢治の好きなベートーベンの『月光ソナタ』を、ジャズっぽいリズムに崩したものだった。可那子が、ピアノの前に座って、弾くともなく弾いていた。

Aの和音が乱暴に鳴って、突然、曲は中断した。

「わたしお酒が飲みたい……。お酒でも飲まなきゃ、怖くていられないわ。田崎さん、みんなに何か、美味しいお酒をお願い」

立ち上がった可那子は、幾分か尖った声で田崎に請うた。

「ワインでよろしゅうございますか」

「ええ、赤がいいわ」

「僕もご相伴にあずかろう。喉が渇いてきた」

川島が喉を鳴らした。

「こうしているのも、手持ちぶさただの」

「いいですネ。あんまりヘビーでないのが好きです」

「ライト・ボディ、プリーズ」

仲里博士もワイズマン夫妻も賛意を示したので、可那子は陽気さを取り戻した。

「みんなで一杯ずつやりましょうよ。ねぇ、田崎さん、二本か三本、持ってきてよ」

「では、モンテプルチャーノ・ダブルッツォというイタリア・ワインの特大ボトルをお持ちいたします。なんと、三リットル入りでございます」

皆の気持ちを盛り立てるように、田崎もあえて明るい声を出していた。

「そいつはいい。十四人みんなで飲んでも、一人一合以上はある」

市川の軽口に、隣に立っていた薫子の唾を呑み込む音が聞こえた。

「変な計算しないでよぉ」

芳枝が鼻を鳴らした。

場の空気が気まずくなった。十七人が座っていた席のうち、三つはすでに空席となっている。

「イタリアのワインなんぞ、僕らは飲む機会も少ないし、いいじゃないか」

紘平はなだめるように、掌で芳枝の肩を軽く叩いた。

賢治は酒は苦手なので黙っていたが、何かをしていなければ緊張感に堪えられない人々の気持ちはよくわかった。

「そんな安ワインは要(い)らん」

堂元はふんと鼻を鳴らして、自分の席に腰を掛けた。すでに川島からドクター・ストップが掛かってもいる。

田崎たちは、ほどなく戻ってきた。

ワイングラスと、巨大なボトルの載せられた木製のワゴンを押して、森田が前方の扉から現れると、小さな歓声が上がった。田崎は女人(にょにん)を象(かたど)った銀製のコルク抜きを手にしていた。

一升瓶の倍くらいの大きさがあるワイン・ボトルは、誰もが初めて見るものなのだろう。酒類に興味のない賢治は、世の中にこんな大きなワイン・ボトルが存在することすら知らなかった。

いくらか和やかな雰囲気になったサロンに、船長はようやく愁眉を開いた。かたわらで立哨するクルトが舌舐めずりをした。

「こちらでお注ぎいたしますので、召し上がる方は、お好きにお取り下さい」

「セルフ・サービスですね。結構だな。みんな好きな量だけ飲める」

市川は嬉しそうにワゴンに歩み寄った。

堂元に遠慮したものか、田崎は各テーブルにグラスを置くのを避けた。もっとも、賢治も口をつける気はなかったし、飲みたいと意思表示をしたのは、目下のところ、六人しかいなかった。押しつけがましくならないように配慮して、田崎は各テーブルにグラスをサービングさせなかったのだろう。

椅子に座った堂元には、高木がコーヒーらしきポットと瀟洒なカップを運んできた。

田崎が鮮やかな手つきでコルクを抜き、森田と高木が二人がかりで十二個のグラスに赤い液体を注いでいった。

ボトルが空になった。シャンデリアの灯りに、きらきらとルビー色に輝く十二個のグラスは、オブジェのようにも見えた。

堂元と賢治を除く十二人が、サロン中央に置かれたワゴンのまわりに集まった。

「キャビアとチーズのカナッペなど、ささやかなオードブルもご用意いたしましたので、よろしければ、お召し上がり下さい」

ワゴンの上の銀盆には、色とりどりの酒肴が並べられていた。

「ちょっと待って」

可那子の張り詰めた声に、一同は立ったままで動きを止めた。

「まさかと思うけど、このワインに毒が入っているなんておそれはないでしょうね」

乗客たちの視線を浴びながら、可那子は眉間に縦じわを寄せて田崎に迫った。

(可那子さんは誰か……共犯者を恐れているのだろうか)

あるいは単に、他の乗客たちと同じように、ハーデースの魔手が次の犠牲者に伸びるのを警戒しているだけなのかもしれない。

「霞ヶ浦で積み込みましてから、乗務員区画の施錠した食料貯蔵室で寝かせてありましたので、万が一にも、そのような心配はないかと……」

田崎は戸惑いの表情をありありと浮かべた。

「そんな懸念もあるまいが、念のために試してみよう」

川島が快活な声で笑いながらグラスを手にしたまま、ピアノのかたわらに置かれた水槽に歩み寄った。

「小動物は、我々より遥かに毒物に弱いものだ」

川島はグラスを水槽の上で傾けると、赤い液体を三分の一ほど水の中に注いだ。赤インクさながらにワインは、もやもやと広がって徐々に薄らぎ、消えていった。

サロン内の誰もが水槽の側に近づき、息を呑んで金魚を見守った。だが、賢治は可那子の行動の監視に意識を集中させた。可那子はほかの乗客たちと同じように、水槽の琉金(りゅうきん)の動きを凝視(ぎょうし)していた。

五分ほど経過しても、三匹の琉金は尾びれをひらひらさせながら、優雅に泳ぎ続けていた。

「大丈夫だ。何ともないよ」

言い終わると同時に川島は、自分の口元にグラスを持って行った。

「これは、なかなかだよ」

舌鼓を打つ川島に、皆が我も我もとワゴンに群がった。

「こりゃあ、いける」

「おいしいっ」

「たしかに軽やかでいいですネ」

誰もが、不自然にはしゃいでいた。ワインに意識を向けることで、恐怖感を紛らわせようとしているように賢治には思えた。

賢治は可那子の手元を注視し続けた。だが、可那子はほかのグラスに手を触れもせず、自分の選んだグラスをさっと口元に持って行った。

緊張が解けた賢治は、オレンジ色のチーズが載せられたカナッペを手に取った。

「宮沢さま、サイダーをお持ちしました」

銀盆に有馬サイダーとグラスを載せて歩み寄ってきた田崎がウィンクした。賢治の心によぎった不安を知ってか、田崎は白い歯を見せて笑った。

「大丈夫です。今、ここで栓をお開け致しますので」

田崎は音を立てて王冠を抜き、グラスにサイダーを注いだ。

「いや、田崎さん。気を遣わせてしまって悪いすな」

夕食のときに舌を楽しませてくれたサイダーの甘みを思い出して、賢治は口元が綻ぶのを覚えた。

そのときである。

「な、なに……これっ」

緊迫した声に、はっとして賢治が見ると、可那子がグラスをワゴンに置いて、口の中のものを吐き出していた。

「い、いやよ……そんな……」

震える声で首を力なく振った可那子は、絨毯の床に崩れ落ちるように両膝をついて屈み込んだ。

うえぇっ……と、嘔吐反射の苦しげな音がサロンに響いた。

可那子は、口中に右手の人差し指を突っ込んで、胃に送り込んでしまったワインを必死で吐き出そうとしている。

茶褐色の液体を吐き出した可那子は、そのままうつぶせに倒れ伏した。

誰もが呆然と成り行きを見守るしかなかった。ロルフたち二人の保安要員も、為すべき術を持たぬように硬直していた。

絨毯の上で可那子の身体は大きく痙攣した。

「あたし、悪いことなんか、してない……」

わずかに顔を上げた可那子のか細い声が消え残った。

「佐和橋さんっ」

川島が駆け寄った。サロンの人々は総立ちになり、誰かが椅子をひっくり返す音が聞こえた。賢治もあわてて後に続いた。

「しっかりしたまえ」

かたわらに片膝をついた川島は、可那子を抱き起こしながら声を掛けた。

賢治はあわてて可那子の手首に指を当てた。

「脈がない……」

可那子の手首は、ぴくりとも動いていなかった。

「なんだって……ああ、搏動が取れない」

川島は白い首筋に手を当てて確認した。

「北原先生っ」

川島の鋭い声に北原船医がすっ飛んできて、可那子の首筋に手を当てた。

搏動と瞳孔反射を確認した北原船医は暗い顔で立ち上がった。

「佐和橋可那子さんは、お亡くなりになられました……二十二時三十七分、船医の北原が確認致しました」

北原船医は腕時計に目を遣った後、乗客を見渡しながら宣言した。

目を閉じた可那子の口元から、アーモンドに似た香りが強く匂った。

「アーモンドの匂いだ……」

賢治のつぶやきに応えて、仲里博士の声がフロアの中ほどから響いた。

「そりゃ、青酸塩化合物の特徴だ」

田崎と森田の二人のクルーも、可那子へ向けて駆け寄ってきた。

「近寄らんほうがいい」

仲里博士は田崎と森田の背中から声を掛けて制した。

「もし、青酸塩のような毒物だと、気化している成分が危険な場合もある」

田崎たちは、その場で身体の動きを止めた。

激しい嗚咽が聞こえた。

「お部屋でも、とっても親切な……いい人だったのに……」

ふり向くと、壁際に立った薫子が、細い肩を波打たせてしゃくり上げていた。

しばし、サロンには咳一つ聞こえない時間が続いた。

「もう、青酸塩の危険は去っただろう」

静寂を破ったのは川島だった。

「パーサー、可那子さんに毛布でも掛けてやりたまえ」

川島は合掌すると、静かに田崎に命じた。

「はい……ただいま、すぐに。森田、毛布を持ってきなさい」

森田が抱えてきた毛布が可那子の全身を覆った。

「それにしても不可解だ。わたしが飲んだワインはなんともなかったのだが」

三匹の金魚は、今も水槽の中で元気に泳ぎ続けていた。

では、毒はワインに入っていたのではないのか。

「あとで警察が調べるからね……ちょっとだけだ」

川島はグラスのステムをハンカチでつかむと、可那子の飲み残しの赤い液体を、水槽に注意深く注ぎ始めた。乗客たちは固唾を呑んで水槽を凝視した。

「あーっ」

芳枝の声が沈黙を破った。

糸のように細い液体が茶匙一杯ほど注がれたあたりで、尾ビレの動きが止まり、三匹は白い腹を上に向けて水面に浮かんだ。

「毒よ。やっぱり、毒が入っていたんだわ」

芳枝は白目を剝いて叫んだ。

「毒は、グラスに塗られていたのかもしれない」

川島の声が凍った。

「いやぁあ。あたし、飲んじゃったわよぉ」

芳枝は、死ぬ前の可那子と同じように、屈み込んで口中に人差し指を突っ込んだ。芳枝の胃の内容物が、絨毯をわずかに汚した。

嘔吐反射の音に、サロンは大恐慌に陥った。

焦点の合わなくなった瞳で辺りをぼんやりと見た後、芳枝は意識を失い、床の上にうつぶせに倒れ伏した。

「しっかりして下さい」

北原船医が駆け寄り、芳枝の背中に活を入れて、右の頬を平手で張った。

賢治は北原の処置の乱暴さに驚かされた。

「あたし……生きてる……」

芳枝は、とろんとした眼で起き上がった。

「大丈夫だ。みんな落ち着くんだ。可那子さんが摂取した毒物は即効性だった。もし、毒の入ったグラスを手にしていたら、もう効き目が現れているはずだ。他の人のグラスには毒は入っていなかったんだ」

川島の一喝で、人々は落ち着きを取り戻した。

「この中で、ワインを飲まなかった人は、いませんか」

沈痛な面持ちの船長が、乗客たちを見渡しながら訊いた。

「僕は飲んでいません。お酒が苦手なんです」

「わたしが、そんな安ワインを飲むわけがなかろう」

船長の問いに応じたのは、賢治と堂元だけだった。

ワゴンに戻されているグラスのほとんどは空に近かった。

「そうだとすると、残りの十二人は、全員がワインを口にしています。毒が入っていたグラスは一個だけです……。いったい、犯人は誰を殺害するつもりだったのか。最初から可那子さんを狙ったのでしょうか」

賢治は頭に描いた疑問をそのまま口から出していた。もし、犯人が最初から可那子を狙うつもりだったとしても、毒の入ったワイングラスを可那子が手にする確率は十二分の一に過ぎない。

では、犯人は、十二人の誰が死んでもよかったのか？

むろん、賢治の問いに答えられる者はいなかった。

「そうだ。また、あのハーデースのメッセージが貼られているかもしれない」

市川のささやきに、賢治と藤吉少佐は目顔でうなずきながら客室通路へ走った。ロルフがあわてて後を追ってきた。

「ああ、やっぱり……」

賢治は鼓動が高鳴るのを抑えられなかった。

５Ｂの扉には、ほかの三人の犠牲者のときと同じように、一枚のカードがピンで留めてあった。

「やはり、タロットがありましたね。宮沢さん」

XI

JUSTICE.

少佐は扉からカードを剝がして、賢治の目の前に翳した。

「正義のアルカナだ……公正や公平を示すカードですよ」

赤い法衣を纏い王冠を被った若い女性と思しき人物が、右手にした剣を天に向けて構え、左手に天秤を持っている絵柄が描かれていた。

「これは、わかりやすい。犯人は可那子を裁き正義の剣を振るった、というわけでしょう」

少佐は歯切れのよい口調で即断した。

一色の悪魔、鷹庭の月、中村の塔……今までの不吉な意匠とは異なり、このカードは、少しも不吉な意味を持たない。賢治は明解に見える少佐の解釈に、どこか引っかかるものがあった。

「可那子さんの部屋の中には、おそらく……」

賢治が言いかけると、少佐は打てば響くように応えた。

「そうですね。鍵を開けて貰いましょう」

ロルフの後から船長とともに客室通路に入ってきた田崎が無言でうなずき、腰の鍵束へ手を遣った。

扉が微かな音を立てて内側に開くと、5Bのテーブルの上には、予想に違わず、一通の封筒が置かれていた。今までの三通と変わらぬ白い西洋封筒だった。

「中身を確かめてみます」

少佐は賢治たちの顔を見渡すと、真剣な顔つきで封筒を手にして、中からタイプ用箋を引っ張り出した。

「多情ノ罪」・ハーデース

「可那子の斬奸状だ……」

タイプ用箋を食い入るように見つめた少佐は、喉の奥でうめいた。

（多情……夫を裏切って、一色子爵に走った話を言っているのかな。だけど、絵描きの夫は死んでいるし、可那子を殺すほど恨んでいたのは、誰なんだろう）

藤吉少佐は手にした斬奸状をしげしげと眺め回した。

「可那子は美人だったし、きっと華やかな交際関係があったんだろうな」

「今までの僕の推理は、すべて間違っていました。ハーデースは可那子さんではなかった。一色さん、鷹庭さん、中村さん、三人を殺したのは別の誰かです」

賢治は船長や少佐の顔を見渡しながら、自らの敗北を宣言した。

「お言葉を返すようですが、宮沢さんの推理は筋が通っています。たとえば、可那子が三人を殺し、共犯者に殺された、とも考えられるでしょう」

少佐がフォローするように口にした言葉を、賢治は否定するしかなかった。

「それはないと思います。可那子さんが最初に毒の心配をしたときには、僕もそんな風にも考えました。でも、可那子さんは死ぬ間際に『あたし、悪いことなんか、してない……』と言いました」

「なるほど、そうでしたね」

考え深げに眉を寄せて少佐は相づちを打った。

「もし、可那子さんが共犯者に殺されたのなら、その人間の名前を言うはずです」

「たしかに、可那子の死に際の顔も、自分が殺されるのは不本意だ、理由がわからないと言った表情でしたね。わたしも職業柄、将士(しょうし)の死を何度か見ましたが、人間が死ぬときには真実の顔を見せるものですからね」

「僕もそう思いました。可那子さんは三人の殺害にはまったく関係がなかったんですよ。なにかの罪を犯しているとも考えていなかった。だからこそ可那子さんは自分が殺されるなんて信じられなかったのです」

「とすれば、犯人の見当は」

船長が不安げに声を発した。

「そうです。見当は皆目つかなくなりました」

賢治の胸に新たな不安感がひろがった。可那子が殺害に無関係だとすると、今後は犯人の監視もできなくなるのだ。

「ところで、犯人が最初から可那子さんを狙っていたのだとすると、なぜ、毒の入ったグラスを可那子さんが手にすることがわかったのでしょうか」

可那子が倒れたときから賢治が抱き続けていた疑問だった。

「まるっきりの謎だな」

よく通る声にふり返ると、川島と森田が、毛布に包まれた可那子の亡骸を運んできていた。

「とりあえず、向かいの僕の部屋に安置しよう。僕の同室者は鷹庭くんなんで、一つ寝台が空いているからね。可那子さんの部屋には同室者がいるはずだ」

「最勝寺さまが御同室です」

田崎がうやうやしく答えた。

「僕は医者だから、遺体と同じ部屋で寝るなんてことは少しも気にならない。もっとも、今夜はどうせ、みんなサロンで夜明かしする羽目になりそうだが……」

川島は唇を歪めて苦笑した。

田崎が真向かいの5Aの鍵を開けた。

川島と森田の手で、可那子の遺体は毛布にくるまれたまま、ベッドの下段に安置された。毛布を除ければ、美しい可那子の顔も苦悶に歪んだものとなっているはずである。

可那子の痛々しい死に顔は、官憲の取り調べまで包み隠しておきたいと、賢治は願った。

「船長、すでに四人の犠牲者が出た。すべての情報を、全乗客に公開すべきだと思う。君はすでにいくつか、わたしたちの知らない情報を持っているのだろう」

毅然とした川島の声に、船長は言葉を淀ませた。

「いや……それは……」

「混乱を避けたい気持ちはわかる。だが、事件に関係ある情報は細大漏らさず収集すべきだ」

川島は、ゆっくりと一語一語、諭すように船長を追い詰めた。

「仮に本社に連絡を取っても、許可は出ないでしょう。すべては司直に委ねるのが基本方針なのです」

気弱に眼を伏せた船長に、川島は理詰めに追い打ちを掛けた。

「船長の一存で公開したらいいんだ。君はこれ以上の凶行が続く事態を防ぐ義務がある。できるだけの手段は講ずるべきだ」

「僕もそう思います。犯人を見つけるための鍵を知っている人が、いるかもしれない」

賢治もできるだけの情報を収集して、犯人発見への新たな道筋を見つけたかった。

船長は深く息を吐いた後に、ようやく承諾の意を表した。

「わかりました。現在までにわかった事柄を、乗客の皆さまにお話しします。これ以上に犠牲者を増やすことだけは、なんとしても避けなければなりませんから……」

船長は決心がついたというように背筋を伸ばした。

第四章　月満つれば欠けるが如し

【1】

「皆さまにお伝えしなければならないお話があります」

サロンに戻った船長は、前方の扉の前に立つと、乗客全員に呼びかけるように冷静な表情で口を開いた。

「な、なによ……また、なんかあったの？」

芳枝が裏返った声を出した。

「現在までにわかった事柄を、お話ししたいと思います。一刻も早く犯人を捜し出すためにも、皆さまから情報を頂きたいのです」

「わたしたちが犯人について知っている事実など、ないと思うが……」

柏木書記官の言い分ももっともだった。とはいえ、いまは少しの情報でもほしいところだ。

「皆さまがお気づきになった小さな事実を繫いでゆけば、謎が解けるかもしれないのです」

「わかった。もとより協力は惜しむところではない」

柏木は鷹揚にうなずいた。

「これまでの犯行に共通する話なのですが、実は犯人からのメッセージと思われるものが残されていました」

「なんなのかね。残されたメッセージとは」

仲里博士が禿頭を光らせて説明を促した。

「一つは、ヨーロッパで占いやゲームに使うタロット・カードです。犯行直後に一色閣下のお部屋３Ｂの扉には悪魔を示すカードがピンで留められていました。鷹庭さまのお部屋５Ａの扉には、これが残されていました」

船長は皆の前に月のアルカナを掲げた。

「何だか、気味が悪いカードだわ」

薫子は細い眉根を寄せた。

「ちょっと待ってほしいね。さっき、わたしが確認したとき、鷹庭さんの部屋の扉にそんなものは貼られていなかったはずだ。わたしと少佐で左舷、パーサーと中村さんが右舷の客室をすべて見て回ったのだぞ。そんなものがあれば、あのときすぐにわからないはずがない」

柏木は口を尖らせて船長に反駁した。

「あのとき、わたくしも柏木さまとご一緒に確認させて頂きました。ところが……あの後、客室区画を確認に行ってみると……扉には……このカードが……」

田崎パーサーは背中を震わせて途切れ途切れに続けた。

「そんな馬鹿な。信じられん」

憤慨口調の柏木を、船長は軽く手でいなした。

「今回の四つの事件の共通点は、誰一人いないはずの客室区画に、何者かがいつの間にかメッセージを残している点です。中村さまの亡くなった非常口の扉には、塔のカード、佐和橋さまのお部屋5Bの扉には、正義を意味するカードが同じようにピンで留められていました」

「悪魔と月と塔、さらには正義か……どういう意味を持つものか」

仲里博士はあごに手をやって、首をひねった。

「さらに、これは亡くなられた四名の方の名誉に関するお話なので、ご他言無用に願いたいのですが……」

「いいから、早く言いなさい」

言いよどむ船長に、堂元がいくぶん苛立った声で続きを促した。

「もう一つは、斬奸状と思しき文書の入った封筒が、四人の方の部屋に残されていたのです」

「ザンカンジョウって何よ」

芳枝がきょとんとした声を出した。

「知らないのか、芳枝。悪人を斬るときに罪状を明らかにした書状だよ」

「うるさいわね。そんな昔の言葉なんて知らないわよ」

芳枝は全身に苛立ちをみなぎらせて、紘平に八つ当たりした。

「た、たしかに、女学校では習わないかもね……」

芳枝に噛みつかれた紘平は例によって気弱に口ごもった。

「犯人を捜し出すために皆さまから少しでも情報が頂きたい。あえて斬奸状を公表させて頂きます」

田崎から渡された封筒を白手袋で注意深く開くと、船長は中から便箋を取り出して開いてみせた。

「一色子爵閣下の斬奸状には……申し上げにくいのですが、『密通ノ罪』とありました」

「密通となると、主ある女に手を出していたってわけですな」

柏木が不快げに声を潜めた。

「これは、驚くべき事実なのですが、殺された佐和橋可那子さんと一色閣下は姦通罪で取り調べられた過去がありました」

「なんと！　子爵ともあろう人間が破廉恥な」

二の句が継げない、そんな感情を絵に描いたような柏木の表情だった。

「それで……裏切られた夫っていうのは何者なのかね」

「被害者であり、告訴人でもある夫だった洋画家の窪山龍明さんです。が、すでに一年以上前に死亡しております。今回の事件とは関係がないように思われます。鷹庭芳成氏については、これです」

「騙欺ノ罪」・ハーデース

船長は鷹庭の斬奸状を掲げた。

「騙欺……つまり、詐欺を意味するのか。あの男……鷹庭は詐欺師だったのか」

柏木が驚きの声を上げた。

「当社で照会したところ、鷹庭芳成氏については、斬奸趣意に記されているように、土地取引について詐欺の罪に問われた裁判で有罪となり、投獄された過去があるそうです」

船内には一瞬、どよめきが生まれた。

「好人物のように見えたがの……ところで、ハーデースとやらの意味がわからんな」

禿頭を振ると、仲里博士は腕を組んで考え込む仕草を見せた。

「幸いにも、宮沢さまが博識でいらして、ハーデースはギリシャ神話に出てくる死神だそうです」

「なるほど、死神が天誅を下している……そんな理屈なのだな。それにしても宮沢さん、あんたお若いのに博覧強記ですな」

仲里博士は、さも感心したように鼻から息を吐いた。

「たまたま知ってたのす」

真正面からほめられるのが苦手な賢治は、照れて横を向いた。

「さらに中村さまには、陰言ノ罪、つまり陰口を言った罪です。また、佐和橋さまには多情ノ罪と書かれた斬奸状が、いずれも人知れぬ間に残されていました」

「だって、客室には誰もいないんでしょ。やっぱり幽霊よぉお」

歯の根も合わぬ芳枝の言葉は、悲鳴に近い叫び声に変わった。

「芳枝、落ち着け。幽霊は和文タイプなんて使うもんか。ハーデースは人間だよ」

紘平は芳枝の肩に手を当て、理詰めに宥め賺した。

「そう言えば、そうね……」

意外にも芳枝は、けろっとした顔になった。

「そうです。敵はきっとスパイです。スパイなら、タイプを使っても少しもおかしくない」

ワイズマンは息巻いた。だが、国際的謀略説は、もはや説得力を失っていた。

「わかりやすくするために、事件を整理してみましょう」

船長は高木と森田に命じて、サロンの前方左舷側のニス塗りの壁に一枚の模造紙を貼らせた。田崎の持ってきた筆墨(ひつぼく)で、船長は達筆の太い文字を連ね始めた。

『事件』
一色範定子爵閣下　二十時過ぎ3Bで刺殺
鷹庭芳成氏　二十一時十五分頃サロン後方客室通路入口付近で銃殺
三代目　中村伝七郎氏　二十二時過ぎゴンドラ最後部非常口から墜落死
佐和橋可那子さま　二十二時三十七分サロン内で毒物により中毒死

『タロットカード』
一色範定子爵閣下　――悪魔
鷹庭芳成氏　――月

三代目　中村伝七郎氏　――塔
佐和橋可那子さま　――正義

『ハーデースを名乗る犯人からの斬奸趣意』
一色範定子爵閣下　――密通ノ罪
鷹庭芳成氏　――騙欺ノ罪
三代目　中村伝七郎氏　――陰言ノ罪
佐和橋可那子さま　――多情ノ罪

『斬奸趣意に相応すると思われる過去の事実』
一色範定子爵閣下　――佐和橋可那子さまとの姦通を云ふのか
鷹庭芳成氏　――土地取引に関する詐欺を働き投獄歴あり
三代目　中村伝七郎氏　――仲間の歌舞伎役者を悪口を以て陥れたとの噂あり
佐和橋可那子さま　――詳しい事実関係不明。一色子爵との関係を云ふのかさらに森田の手でタロット・カードが、高木によって斬奸状が該当の文字の下に貼り付けられた。

果たして、模造紙の記述はこれで終わりとなるのか、災厄が次には自分に及ぶのではないか、サロンには不安で不穏な空気が漂った。

「とても不思議なのは、ハーデースが、これらバラバラの罪を斬奸し続けている事実です。一色子爵と佐和橋さんの姦淫の罪の被害者は、元の夫の窪山さんでしょう。ですが、この絵描きさんが鷹庭氏の詐欺の被害にも遭っていたと考えるのには無理があります。貧乏だったそうですし……。さらに、中村さんの陰言ノ罪の被害者は、まるで関係がなさそうです」

賢治の言葉に、人々は一様にうなずいた。

「僕は思うのです。今回の事件は、別々な恨みを晴らしたい何人かの犯人が共同で敢行したものではないか、と」

「共犯か……たしかにそう考えなければ、四人の被害者を繋ぐ糸は見つかりそうにないな」

柏木は口髭をひねりながらうなった。

「犯人は被害者の数より多いかもしれない」

賢治のつぶやきに、紘平はいかにも心外だといった表情を浮かべた。

「では、宮沢さんは、ここに座る十三人のなかに五人とか六人の犯人がいる、とでも言うんですか」

「失礼ね。あたし、関係ないわよ」

芳枝は鼻をふくらませて賢治を睨みつけた。

「そう言っているわけではありません。もしかすると、殺された四人の中に犯人がいる可能性もあるのです。あるいは、最初に殺された一色さん以外の三人が揃って犯人だったかもしれないのです……」

サロンの人々は顔を見合わせたり、うなずき合ったりした。

「しかし、歌舞伎役者の中村氏はどうなのかね？　あの男は目に見えぬ怪物に襲われて空へ放り出されたんだろう？」

柏木は首を傾げた。

「一つの可能性に過ぎませんが……中村さんと薫子さんを襲ったのは幻覚かもしれません」

賢治は迷いつつも幻覚説を口にした。合理的な説明を放棄するのは、どうしても抵抗があった。

「えっ？　幻覚……」

想像もしていなかったらしい薫子は小さく叫んだ。

「あなたは幻覚を起こす薬物を、紅茶と一緒に秘かに飲まされていたのかもしれないのです」

「そんな……あれが薬物による幻覚だったなんて……」

信じられないといった表情で、薫子は言葉を呑み込んだ。

仲里夫妻の反論が気になるところだった。

「宮沢さんの説にも一理はある。人間に幻覚を見せる薬物は、この世の中にゴマンとあるのだからな」

「薬物説で説明できないのは、仲里先生の奥さまがご覧になった、天井を飛ぶ黒い影です……。犯人が奥さまに薬物を飲ませる機会はなかったと思われるからです。もうひとつ、僕自身も紅茶を飲んでいるのに、幻覚らしきものは見ていませんん」

賢治は自説を強硬に主張するつもりはなかった。八重夫人は床に目を落としたまま、口を開きはしなかった。

「家内の見た黒い影は気の迷いかもしれん。こんな事態が続けば、動揺して存在しないモノに怯えることもある。人間は弱い生き物だからな」

仲里博士は賢治の説を全面的に支持してくれた。

「なるほど。たしかに合理的な考え方だ」

柏木は鼻から大きく息を吐いた。

「最低でも一人は犯人が生き残っているのです。最後に殺された佐和橋可那子さんのグラスに毒を入れた人物です」

「いったい誰なのぉ。早く名乗り出なさいよっ」

芳枝は、まわりに向かって喚き散らした。

「最後の一人について、宮沢先生のお考えをお聞かせ下さい」

船長があらたまった口調で請うたが、賢治は首を横に振った。

「僕の考えは、まだ固まっていません。密室や、そこで発見された斬奸状の謎が解けるまでは、何一つわからないと言ってもいいのです」

自分の考えは何の役にも立ってはいない。賢治は天井を見上げて吐息をついた。

「残されたメッセージを一つ一つ検討してみるしかないでしょう。斬奸状の意味は、とりあえず船長が書かれた通りと仮定しましょう。次にタロット・カードの持つ意味を考えてみたいと思います」

　サロンの人々は異様な集中力で賢治の次の言葉を待った。

「まずは、一色子爵です。《悪魔のアルカナ》は、裏切りを意味します。可那子さんの話では一色さんは、ドン・ファンの異名を持っていたらしい。『密通ノ罪』と書かれた斬奸状と考え合わせれば、恋人や妻を一色さんに奪われた男性が犯人の可能性が高いと思います。可那子さんは一色さんと不倫の関係にあったそうですが、夫の窪山さんはすでに死亡しているので、一色さんに愛する女性を奪われた、別の男性が犯人ではないでしょうか」

　サロンの人々はいっせいにうなずいた。

「続いて鷹庭さんの《月のアルカナ》。月はよくない予感とか、欺瞞などを意味するのです。地面師だった鷹庭さんに財産を騙し取られた被害者が、犯人である可能性が高いと思います」

　自分の心に浮かんだ考えを、賢治は素直に言葉に置き換えていった。

「また、中村さんに残された《塔のアルカナ》ですが、災いとか破滅を意味しているカードです。たとえば、中村さんの讒言で、人気を失った同業の歌舞伎役者の犯行の可能性を意味しています。いま一つ、わからないのが、可那子さんの罪を問う《正義のアルカナ》です……」

可那子の《正義のアルカナ》については、しっくり来る解釈を見出せなかった。

それまで黙っていたエヴァが、ワイズマンの耳元に唇を寄せて、二言三言、何やらささやいた。

「申し訳ないが、宮沢さん。アナタの解釈は違うかもしれない」

乗客たちは、立ち上がったワイズマンを注視した。

「エヴァは本格的なタロットのリーディングができるのです」

ワイズマンは得意げに鼻を蠢かした。

おお、それは、と謎解きへの期待に満ちた声がサロンに響いた。

「実はワイフはスペイン出身です。ワタシがマドリッドに駐在していたときに知り合ったのです。ワイフはアンダルシアの州都セビージャの出身です。そればかりではない。エヴァは、小さい頃、近くに住んでいたお婆さんからタロット占いを習いました。だから、エヴァの話を聞いて下さい」

ワイズマンの言葉が途切れると、エヴァはかなり速いスピードの英語で何事かを語り始めた。

人々は固唾(かたず)を呑んで、ワイズマンの次の翻訳を待った。

「悪魔は、裏切りや誘惑を示す場合もありますが、最も強く象徴されるのは、嫉妬や執着、欲望です。すなわち、これは犯人自身を示しているのです。犯人が一色さんに強い執着を持つ人間……つまりは女性でしょう。一色さんを愛して袖にされた人が犯人です」

「なるほど、宮沢さんには悪いが、こっちの解釈のほうが当たっていそうだな」

市川はいつの間にか取り出した手帳にメモを取り始めた。

「いや……僕の解釈は、あくまでも仮のものです。皆さんのご意見を遠慮なくお話し頂いたほうが、正しい結論を導き出せると思います」

ずいぶん昔に洋書で得た粗雑な知識しか持っていない賢治としては、タロットの解釈にはそれほど自信がなかった。

エヴァの早口の説明が再開された。

「この解釈を、次の鷹庭さんのカード、月に当てはめてみましょう。不安や幻滅を意味します。これまた女性です」

「なぜですか……」

額にしわを寄せた紘平に、ワイズマンは明朗な表情で翻訳を続けた。

「鷹庭さんはプロの詐欺師だそうです。犯罪者と知らずに交際していた女性が、真実の姿を知って不安を感じ、幻滅を覚えたのです」

ワイズマンは小鼻をふくらまして言葉を継いだ。

「さらに中村さんの塔のカードです。塔は《破滅のアルカナ》です。失恋や別れ話、離婚を意味すると解釈すれば、浮気な役者稼業の中村さんに別れ話を切り出された、これまた、女性でしょう」

「たしかに、そう解釈しても、『陰言ノ罪』と矛盾するわけじゃないな。たとえば、中村氏が別れたい女の陰口を友人や家族に言い触らしたら、結婚話など簡単に壊れてしまう」

市川はエヴァの解釈に賛成のようである。

「オウ、その通りです、市川さん。……続いて正義。このカードの解釈は難しい。正しい結論を意味するアルカナだからです。今までの三枚と同じ文脈で解釈すれば、可那子さんの殺害を正しい結論と考えている人間……。やはり、可那子さんに恋人を奪われた女性じゃないでしょうか」

「だから、多情の女が憎かった、とも解釈できるね」

市川がしたり顔にうなずくと、ワイズマンはますます張り切った声を出した。

「エヴァの考えでは、すべての犯人は女性です。あるいは、同一人物かもしれない」

サロンに居並ぶ男たちの視線は、老女の八重と、うら若き薫子を素通りして、紘平の隣に座る芳枝に集まった。

「ちょ、ちょっと待ってよ。あたし、関係ないわよ」

芳枝は泡を食って、音が出そうなほどの勢いで首を大きく横に振った。

エヴァのリーディングは、タロットによる恋愛占いをベースにしているようだった。

一人の人間の犯行と考えるのは、物理的に不可能だと賢治は断定していた。そうは言っても、すべてが女性の犯罪であっても、おかしくはない。

「専門家のエヴァさんの前で失礼だが、悪魔のカードが誘惑を意味するのなら、こんな解釈もできよう」

取りなすように、柏木が口を開いた。

「たとえば、一色子爵がドン・ファンだったとすると、愛娘(まなむすめ)を誘惑され、食い荒らされた父親が、子爵を殺したいほど憎んでいた可能性はある。父親から見れば、娘を誘惑した一色子爵は悪魔に違いあるまい」

柏木は娘を溺愛する父親そのものの表情で、吐き捨てるように言った。

「なるほど、あり得ますねぇ。……ところで、柏木さん、お嬢さんはお幾つですか？」

市川は曖昧な笑顔を浮かべて、柏木の顔を見ながら訊いた。

「いや、わたしの話じゃあない。うちの娘は、先の震災で生命を落としているんだ」

柏木は顔の前であわてて手を振った。

「ねぇ、あのカードだけど……」

芳枝は前の壁に貼られていた《塔のアルカナ》を指さした。

「ほら、あの崩れた塔から地上へ真っ逆さまに墜ちている人って、非常口から放り出された中村さん自身を意味しているんじゃないの？」

芳枝の右手の人差し指が遠目にもはっきりと震えていた。

「言われてみれば、まさにそんな姿勢に見えるよなぁ」

市川は《塔のアルカナ》をじっと見入った。

「だとすれば、塔から墜落(ついらく)している人間は二人よ。もう一人、月光号から転落する犠牲者が出るんじゃないのかしら」

一概には否定できない芳枝の解釈に、サロンには新たな緊張の空気が漂った。

「珍しく冴(さ)えてますね。森本の奥さん」

市川が張り詰めた雰囲気を和ませようと、頰を引きつらせながら冗談を口にした。

「珍しくて、悪かったわね」

芳枝は憤然と言い返した。が、すぐに辺りをこわごわ見回して口をつぐんだ。

「《月のアルカナ》は不思議なカードですね。空に浮かんだ月はいいとして、遠吠えする二匹の犬と池から這い上がるザリガニは、何を意味しているのでしょうか」

自分が発見したカードだけに、藤吉少佐は月のアルカナに強く惹きつけられているようだった。

この言葉は、ワイズマンによってエヴァに伝えられた。

「たとえば、モーツァルトの『魔笛(まてき)』など、古今の思想や芸術作品が明確に示すように、太陽に対する月は、陽に対する陰……つまり女性を意味しています。池から這い出るザリガニは予感の象徴であり、女性がもたらす不幸に対する予感と言えます。犬は何かを察知して吠えているのです。が、背後から自分を襲う何者かには気づかず、月だけを目がけて吠えている構図とされています」

ふたたびワイズマンは、力強くエヴァのリーディングの翻訳を展開し始めた。

「鷹庭さんは、背後から銃弾を受けたんだったよなぁ」

市川の相の手に、芳枝の額に緊張が走った。

「犬も二匹いるわ。塔のカードと一緒よ。もう一人犠牲になるのよ。それだけじゃないわ。悪魔のカードだって、ご本尊（ほんぞん）の前にアダムとイブが描かれている。アダムは一色さんでしょ。じゃあ、イブは誰なの？　女がもう一人、犠牲になるんだわ。あ、あたしは嫌よ。あたし殺される覚えなんてないわ」

芳枝は目を三角にして唾（つば）を飛ばした。

この解釈に従えば、まだ三人の犠牲者が出る羽目（はめ）になる。

第一に塔から墜ちる二人目の人物であり、次に月に向かって吠えている犬の片割（かたわ）れである。もう一人、悪魔のアルカナに描かれたイブも犠牲になるわけである。

重苦しい静寂が襲った。サロンの空気はふたたび凍りついた。

サロン前方の壁で時計が午後十時半を告げる鐘を鳴らした。

「お話の途中だが、お薬の時間だ」

サロンの緊張を解きほぐすつもりか、不自然にのどやかな口調の川島の声が響いた。

川島は黒い鞄を手にして立ち上がると、一番前のテーブルまで大柄な身体を運び、堂元の向かいの空いている椅子に腰を掛けた。

やおら診療鞄を開いた川島は、小さな弁当箱のようなアルミのケースを取り出した。

川島は、白ラベルの貼られた注射用の茶色いアンプルを掌(てのひら)に取った。アンプルの首を、灰色のハート型ヤスリで切る手つきは手慣れたものだった。川島は真剣な目つきで注射器に透明な薬液を吸い上げ始めた。

「待て、先生。手を止めるんだ」

堂元は険しい声で、川島の動作を制止した。

サロンの人々は一斉に堂元に注意を向けた。

「なんでしょうか……もう投与しないといけない時間です」

不可解に眉を顰(ひそ)めた川島に、堂元は口元を歪めた。

「そのアイレチンは、よもや毒物とすり替えられてはおらんだろうな」

「何をおっしゃっているのですか……堂元さん」

川島は目を見張って、堂元の顔をまじまじと見た。

「アイレチンか……インズリンだな」

賢治の隣のテーブルで、仲里博士が驚いたような声を出した。賢治には聞き慣れぬ薬品の名前だった。

「このアンプルの入った診療鞄は、部屋から出したときには、わたしがずっと手元に置いていていました。誰にも手を触れさせておりません」

明確な口調で言い切る川島の額には、はっきりとした怒りの色が現れていた。

「そうか。それはご苦労。だが、先生だけはアンプルを自由にできる」

言葉の意味を解した川島は、眉間にしわを寄せて堂元に憤然と食ってかかった。

「あなたは、主治医のこのわたしを疑うんですか」

「わたしは長年の間、常に胆大心小（たんだいしんしょう）を忘れぬ生き方を選んできた。だから、どんな危ない橋を渡っても、いまもこうして生き永らえているのだ」

堂元は川島を嫌な目で睨（ね）めつける。

「アンプルの中身を三分の一だけ、まずは先生が自分に射ってみてくれ」

「自分に、ですって？」

川島の声が、はっきりと裏返った。

「わたしの一回の投与量は十五単位だろう。欧米人の体格に合わせたアンプルの三分の二だ。どうせ、いつも三分の一は捨てているんだ」

「なんてことを言い出すんだ……」

いつもはよく通る川島の声が掠れた。

「その薬剤が毒物なら、先生の生命はない。どうだ、自分に射てるか？」

堂元は、挑みかかるような調子で川島に訊いた。

「もちろん、純粋なアイレチンですよ。けれども、これを射てば健康なわたしは、低血糖状態になる」

「はははは、五単位くらいでは死なんだろう。さぁ、まずは自分に射て。注射器や注射針のスペアは持ってきてるんだろう？」

「万一のために、何本か持ってきてはいますよ」

「それなら、感染症の危険もないわけだ。君には約束の倍の報酬を支払うよ」

バンッとテーブルを叩く音がした。

「バーバリアン！（野蛮人！）」

ワイズマンが顔を真っ赤にして仁王立ちになった。エヴァ夫人が上着の裾をつかんで止めた。

「シャーラップ！　これは、患者の生命を守る主治医の義務だ」

堂元は強い口調で反駁した。

「そんな蛮行は神が許し給わない」

全身をわなわなと震わせて拳を握ったワイズマンに、川島は顔の前で掌を軽く振って目顔でいなした。

「わかりました。あなたの依頼に応じて五単位を自分に射ちましょう。ですが、この旅行が終わったら、わたしを解任して下さい。患者から信頼されていないのでは、どんな診療もできません」

「その話は、また後だ。とにかく射て」

堂元は命令口調で川島を急かした。

「五単位のアイレチンでは、健康障害は出ないでしょう」

自分の左腕をアルコール綿で拭くと、川島はさっと針を突き刺した。ゆっくりと薬液を左の腕に注入してゆく。

「しばらくようすを見る」

堂元は眉一つ動かさない冷たい表情で、自分の演出した人体実験を観察し続けた。

サロンの人々は、どんな小さな変化も見逃すまいと、川島の全身を注視し続けた。川島自身は平然と、鞄から出した鎮痛剤のパンフレットに目を通している。

(川島さんは自分の持ってきたアンプルに自信があるんだ)

賢治の耳には大きく聞こえるセコンド音とともに、時計の針は何事もなく三分間進んだ。

「もういいでしょう。早くアイレチンを投与しないと、堂元さん、生命取りになりますよ」

きびきびと立ち上がった川島のよく通る声に、息を詰めていた人々も、ようやく緊張を解いた。

「注射器を替えてくれ」

堂元は紬(つむぎ)の袖をまくって左腕を突き出した。

「仲里先生……アイレチンって何の薬ですか」

堂元が注射を受けている間に、賢治は隣席の仲里博士をふり返って、こっそりと訊いた。

「糖尿病の特効薬だよ。糖尿病は血液中のブドウ糖濃度の調節が上手くいかなくなる病気だが、これは膵臓から分泌されるインシュリンというホルモンの減少が原因でな」

賢治たちの会話を聞きつけた川島は、腹いせのためか、アルコール綿を手にして堂元を脅しつけるような口調で言った。

「ひどい場合には意識障害や昏睡を生じ、多臓器に影響を及ぼす。失明はおろか、心臓が停まって死に至る場合も少なくない。実に恐ろしい病気だよ」

「ふんっ。ご託はいいから、早くしろ」

「いますぐ、射って差し上げますよ。あなたに意識の混濁が起きないうちにね」

川島の口調はどこまでも皮肉めいていた。川島は手慣れた手つきで堂元の太い腕に注射針を突き刺し、プランジャを押して、透明なアイレチンを注入した。

「いちいち気に障る医者だ。望み通り、霞ヶ浦で解任してやる」

二人の刺々しい問答に首をすくめながらも、好奇心が抑えられない賢治は、博士に質問を続けた。

「簡単に手に入る薬じゃないんですよね」

「もちろんだとも。我が国であんな薬を使える患者は、ごく一部に過ぎない。大正十一年に合衆国で製剤として発売された。これを大阪の塩野義商店が輸入してインズリンなる薬剤名で売っておる。だが、百単位で八円もする、恐ろしく高価な薬でな」

「ええと、一日に何単位が必要なんですか？」

「患者の病状にもよるが、堂元さんの場合は、八時間に一回、十五単位ずつ投与する必要がある。つまり一日に四十五単位だが、一回につき五単位は捨てているので、一日に六十単位が必要だな」

仲里博士に代わって、川島がテーブル越しに答えた。

「とすると、つまり、月に千八百単位……百四十四円か！」

市川はつまらない計算が好きである。勤め人としては高給取りのほうである賢治の農学校時代の俸給が百十円だった。賢治にとっても、とても使い切れる薬ではなかった。

「ほんとに僕みたいな貧乏新聞記者は、病気にもなれない」

市川は幾分わざとらしく嘆いてみせた。人を人とも思わない堂元に対する市川なりの気弱な当てつけなのだ。

【2】


そのとき、客室通路から田崎が両腕を宙に泳がせて走り出てきた。後ろにロルフが続いている。

「せ、船長、た、大変です」

船長のかたわらで床に片膝をついて肩で息をしている田崎の顔色は、鷹庭の斬奸状を見つけたとき以上に真っ青で唇がわなわなと震えていた。

「何かあったのか」

船長は乗客たちに刺激を与えないために、あえて平板な声で訊いているように思えた。

「ご命令により、客室通路をロルフと巡回し始めたところ……こ……これが」

田崎は一枚のカードをポケットから出して掲げた。

「死のアルカナ……」

「オー・マイ・ゴッド！」

賢治がつぶやくと同時に、エヴァが叫び声を上げて胸の前で十字を切った。

西洋鎧を身に着け白馬に乗った死神が、亡骸を跨いでいる絵柄だった。

死神を迎える人々の中心に立つのは法王と思しき人物だった。おまけに、死神が左手に持つ、黒字に薔薇を白抜きした旗には、不吉の数字、十三が描かれている。

「骸骨だわ。死神よ……。あたし、怖いっ」

芳枝は目の縁をぴくぴくさせて、口から泡を飛ばした。

ワイズマンとエヴァは顔を寄せ合って、英語でささやいている。

(とうとう、ハーデース自身が登場か……)

「そのカードは、誰の部屋の扉に貼ってあったのかね」

柏木が張り詰めた声で尋ねた。

田崎は床に目を落としていたが、固唾を吞んで返答を待つ人々が生み出す緊張感に耐えられないのか、やがて顔を上げて宙に目をやって、ぼんやりと答えた。

「に、2Bでございます……」

「あっ!」と人々は声を出した。

「わたしの部屋だと!」

堂元成道は、一瞬びくっと腰を浮かせ声を震わせた。だが、すぐに椅子に掛け直し、ゆったりと背を反らして傲然とした表情に戻った。

「くだらん。わたしがそんな脅しに乗ると思っているのか」

堂元は鼻から息を吐きながら、横柄な調子で息巻いた。

「ハーデースからの斬奸状は、なかったのですか……」

紘平が椅子から田崎を見上げながら、怖々と訊いた。

「ご、ございました。お部屋のテーブルの上に……」

田崎は口ごもった。

「わたしが何の罪を犯したと書かれていたのだ」

「しかし……その……」

「いいから、言え。どだい、ハーデースなどふざけきっておる」

ためらう田崎に、堂元は思い切り顔をしかめた。

「これが、お部屋にございました封筒です」

田崎はおずおずと、タキシードの内ポケットから封筒を取り出し、堂元の前に恭しく差し出した。

堂元は封筒を引ったくると、中からタイプ箋を取り出した。

文面に見入る堂元の横顔は一瞬びくっと引きつった。が、すぐに薄ら笑いを浮かべて、タイプ箋をテーブルの上に放った。

船長がタイプ箋を手にとって、しげしげと眺めた。

「皆さまにお目に掛けてもよろしゅうございますか」

「勝手にしろ」

船長は無言でタイプ箋を乗客たちの前に拡げた。

「残忍無情ナ暴行ト殺戮(サツリク)ノ罪　其(ソ)ノ身ハ無間地獄(ムゲンジゴク)ニ落ツルベシ」

諸王、須(スベカラ)ク従フベシ、ハーデース

いままでになく、ハーデースの強い怒りが伝わってくるようなメッセージだった。

考えてみれば、ほかの四人は予告なしに殺されている。事前の予告を与える遣(や)り方自体が、堂元に対するハーデースの斬奸の一部なのかもしれない。

「ずいぶん怖ろしい言葉が並んでいるな。だけど、この最後のハーデースは今までと違うぞ。《諸王、須く従うべし》だと？……なんじゃ、こりゃ」

タイプ箋をまじまじと見ながら、市川は頓狂(とんきょう)な声を上げた。

「そうか……。そういう意味だったのか」

《死のアルカナ》に描かれた法王の絵を見ているうちに、賢治は脳裏に閃(ひらめ)きを覚えた。

「宮沢さん、なにか、気づかれたのですか」

船長が額に懸念の色を浮かべながら賢治に訊いた。

「最初は《悪魔》、次に《月》、続いて《塔》と《正義》……それぞれのアルカナには英語でタイトルが書いてあります」

賢治はサロンの人々を見回しながら、ゆっくりとした口調を選んで説明を始めた。

「そうだね。十三番のこのカードには《Death》とある。それが、どうしたのかね？」

カードから目を離した柏木は、賢治の顔を見て続きを促した。

「示された順番に言うと、《Devil》、《Moon》、《Tower》、《Justice》、《Death》です。頭文字だけ取り出してご覧なさい」

「ふむ……。《DMTJD》となるな。なにかの記号だろうか」

柏木が口髭をひねった。

「この子音にすべて《王を従》えるのです」

賢治のこの言葉に、市川はふたたび頓狂な声を出した。

「はぁ？　どういう意味ですか？」

「子音のみから構成される、このアルファベット五文字の文字列を、意味のある単語にするためには母音が必要です。すべての子音に《王》……アルファベットのOを加えてみて下さい」

「《DOMOTOJODO》……どうもとじょうどう!」

手帳にペンを走らせていた市川が小さく叫んだ。

サロンには、人々の漏らす吐息が、そこかしこで聞こえた。

「そうです。今までに我々に提示されたアルカナをすべて並べると、堂元さんを指している……そういう意味としか解釈できないのです」

賢治は遠慮しつつも、はっきりと指摘した。

「馬鹿馬鹿しい」

だが、堂元の鼻息は相変わらず荒かった。

「はははは。この堂元成道を、何だと思っておるのだ。わたしは政府も軍部も動かせる人間だ。ハーデースだかなんだか知らんが、このわたしに刃向かうとどんな目に遭うかを思い知らせてやるぞ」

堂元は、やおら立ち上がり、右手の人差し指を前に突き出すと、あたかもそこにハーデースがいるかのように脅しつけた。

「わたしには誰も手を出せんのだ」

威圧的な堂元の低い声がサロンに響いた。

「いいえ、違うわ」

鋭利なナイフで空気を引き裂くような激しい声が響いた。

賢治は我が耳を疑った。

サロンの中央にさっと歩み出たのは、白いレースの華奢なシルエットだった。

(そんな……まさか、薫子さんが!)

目の前の光景には、リアリティが感じられなかった。

自分の目に映る像が現実のものと知ると、賢治の心臓は、どくんどくんと激しい搏動を打ち始めた。

薫子は黒目がちの瞳を、これ以上ないくらいに見開いて立っていた。

「もう、すでにハーデースの呪いは、掛けられているのよ」

硬く強張った、まるで何者かに憑りつかれたかのような薫子の声だった。

異常な雰囲気を察したロルフとクルトが、さっと駆け寄ろうとしたが、薫子は二人に向かって激しく制止した。

「わたくしに近寄らないでっ」

サロンの人々は誰もが言葉も出せずに薫子を注視した。その場に座る人々の心臓の鼓動が聞こえるように思えた。滝野船長は呆然とした表情で、前方扉の前で立ち尽くしている。

「わたしを誰だと思っているんだ？　この堂元成道に無礼千万な物言いをするおまえは何者だ」

小馬鹿にした口調は、堂元だけが、少しも動じていない事実を示していた。

「わたくしは、死を司る神、ハーデースの僕……。今夜の悲劇の幕を閉じるときが、やってきたわ」

薫子は瞬きもせずに堂元を見据えた。両の瞳から刺すような光芒が生じた。

「一色範定、鷹庭芳成、中村伝七郎、佐和橋可那子……。四人は、それぞれの犯した罪のために、ハーデースが天上界から劫罰を下し給うた。堂元成道。あなたは四人とは比べられぬほどの悪行を犯し続けている。四人のように安楽には死ねないと思いなさい」

据わった目のまま、薫子は抑揚のない低い声で呪いの言葉を続けた。

「怖ろしい煉獄に落ちて、未来永劫、業火に焼かれ続けるのよっ」

薫子は堂元の近くへ歩み寄ると、打って変わって激しい口調で叫んだ。

「出放題(でほうだい)をぬかしおって。おい小娘、いい加減に黙らんと窓から放り出すぞ」

苦々しげな堂元の舌打ちが大きく聞こえた。

「ずいぶん強気ね。でも、さっき、川島先生があなたに射ったのは、アイレチンなんかじゃないのよ」

薫子の声は、さも面白いことでも話すかのように響いた。

「ふん、アイレチンでないのなら、いったい何を射ったのだ」

堂元の高飛車な態度は少しも変わらなかった。

「わかりやすく言うと、ロノモ・シロコ剤よ。川島先生が三十単位、あなたは九十単位ね」

「なんだとぉ！」

薫子がさらりと言ってのけた言葉に、賢治の隣で仲里博士が、椅子をガタンと蹴倒して立ち上がった。

「な、な、なんと言う無茶をしてくれたんだ」

仲里博士の握った右手が小刻みに震えていた。

「アイレチンのアンプルは、霞ヶ浦からずっと診療鞄に入っていたんだぞ。わたしは片時も鞄を手放さなかった。そんな真似ができるわけがないだろう」

とても信じられぬといった川島の口ぶりに、薫子はふふふと含み笑いを漏らした。

「さっき、先生に5Bの部屋で診察して頂いたときに、すり替えたの。先生は紳士だから、わたくしがワンピースを脱ぐとき、窓のほうを向いていて下すったでしょ」

「そんな馬鹿な……き、君は……」

川島の舌がもつれた。

「……ロノモ・シロコ剤とは、どんな薬物ですか……」

椅子に腰を下ろし直した仲里博士は、賢治の問いに苦しげに声を発した。

「製薬では古い歴史を持つフィレンツェのリカシオ社が発売している製剤だ。アフリカのベルギー領コンゴや英領ローデシアのジャングル奥地に生息する、ソウナ・ミモイというクサリヘビ科のヘビが持つ毒から抽出（ちゅうしゅつ）した薬剤でな」

仲里博士の右手の震えは全身に拡がっていた。博士は悪寒（おかん）を我慢するようにちょっと目を瞑（つむ）って、やがて開きながら言葉を継いだ。

「もともと、ヘビの消化酵素が主成分なのだ。強力な血液の溶解（ようかい）成分を持つために、欧米の先進医療では脳血栓（のうけっせん）の患者の治療に使われる。だが、普通に使う量は十単位前後に過ぎない」

「ロノモ・シロコ剤を過剰に摂取すると、身体にはどんな変化が生ずるのですか……」

よくない返答を予想しつつも、賢治は重ねて尋ねざるを得なかった。

「蛋白質分解酵素の作用によって血液凝固を阻害し、血管系の細胞が破壊される。出血が起き、結果として全身に壊死が起きる。ことに脳に影響が出やすい」

仲里博士は眉間に深い縦じわを刻んで、怖ろしげに薫子へ視線を移した。

「そうね、簡単に言うと、堂元さんの大脳の血管は、明日のいま頃は溶けちゃうってわけ。うふふふふ。あなたの悪人面がどんな風に壊れちゃうのか、ちょっと楽しみね」

右手で軽く口もとを押さえると、薫子は天井を見上げて小気味よさげに笑った。

常南電車で会ってから人物当てゲームを楽しんだ、昼間の薫子の姿が脳裏に浮かんだ。

知的で明るく茶目だった薫子と、目の前の怖ろしい女が同一人物であるとは、賢治にはどうしても信じられなかった。

「わ、わたしも射っているんだぞ。君はわたしまで巻き添えにする気なのかっ」

川島は貼り付く舌を引き剝がしながら、ようやく声を出していた。

「ごめんなさい。川島先生。あなたに少しも恨みはない。堂元があなたに試し射ちをさせるなんて、ハーデースも予見できなかったの」

薫子は上目遣いに川島を見た。

「わたしには、何の罪もないんだ……」

頰を引きつらせた川島の乾いた声が途切れた。

「そうかしら？　医師としての誇りを持って、堂元のあんな無謀な要求なんて断ればよかったのよ。堂元は権力と財力と暴力で現在の地位にのし上がった。無謀で野蛮なあの男の要求を、あなたのようにやすやすと聞き容れる人間がいたのも原因だわ」

薫子は、開き直って冷たい口調で突っぱねた。

「だからと言って、君は、わたしにまで地獄の苦しみを与えるのかっ」

川島は唇の端を震わせて薫子に迫った。

「はははははは」

高らかな哄笑は、堂元のガラガラした声だった。

「血液性のヘビ毒だと？　クサリヘビ科だと？」

堂元は二間ほど離れた薫子に右手の人差し指を向けて嘲笑（ちょうしょう）した。

「そうだとも、怖ろしいソウナ・ミモイの毒だよ……」

仲里博士は満面に憂慮（ゆうりょ）を浮かべたが、堂元は薄笑いを浮かべた。

「くだらん世迷（よま）い言（ごと）で、このわたしを脅して金でも強請（ゆす）るつもりか」

「あら、どこが世迷い言なの？」

心外そうに薫子は口を尖らせた。

「クサリヘビ科の出血毒ならマムシやハブ、台湾のヒャッポダなんぞと一緒だろう。こいつらに噛まれると、まず傷口に激痛が走り、次に夥（おびただ）しく出血する。五分も経った今頃は、左腕は紫色に腫（は）れ上がっているはずだ。だが、見ろ。わたしの腕は何ともないぞ」

堂元は紬の袖をまくって左腕を突き出した。たしかに外見上の変化は見られなかった。

「さすがは元軍医ね。外地の毒蛇（どくじゃ）にも詳しい。でも、わたくしの話をよく聞いていなかったみたいね」

薫子の声は皮肉に裏返った。

堂元は軍医だったのか……。賢治が北原船医を見ると、すっかり血の気を失って、言葉も出せずに座っていた。

「なぜ、わたしの軍歴を知っている？　……いや、そんなことより、お前の話がどうしたと言うんだ？」

瞬時、眉をひそめた堂元だったが、強気の姿勢を崩さず反問した。

「いい？　あなたに射ったのは、ヘビ毒そのものじゃないの。イタリアで製剤化されたもの。治療のたびに投与部位が腫れていたら使い物にならないでしょ。溶血作用は一定時間が経ってから効果を発揮するように調整されているのよ。お解り？」

薫子は、からかうように語尾上がりに言った。

「む、むう……」

堂元の額から噴き出す汗が、シャンデリアの灯りに反射した。

「だ、だが、抗毒血清は存在する。クサリヘビ科は、コブラ科のヘビ……たとえば、外地なら台湾や中国南部に生息するアマガサヘビなどの神経毒とは違って遅効性の毒なので、一定の時間内に血清を注射すれば助かる……」

仲里博士は、眉を額の真ん中に寄せて、苦しげに言葉を継いだ。

「そうは言っても、ソウナ・ミモイの血清など、そう簡単に入手できるものではない」

薫子は黒い革のハンドバッグから、一本の小さな茶色い薬瓶を取り出すと、キュッと音を立てて開けた蓋（ふた）を床に放った。

「ここに、イタリアから輸入した製剤化された抗毒血清の注射液を持っています。三十分以内に皮下注射で投与すれば、二人とも助かるわ」

「我が国に血清が入っていたか……」

仲里博士がわずかにほっとした声を出した。これ以上、犠牲者が毛布でくるまれてサロンから運び出される光景は、賢治も見たくなかった。

「いいえ、これは、わたくしが研究目的に特別に取り寄せて貰ったもの。日本には、これ一本きりよ」

「血清を、こちらに渡しなさいっ」

胸の前に掌を突き出して立ち上がった川島に、薫子はふたたび激しい声で叫んだ。

「わたくしに近づかないでって言ってるでしょ」

「おい、ドイツ人、あの女から血清を取り上げろっ」

堂元は、右手を手招きしてロルフとクルトに命じた。仕草でわかったのか、それまで呆然としていた二人の大男は、飛びかからんばかりの姿勢を取った。

「わたくしに近づいたら、薬瓶の中身を絨毯（じゅうたん）にぶちまけるわよ」

薫子は脅しつけるように、堂元に向かって薬瓶を突きつけた。

「それに、そんなに興奮すると、脈拍が上がって、毒のまわりが速くなるだけよ」

薫子は静かな声に戻って、ゆっくりと言葉を継いだ。

「残念ながら、君の言う通りだ」

自分の左腕を見つめながら、川島は力なく肩を落とした。

「こ、この……小娘め……」

堂元は怒りに言葉を震わせた。

「十五分以内に血清を射てば、大きな後遺症も残さず助かる。十五分を超えて三十分以内だと、長く入院する羽目になる。いろいろな障害が出てくるでしょうね。三十分を超えれば、まず九分（ぶ）九厘（りん）、あなたは助からないわ」

薫子の勝ち誇った声がサロンに響いた。

「血液性のヘビ毒一般に言えるが、時間が早いと救命率が高くなるのは、血清が血流に乗って毒成分に到達できるからだ。時間が経つと、注入された毒の周囲に不可逆の変化が起きて血管が閉塞されてしまう。血清が毒成分に到達できないので、中和剤としての効果は時を追うごとに、どんどん希薄になるんだ……と、とにかく一刻も早く血清を」

仲里博士は自分の口から出している言葉に怯えているように見えた。

「早く腕を縛ったほうがいいんじゃないんですか」

市川の提案を薫子は鼻の先で笑った。

「ヘビ毒に対する圧迫帯の効果は、あまり立証されていないのよ。血流を止めると、毒作用に加えて血中酸素欠乏で組織が死ぬ。つまり、毒の作用に追い討ちを掛けるようなものなの」

「吸引器は持っていないし、もう切開しても無駄か……」

額に脂汗を浮かべた川島は、喉の奥でうめいた。

「そうね。川島先生がロノモ・シロコ剤を摂取してから十分、堂元さんが七分を超えた。毒の吸引や切開をするには、時間が経ちすぎてますわ」

「こ、氷で冷やしたら……」

芳枝は自分が毒を射たれたように、肩をがくがく震わせていた。

「組織の破壊を促進[illegible]ね　マイナス効果しかない」

薫子は口[illegible]かに歪めて笑った。

[illegible]射たない限り、二人はサロンの床に骸と倒れ伏すのだ。堂元が過去にどんな悪事を重ねたかは知らないが、賢治の目の前で生命を失う光景を見たくはなかった。

まして、川島は巻き添えを食ったわけである。薫子がそんな悪魔のような女であって欲しくなかった。賢治の心を暗澹たる思いがふさいだ。

「な、なにが望みだ……金ならやる。幾らほしいんだ？」

堂元の傲岸な調子に、すっかり勢いがなくなっていた。

「お金が目的で、こんなことをすると思ってるの？　あなたには、やっぱり低級な発想しかできないのね」

薫子は椅子に座った堂元を見下ろしながら、軽蔑しきった口調でこきおろした。

「時間がないんだ。もったいぶってないで、要求があるなら早く言え」

堂元はイライラと膝を揺すりながら、叩き付けるように訊いた。

「あなたの犯した罪を、ハーデースに懺悔なさい」

背筋を伸ばした薫子の声から、またも抑揚が消えた。

「なにを、わけのわからんことを言っておるんだ」

堂元は椅子にふんぞり返ってあごを突き出した。

「そうね。あなたが軍医時代から犯した罪は、あまりにも多すぎて、わけがわからないでしょうね。では、まず一つ目。二年前の東京の、マラリアの流行について聞きたいのよ」

「マラリア……ああ、マラリア原虫（げんちゅう）による感染症だな。主に南方で見られる。そのマラリアがどうかしたのか」

「とぼけるつもり？　わたくしは東京府内の話をしているのよ」

薫子はきれいな眉を思い切り寄せた。

「お前は無知だな。マラリアなんぞは、昔から日本にもある。北海道なら全域、琵琶湖（びわこ）の周辺、北陸や愛知でマラリア患者が多い。年間に五千人にも上るんだ。いわゆる土着マラリアだ」

堂元の傲岸な口調は続いた。

「土着マ[illegible]、つまり三日熱マラリアなんて、医学校の一年生だって知ってるわ。わたくしが[illegible]いるのは熱帯熱マラリアの話よ」

「お前の言っている話は、さっぱりわからん。熱帯熱マラリアが東京に存在するわけがない」

「そう……。知らないのね、じゃあ、あと五分から八分で薬の効き目が現れるわ」

　薫子は薬瓶を傾け始めた。

　堂元は顔の前で両手を泳がせるように振った。

「ま、待て……。話を続けろ」

「あなたの経営する会社の一つ、慈光製薬は昭和三年、塩酸キニーネ製剤で莫大な利益を上げた。間違いないわね」

「経営している一つ一つの会社の、個別の薬品の売上げなどいちいち記憶しておらん」

　背を反らした堂元は唇を歪めて嘯いた。

「頭脳明晰なあなたらしくないわね。……塩酸キニーネ製剤こそは、マラリアの特効薬ですわね。仲里先生」

「たしかに、キニーネはマラリア原虫に対して強い毒性を示す。原料となるキナの木の皮はかつてはアンデス山脈でしか採れず、キニーネは貴重品だった。イギリスやオランダがインドやインドネシアでキナを栽培してから、どんどん生産量が上がったんだ。我が国も明治の中頃から生産を始め、現在では世界で二番の生産国として外国へ輸出するようにさえなった」

　仲里博士は話の続きを促すように薫子を見た。

「その通りよ。慈光製薬は千葉県にある工場で昭和三年に塩酸キニーネの生産を始めた。原料のキナは台湾のプランテーションから仕入れたらしいわね。生産開始の直後に、東京でマラリアが大流行した。これは熱帯熱マラリアだった」

　薫子は大きな瞳に不思議な光を宿らせて堂元を見据えた。

「あり得ん話だ。だが、熱帯熱マラリアの流行とわたしに、どんな関係があると言うんだ」

　堂元は眉も動かさずに反問した。

「あなたの部下が、マラリア原虫を持つ大量のコガタハマダラカを船の中で孵化させ続けて台湾からキナと一緒に持ち込み、東京市中にバラ撒いたのよ」

　検断官の薫子は、堂元の顔に向けて指を突きつけた。

「無礼なっ。名誉毀損で訴えるぞ」

　堂元の怒声が、賢治の鼓膜にびりびりと伝わった。

堂元の猛々しい怒声は、虚勢に違いあるまい。賢治には自分の不利を隠す人間の態度に思えた。

「根拠もなしにこんなこと言ってると思うの？　あなたは、まだ、自分が置かれている今の立場がわかっていないようね」

薫子は顔の前で薬瓶を振った。

「お前の話を聞いてやるから、先を続けろ……」

命令口調だったが、押し殺したような堂元の声だった。

「昭和三年の夏、東京で流行し始めたマラリアが、三日熱マラリアと違う症例を示す事実に気づいた一人の医者がいたわ。府下荏原郡の新しい文化住宅地、田園調布で開業していた、雪ケ谷幸之介という内科医よ。川島先生も内科だから、マラリアについてはお詳しいんでしょ」

薫子は川島の顔を見て、目顔で返答を促した。

「それほどの知見はないし、症例を扱った経験もないが……両方とも四十度近い高熱や頭痛、吐き気などの症状については変わらない。熱はすぐに下がる。だが、油断していると、一定の周期で発熱を繰り返すのだ」

川島は首元に手をやって顔を顰めると、言葉を継いだ。

「三日熱マラリアは四十八時間周期だ。これに対して、熱帯熱マラリアは周期性が弱い。さらに重篤な症状に向かいやすく、脳マラリアによる意識障害や腎不全などを起こし、死亡する確率も高い」

川島の言葉を、薫子はさらに嚙み砕いて説明した。

「簡単に言ってしまうと、三日熱マラリアは放置しても簡単には人が死なないマラリアで、熱帯熱のほうは、迅速な医療を加えないと人が死ぬマラリアよ。周期性が少なく、症状が劇症である患者にキニーネを投与しているうちに、もともと研究医だった雪ヶ谷医師は、顕微鏡を覗く気になった。文献と首っ引きで患者の血液を調べたのよ」

「それで、医学的な結論は、どう出たのかね？」

柏木が身を乗り出した。

「第一に、原虫が輪状体や生殖母体のみで、アメーバー体や分裂体が見つからない。第二に、感作赤血球が三日熱では二倍近くに膨大するのに、大きさに変化が見られない。第三に、感作赤血球に見られる斑点の色が紅赤色ではなく、赤褐色である……この三つの特徴がわかった。要するに、雪ヶ谷医師が診察したすべての患者が、熱帯熱マラリアに罹患していた。これが結論よ」

「熱帯熱マラリアに気づいた雪ヶ谷先生は、どんな行動を取ったんですか？」

薫子の行動の核心に近づいてゆく話の展開に、賢治は全身に緊張を覚えながら訊いた。

「雪ヶ谷医師は七月のうちに、自分がかつて勤めていた東京市の衛生疫学研究所に、発見した事実を報告し、市内の疫学調査を依頼した。所長の宮前博士は事態を重く見て、水野主任研究員に、極秘の調査を開始させたの」

「芝区の丘陵地帯に建っていた研究所だな。大名屋敷だった白金御料地の裏手にあったはずだ」

市川は記憶を辿る顔つきになった。

「水野研究員は、駒原という助手と二人で、全市の内科医に患者の血液サンプルを送らせて、寝食を忘れて顕微鏡にかじりついた。ついに、九月の下旬、調査結果がまとまった。市内の三千人近い患者が、皆、熱帯熱マラリアに罹患したと、疫学的には結論づけられたの」

薫子がほっと息を吐くと、市川は背中をぶるっと震わせた。

「そりゃあ、まるで、生物兵器だなぁ」

「もし、交戦中に使えば、ジュネーブ議定書違反で、国際的戦争犯罪となる

「……」

少佐は低い声で、憤慨を顕わにした。

「だが、熱帯地方の蚊などバラ撒いても、我が国では育たんだろうが」

柏木の疑問は、賢治も抱いたものだった。

「そうね。コガタハマダラカの生育に適した温度は、摂氏三十度前後。でも、昭和三年の夏は特に暑かった。雨が降らなかったから……ことに、お盆頃はひどかったわ。東京でも毎日三十度を超す暑さ。だから、台湾産のコガタハマダラカも、東京の下水やドブで増えたのよ」

（そう言われれば、一昨年は……下根子で日照りを心配していた年だった……）

賢治は羅須地人協会を閉鎖した後も、下根子の宮沢家別邸に留まり、周辺農民の農業指導に粉骨砕身の日々を送った。

あの年は、夏には四十日も日照り続きだった。秋には嵐が花巻を襲い、稲作の不良を心配して風浪の中を走り回ったのが原因で急性肺炎に罹って、実家に戻って寝付く羽目になったのだった。

「秋になれば、これらのハマダラカは死に絶える。だから、証拠も残らないわけ」

薫子が言葉を切ると、市川が怪訝（けげん）な顔で訊いた。

「だけど、東京市衛生疫学研究所の調査結果は、僕ら新聞社にも発表されませんでしたよ」

「ええ、どこにも、誰にも、発表は一切されなかった」

「なぜですか。それだけの情報なら、どの社だって飛びつく大特ダネですけど」

「発表すべき資料が、発表直前に研究所もろとも灰燼（かいじん）に帰（き）したからよ」

薫子の声は陰鬱（いんうつ）に沈んだ。

「思い出した。僕の耳にも入ってきましたよ。たしか焼死した人もいたな」

市川は当時を思い出すように視線を泳がせた。

「そう……。死んだのは、水野研究員と駒原助手、雪ヶ谷医師、さらに、もう一人、この衛生疫学研究所出身で民間の研究機関に在籍していた谷山という研究医よ。三人は昭和三年の十月二十六日、十三夜の名月の日に疫学研究所に泊まり込んでいて、深夜に出火した火事で焼け死んだの」

薫子の声が震えた。頬に一筋の涙が流れ落ちた。

「四人は何のために、泊まり込んでいたんですか？」

賢治の質問に、薫子は瞳をぎらつかせて答えた。

「ここにいる堂元成道を、刑事告発するためよ」

堂元の眉がぴくりと動いたが、それ以上の反応は見せなかった。

「谷山医師は、慈光製薬の研究医だった。台湾から堂元が持ち込んだコガタハマダラカの養殖施設に気づいてしまったの。府内のマラリア流行とコガタハマダラカを結びつけるのは、医師なら、当たり前の結論だった」

誰もが黙って薫子が口を開くのを待った。エンジンの音が低く唸った。

「堂元のあまりにも悪辣なやり方に憤慨した谷山研究医は、火事の一ヶ月くらい前に、元の職場の先輩である水野医師に相談に来たのよ。そこへ、熱帯熱マラリアの疫学的調査がまとまった。四人は医師として悪魔のような堂元の所行を許せなかった。そこで、疫学調査書と谷山医師の証言を証拠に、堂元を告発しようと考えたのよ」

薫子の瞳が暗く翳った。

「四人のお医者さまは、告発はできなかったのすか」

賢治の問いに、薫子の瞳には何とも言えぬ悲しみの色が浮かんだ。

「堂元は疫学研究所にも、スパイを送り込んでいた。この男が、四人の夕食に睡眠薬を混ぜ、深夜に放火したのよ。深い森の中にあった衛生疫学研究所は、マッチ箱のように燃えたわ。地元の消防団や官設第二分署の消防が駆けつけたときには、もう手遅れだった。資料はすべて燃え去り、四人は助からなかった……」

ふたたび、薫子の頬に涙の筋が流れた。

「なんというひどい話だ……」

怒りのあまり賢治は声が出なくなってしまった。

世の中にこんなにも冷酷で残忍な話があろうか。己れの罪を隠すために、四人の告発者を焼き殺す。しかも、仲間内にスパイを作って、その者に実行させるとは……。

「でも、警察は事故で片付けてしまった。コンロの消し忘れ、とね……堂元が裏から手を回したのよ」

「ふんっ。馬鹿な、何を言うかと思えば」

堂元は眉も動かさずに鼻から息を吐いた。

「さぁ、堂元成道、答えなさい。わたくしの今ここで話したことは、すべて真実でしょ。四人を殺すために研究所に火を付けさせたのは、あなたよ」

薫子は口から火を噴きそうな激しい口調で堂元に迫った。

「わたしは、そんな話はまったく知らんぞ」

表情を動かさずに、堂元はあごを少し上げて首を横に振った。

「そう、じゃあ、この血清が要らないのね」

「知らんものは知らん。だいいち証拠がない」

堂元の居丈高（いたけだか）な口調は続いていた。

「証拠は、あるのよ。ここに持っている」

薫子は注意深く薬瓶を左手で持ったまま、腰を屈（かが）めた。床に置いていたハンドバッグから、一通の封筒を取り出して、堂元に見せつけた。

「これは、雪ヶ谷医師からわたくしに宛てた手紙。堂元をD、慈光製薬をJ製薬としてあるだけで、いまの話がみんな書いてあるわ。でも、これを警察に持ち込んでも、誰も相手にしてくれなかった。誰もが政治家や軍部とつながっている堂元の権力を恐れているのよ」

薫子は口惜しげに唇を嚙んで、ハンドバッグに手紙を戻して姿勢を直した。

「うっ……。頭が痛い」

とつぜん、川島が両手で頭を抱えて、テーブルに突っ伏した。

「川島先生、大丈夫ですか？」

北原船医が駆け寄って背中に手を置いたが、為（な）す術（すべ）はなかった。

「あ、頭が割れるように痛い……は、早く血清を……」

いったん顔を上げた川島だったが、すぐにテーブルに顔を伏してしまった。

「いやぁ、川島先生が死んじゃう。早く血清を射ってあげてぇえ」

芳枝が涙混じりに叫んだ。

賢治は息が苦しくなって、自分の胸に手を当てて鼓動を抑えようとした。

「驚いたわ。川島先生から薬が効いてきたみたいね。三倍の量を投与した堂元が平気なのに……でも、すでに十五分が経過した。時間の問題ね。この血清が欲しかったら、真実を言うのよ」

薫子は平然と川島を見下ろすと、左手にした薬瓶を、ぐんと自身の顔の前に突き出した。

「わ、わかった……。ご託はいいから血清をこぼすな」

堂元の顔中が、噴き出す玉の汗に覆(おお)われた。

薫子は誰も座っていない左舷最後端のテーブルの前までツカツカと足を運んだ。

テーブルの上に薬瓶を静かに置き、ハンドバッグから小さなアルミのケースを取り出した。蓋を開いた薫子は注射器を構えて、薬瓶から液体を吸入した。

「さぁ、これで、準備はできたわ。この一本で、あなたは助かるのよ」

ふたたびサロンの中央に戻ると、薫子は堂元に注射器を見せつけた。

「白状なさい。あなたが自分の悪行を隠すために、四人を殺そうとして衛生疫学研究所に火を付けさせたのね」

薫子は意外に手慣れた手つきで、注射器のプランジャに指を掛け、針先から薬液を少しだけ宙に飛ばした。

「そ、そうだ……。早く、血清を射ってくれ」

堂元は、それこそ瘧に罹ったように、全身を震わせながら、声にならない声を出した。

「もう一つ訊きたい。実行犯、つまり火を放ったスパイの名を言いなさい。そうしたら、血清を射ってあげるわ」

「誰が火を付ける役まわりだったか、そんな名前など覚えておらん……」

顔から血の気を失った堂元は、息も絶え絶えだった。

薫子の白い頰が引きつった。

「この期に及んで、まだとぼけるつもりなのっ」

眉を吊り上げた薫子の険しい声が響いた。血走った白目は、ぴくぴくと震えていた。

「知らん。わたしの部下は、そんなつまらん話は、いちいち報告に来やせん。あ、頭が痛い。け、血清を……」

とうとう毒物の効果が現れたのか、堂元は額に手を当て始めた。

賢治の目から見ても、堂元はウソを言っているようには見えなかった。四人の生命を奪った殺人も部下任せとは、なんと冷酷な男なのだろう。

「よっぽど生命が惜しくないと見えるわね」

薫子の顔は血の気を失い、唇は目に見えて震えていた。薫子は湧き上がる感情を抑えきれないのか、胸に手を当てて一瞬ふっと瞑目（めいもく）した。

「本当に知らんのだ……と、とにかく、血清を射て」

堂元は傲岸な口調とは裏腹に、すがるような目つきで薫子を見上げて、震える左腕を突き出した。

薫子の瞳に、異様な蒼い光が宿った。怒りと憎しみと怨嗟（えんさ）の入り混じった、だが、それ以上に深い悲しみを宿しているように賢治には思えた。

一瞬の後、薫子の表情は激変し、口元を大きく歪めた。

「ははははははは。今こそ、ハーデースの呪いを思い知るがいい」

魔女のような薫子の哄笑が、響き渡った。

(ど、どうするつもりなんだ、薫子さんっ)

やおら薫子は、血清の入った注射器を、思い切りテーブルの角に叩きつけた。

賢治の耳に、突き刺さるような破壊音が響いた。ガラスの破片が飛び散り、液体が四方に散った。

「えっ」「あーっ」「そんなぁ」

サロンに人々の驚愕(きょうがく)の声が響いた。賢治の呼吸は一瞬、止まった。

「この、ひ、ひと殺しめっ……」

堂元成道の頭が、がくりと前に倒れた。

「気を失ったみたいね……でも、己れの悪事を、ついに自白したわ」

森閑(しんかん)として音もないサロンの中央で、薫子は失神した堂元を、冷徹に見下ろしていた。狂気に取り憑かれたような姿は、まさにハーデースの僕(しもべ)そのものだった。

第五章　月の前に一夜（ひとよ）の友

【1】

「月光号が地上に降りれば、堂元に対するハーデースの劫罰（ごうばつ）は、司直の手で下される。僕（しもべ）としてのわたくしの務めは、終わったわ」

薫子の表情からは、悪魔的な暗く険しい影が洗い流したように消えていた。

ゴンドラが風を切る音ばかりが響くサロンでは、誰もが薫子を呆然と眺（なが）めていた。

「でも、血清をどうするんです？　このままじゃ、堂元ばかりか、川島先生も……」

我に返った市川が舌をもつれさせながら訊いた。

「いいえ、この大悪人も川島先生も、決して死んだりしない」

薫子は含み笑いを続けながら、失神したままの堂元の背中へ視線を遣った。

「だって、ヘビ毒が……川島先生は堂元の犯罪とは全然、関係ないじゃないの」

芳枝は目を三角にして、薫子をなじった。

「心配ご無用よ。川島先生は、ロノモ・シロコ剤なんか、射ってないもの」

明るく茶目っ気のある元の表情に戻った薫子は、ケロッとした調子で答えた。

「えーっ、どういう意味よぉ？」

「薫子さんは川島先生のアンプルをすり替えたんじゃないんですか」

芳枝の甲高い叫びに覆い被せるように賢治は尋ねた。

「あら、わたくしにすり替えなんて、泥棒さんみたいな真似はできないわ」

薫子の大きな瞳が、くるくると動いた。

「それじゃ、堂元と川島先生の身体に入った薬はいったい何なんですか？」

賢治は勢い込んだ。二人は少なくとも、昏睡に近い状態にあるのではないか。

「川島先生が最初から用意していたアイレチンよ。つまり、先生は堂元に予定通り、通常の医療行為を行ったわけ」

薫子は罪のない顔で、平然と言ってのけた。

「そんな、ばかな。だって川島先生は、あの通り倒れてしまったじゃないですか。あっ、そうか、芝居だったのか」

賢治が2Bのテーブルへ視線を移すと、突っ伏していた川島が立ち上がる姿が、視界に飛び込んできた。

「脅かして、すまない。ちょっと協力させて貰った」

川島はよく通る低い声で快活に笑った。

「薫子さんと川島さんの二人は、初めからグルだったのすかっ」

賢治は川島に騙(だま)された腹立ちをぶつけた。

「まぁ、そういうわけだよ、宮沢さん。アイレチンを五単位。低血糖でちょっとふらつくだけだ」

平気な顔で、川島は両手両足を屈伸させる仕草を見せた。

「ひどーいっ。死んじゃうと思って、本気で心配したのにぃ」

芳枝がふくれっ面(つら)で鼻を鳴らした。

「薫子さん……可那子さんのグラスに毒を入れたのも、あなたなんですか？」

賢治はさらに重要な点について、胸の鼓動を抑えながら聞いた。

「そうよ。ご名答だけど、どうしてわかったの？」

薫子は少しも動じるようすは見せず、怪訝に眉を寄せて賢治を見つめた。

「あのとき、可那子さんの身近にいたのは、薫子さんだったのです。他に毒を入れられる人物はいなかった。でも、いったい、なんのために……」

賢治には、薫子の考えが想像もできなかった。芳枝が言っていたとおり、堂元の悪事に可那子は無関係ではないか。

「そうね、一言では話せないけれど、要するに、堂元を追い詰めるためよ」

けろりとした顔で言う薫子に、賢治は心底むかっ腹を立てていた。人物当てゲームを楽しんでいたときから、漠然と抱いていた友情や好意を手酷く裏切られた思いだった。

「堂元がどんな悪事を重ねたんだとしても、薫子さんは、どうして罪もない人を殺したんですか。人間として許される行為じゃない」

賢治は柄にもなく、激しい声で叫んでいた。

「宮沢さん、あなたは、やっぱり情熱的で、ひたむきな男ね」

声のするほうをふり返ると、客室通路の扉の前に、赤いジョーゼットのドレス姿が立っていた。

「きゃあーぁ、なんなのぉっ」

「オー・マイ！　ホワット・ア・サプライズ！」

芳枝とエヴァの叫び声がサロンに響いた。

裾をふわりとなびかせ、ゆったりと歩み寄ってくるのは、紛れもなく可那子だった。

賢治は、自分の目を疑うしかなかった。

「ゆ、幽霊……もう無理……」

芳枝は白目を剥いて、椅子ごと後ろへひっくり返りそうになった。紘平があわてて抱きとめた。エヴァは胸の前で手を組んで何事かを祈り始めた。

「いやね、わたし、ちゃんと足もあるわよ」

可那子はおどけて右脚を前へ突き出した。ジョーゼットの裾から、白い脹ら脛が覗いた。

むろん、生身の女の脚だった。賢治は目を逸らした。

「お姉さまぁ。終わったわ。堂元は自分の悪事を白状したの」

薫子は小走りに可那子の元へ駆け寄って、豊かな胸に顔を埋めて泣きじゃくり始めた。

「よくやったわ。薫子ちゃん、あなたなら絶対できると信じてた」

可那子は満面の笑みで薫子の華奢な身体を抱きしめ、長い髪を優しく撫でた。

「たったいま、薫子さんは、可那子さんのグラスに毒を入れたと言ったじゃないですか」

狐に抓まれた気分で賢治は訊いた。

「そうよ。わたくしがお姉さまのグラスに青酸ソーダを入れたのよ」

涙を拭いながら微笑んだ薫子を、賢治は口を尖らせて問い詰めた。

「でも、現にこうして、可那子さんは生きてますよ。金魚は死んだのに……」

賢治の頭の中で何かが弾けた。

「ああ、そうか。わかったぞ。薫子さん、あなたが毒を入れたのは、可那子さんが倒れた後なんですね。それなら、可那子さんがどのグラスを手に取るか、考える必要はない！」

「さすがは名探偵さんね。あなたの推理の通りよ」

薫子は悪戯っぽく笑った。

「あなたは、可那子さんが倒れてみんなが騒いでる隙に乗じて、グラスに青酸ソーダを入れたんですね」

「名探偵さんだって、今の今まで、気づかなかったでしょ？」

薫子は、茶目っ気いっぱいにおどけて、片目を瞑ってみせた。

北原船医が、心外そのものという顔で歩み出た。

「でも、わたしは脈を取りましたが、佐和橋さんの搏動は確認できませんでした」

するとと川島が北原船医の疑問ににこやかに答えた。

「確認できなかったのは事実だろう。が、単に徐脈だっただけなんだよ。北原先生、あなたが、もうしばらくの間、可那子さんの脈拍を測っていれば、気づいたはずだ」

「徐脈ですって？　健康な人体なら、わたしが計測できないほどに、脈拍数が落ちるはずはない。わたしも医者の端くれですっ」

北原船医は憤然と川島に食ってかかった。

「先生が、脈拍を確認できなかったのも無理はない。女性の通常の心拍数は一分間に七十前後だからね。しかし、わたしは可那子さんの身体にある細工を施したのだ」

「どんな方法で、可那子さんの脈を落としたのですか」

賢治の問いかけに軽くあごを引いた川島は、自分の首に指を当てた。

「喉仏の両側に、頸動脈の血圧を感知する、圧受容体と称する、一種のセンサーがある。そう、この辺りだ」

川島は自分の喉輪を両手の親指で押してみせた。

「わたしは可那子さんを抱き起こすフリをして、この部位をつかんで強く圧迫したのさ。すると、首筋に走っている迷走神経の一種である舌咽神経が、血圧が上がったと勘違いして、誤った迷走神経反射を引き起こすんだ」

「あれは、迷走神経反射だったのか……それなら、たしかにショック症状を起こす……」

悄然となった北原船医は、うつむき加減につぶやいた。

「そうだ。外傷の激しい痛みや、精神的な衝撃を受けて迷走神経が過剰な反射を起こすと、徐脈や血圧低下、場合によっては失神さえ引き起こすんだ。このショック症状を人為的に作り出すのが、頸動脈洞圧迫法だ」

「もしかして、柔道の絞め技で相手が『落ちる』ってヤツと一緒ですか」

市川の問いに、川島は明るい声で答えた。

「その通りだよ。ほかに、か弱い女性が、怖い映画などを見て失神するのもこの反射によるものだ。いや、か弱い女性だけじゃあない。現に、いま、堂元は、気を失っているだろう？　これも迷走神経反射の一種だ」

川島はテーブルに突っ伏したままの堂元の背中を指さした。

「しかし、瞳孔も散大していました。迷走神経反射なら、瞳孔は収縮しこそすれ、散大するはずはないでしょう？　正反対の作用ですよ」

北原船医は、どうしても納得がいかないと顔で首を振った。

「先生の知見に間違いはない。だが、こちらの種明かしも簡単だ。事件の直前、わたしは可那子さん自身に少量の硫酸アトロピンを点眼させたんだ」

川島の説明に合わせて、可那子は目薬の容器を取り出して、自分の目に差す真似をした。

「硫酸アトロピンですか……あまり聞かない薬剤名ですな」

北原船医は腕を組みながら、天井に目を遣った。

「ハシリドコロやチョウセンアサガオに含まれる神経毒の一種だよ。臨床ではあまり使わんのだろうが、瞳孔散大の他に、胃腸管の運動抑制や心拍数を増大する作用がある」

仲里博士がうなずきながら説明を加えた。

「でも、わたしが可那子さんに走り寄ったとき、確かにアーモンド臭がしていました。あれは、青酸塩化合物の発する臭気ではないですか」

北原船医は新たな疑問点をぶつけたが、賢治には瞬時に《解》がわかった。

「アーモンド・エッセンスを口に含みましたね。可那子さんっ」

賢治が向き直って詰め寄ると、可那子はペロッと舌を出した。

「お菓子作りに使うでしょ。あたし、こう見えても、お料理は得意なのよ」

「やっぱり、そうか。小道具まで完璧でしたね」

賢治の呆れ声に、可那子はジョーゼットの裾に手をやって、悪びれたようすもなく、華麗なお辞儀をしてみせた。

「お褒め頂いて光栄だわ、宮沢さん」

「いや、別に褒めているんじゃないですけれど……ところで、川島先生、落ちた可那子さんは、手当てをしないと危険な状態なわけでしょう?」

賢治はもう一つ心に引っかかっていた点を聞き糺した。

「そうだ。放置すると、身体に諸問題を生ずる。だから、わたしは可那子さんを5Aまで運んだ後、パーサーたちが出て行った隙に、こっそり蘇生剤を静脈注射したんだ」

「蘇生剤なんて、あるんですか?」

賢治が重ねて問うと、川島はさも面白そうに笑った。

「これが、便利な薬でね。瞳孔散大に用いたアトロピンが蘇生剤なんだよ」

「なるほど。迷走神経反射は、瞳孔の散大とは真逆の作用ですからねぇ」

北原船医はうなり声を上げた。

「なんてこった。可那子さんのあの毒殺が、大芝居だったなんて」

市川は毒気を抜かれた顔で大仰に嘆息した。

「どう？　名演技だったでしょ？」

可那子は悪戯っぽい目で笑った。

「薫子さん、可那子さん、川島先生と、よくも役者が揃ったもんだよ」

むすっとした市川に、うふふふと笑う可那子の艶麗な顔を、怒るのも忘れて賢治は眺め続けた。

2Bのテーブルで、ガタッと椅子の脚が音を立てた。

人々はハッとして、音のする方向に視線を移した。恐怖による『迷走神経反射』から回復した堂元成道が、四角い顔に真っ赤に血を上らせて、賢治たちを睨みつけていた。

「おまえら、このわたしを騙しおって、ゆ、許さんぞっ」

地の底から聞こえるようなうなり声を発しながら、堂元は憤激の言葉を叩きつけた。

「いいか、こんな舐めた真似をして、どうなると思ってるんだ」

満面に朱を注ぎ額に筋を立てた堂元は、大島紬の袖を払いながら、椅子から立ち上がった。

「ちょっと待ちなさい。誰が出てっていいって言ったの？　話は終わっていないのよ」

歩き出そうとした堂元を、可那子が突き刺さるような険しい声で制止した。

「なんだ？　女……まだ、何か用があるのか」

堂元は嫌な流し目で可那子をじろりと見た。

「あるわ。あなたは窪山龍明という洋画家を覚えてる？」

可那子の瞳が、きらりと光った。

「さぁ、知らんな。絵描きなんぞに、知り合いはおらん」

堂元は相手にする気はないとばかりに、首を横に向けた。

「あなたが殺した男よ。昭和三年の秋の夜に」

可那子の瞳に、青い炎が燃え立った。

賢治の心臓は収縮した。

可那子は夫を堂元に殺されていたのだ。

「まったく覚えがないぞ。窪山とかいう絵描きが、どうかしたのか」

とぼけているのか、本当に知らないのか、堂元の表情からは読み取れなかった。

だが、放火の実行犯すら把握していない男だ。実際に覚えていないのかもしれない。

「名前には記憶がなくとも、放火犯が疫学研究所から出てくるのを目撃したと警察に訴えた男を、有楽町駅のホームから突き落として殺させたでしょう」

可那子の青黒く沈んだ顔に浮かんだ表情は、口にしたくない言葉を、必死で紡ぎ出している人間のものだった。

「そう言えば、そんな話があったらしいな……讒言誣告をした男が自殺したと新聞に出ておったわ。そうか、あれは、うちの会社の関連の話だったのか」

堂元は薄い唇をわずかに歪めて笑った。

「あなたには虫けらを潰すような話なんでしょうが、窪山はあたしの愛する夫だったのよ。あの人は月を描くのが好きで、よく郊外に出かけていたわ。白金台町や火薬庫前の停車場で降りると、大名屋敷が多かったところだから、森が多くて画題には事欠かないって言ってた。あの頃、あたしは一緒にいなかったけれど、きっと、十月二十八日の晩は、御料地の暗い空に浮かぶ月を白金台から描こうと、市電に乗って出かけたんだわ」

頰（ほお）に流れ落ちる涙を可那子は右手でぬぐい続けながら、懐旧の思いを切々と語った。

（ああ、そうだったのか！　ご主人の復讐だったんだ。それで、可那子は薫子と共同で、あんな大芝居を打ったのだ）

「窪山とかいう絵描きも、余計なものを見て、要（い）らんお節介をしたものだな」

鼻の先にしわを作って、堂元は吐き捨てるように言い放った。

「あなたには、人の心というものがないのっ」

可那子は歯噛みしながら、絨毯（じゅうたん）にねじ込むようにヒールに力を込めた。

「心だと……人の心ほど、当てにならんものはない。この濁世（じょくせ）を生きてゆくのに、心が何の頼りになるものか」

堂元は、頰に影を作って薄ら笑いを浮かべた。

可那子は眼球がこぼれ落ちるかと思うほどに目を剝いた。

「忘れないで。堂元成道、あなたを、きっと死刑台に送ってやる」

右手の人差し指を堂元に突きつけた可那子の口から、激しい憎しみが塊のように叩きつけられた。

「ははは、わたしの力を知らんから、そんな唐人の寝言を並べられるんだ。財界上がりの渡邊司法大臣とはツーカーの仲だ。どっちにしても、警察はわたしには手が出せん。この飛行船が地上に着いたら、渡邊大臣に電話して、おまえら全員を脅迫の罪で検事局に引き渡してやる」

堂元は完全に開き直って、可那子を睨みつけながら背中を反らせて嘯いた。

「天道が許さんぞっ」

怒りに声を震わせて立ち上がったのは柏木だった。

「わたしが、東京刑事地方裁判所の検事局（後の東京地検）に告発する。検事の中には、清廉な知人も少なくない。また、三等高等官たるわたしの告発は、検事局も無視できない。必ずや真摯に対応する」

厳かな柏木の宣戦布告だった。

「海軍少佐であるわたしも、五等高等官です。柏木書記官殿と連名で、あなたを告発します」

藤吉少佐は毅然とした表情で、柏木との共闘を宣言した。

「おまえら、どんな目に遭うか、わかっているのか。二人とも僻地に追いやってくれるぞ」

堂元はドスの利いた声で二人を威迫した。

「告発となったら、僕の出番ですよ。朝刊の一面にでっかい写真が載りますよお。『製薬王の皮を被った悪魔、堂元成道の悪運ついに尽きる！』なんて見出しは、どうです？」

市川は、はしゃいだ声を出した。

「羽織ゴロめ、ドブさらいの記事でも書いておればいいんだ」

堂元は歯を剝き出して、侮蔑の言葉を吐いた。

「おやおや、羽織ゴロとは、ずいぶん古めかしい。明治時代には新聞記者は、そんな風にも言われましたけどね。僕ぁ七五三以来、羽織なんて着たこたぁない。今度、着るのは祝言でしょう。それより、堂元さん、あんたこそ、紅き着物を着る羽目になりますよ」

市川の舌は滑らかに堂元に反撃を加えた。軽い罪を犯した囚人は青、重罪人は赤の着物と分けられていた。

芳枝が何事かを叫ぼうとして口を開けたが、紘平があわてて背中から口元を掌で覆った。

芳枝が藻掻くのをやめると、紘平は手を離した。芳枝は歯を剝き出して、紘平を睨みつけた。

「滝野船長、証拠隠滅の恐れがある。この、放火と殺人の首謀者を、船長の警察権で拘束してくれたまえ」

柏木は高等官にふさわしい威厳のある声で、船長に言いつけた。

「おい、書記官。小泉逓信相に言って、おまえを関東逓信局送りにしてやるぞ」

満州へ左遷する意味の堂元の脅し文句は、柏木には威力がなかった。

「関東州だろうが、カムチャツカだろうが、わたしは官吏として、そんな不正な脅しに屈することはできない。汚らわしい手段で恫喝しても無駄だ」

「なんだとう。奏任官風情が、出過ぎた無礼を言うなっ」

堂元はテーブルを拳で思いっきり叩いた。カップがすっ飛んで、コーヒーの染みが絨毯を汚した。

「法律により船長に委ねられた権限に基づき、堂元成道さん、あなたを拘束します」

船長は堂元を真っ直ぐに見ると、明確な発声で宣告した。

「船長。太平洋航空の株を全部、筋の悪いところへ売り払うぞ」

声を限りの醜い恫喝の言葉は、やまずに続いた。

筋の悪いところの意味は、はっきりしない。とはいえ、株主として不法な権限を振るう投資家の存在は、賢治も聞いた覚えがあった。

「残念ですが、わたしは会社の人間である以前に、この月光号の船長です。法律上、徳義上の義務を怠るわけにはゆきません」

「たかだか、飛行船乗りの分際で、そんな非礼な言い草は許さんぞ」

目を三角にして堂元は船長に噛みついた。

「ロルフ、クルト、ファラハフテン・ズィー・イム！」

船長は冷静な表情で、サロンの前後に立つ二人に命じた。

熊のような二人は、素早い身のこなしで堂元の両脇から迫り、左右の腕を抱えた。

「くそドイツ人めっ、わたしに手を触れるなぁっ」

喚き散らす堂元を、ロルフとクルトは両腕を抱えた姿勢で椅子から立たせた。

「堂元くん。わたしたちの告発により、君が起訴されたときには、わたし自身はむろん、証言台に立つから、そのつもりで」

「わたしもです。軍人として、節は曲げられない。今、ここで聞いた話は、すべて法廷で証言します」

「何しろ、新聞記者は『社会の木鐸』ですからね。いつ如何なる場合も、真実を語らなきゃね。僕も喜んで証言しますよ」

三人の声が次々に、拘束された堂元に浴びせられた。

「おまえら、みんな、社会的に完全に抹殺してやるぞ」

堂元は歯をぎりぎりと言わせながら毒づいた。

「世の中、そんな恫喝が通用する人間ばかりだと思って貰っては困るね」

柏木は胸を張って正々堂々と反駁した。

「軍人たるもの、常に愚直に生きるべきと心得ております」

藤吉少佐らしい恬淡な述懐だった。

「たかが羽織ゴロですからね。落ちぶれたところで、知れてますよ」

ひねったような物言いが市川らしかった。

身を捨てて正義を貫こうとする三人に、賢治はエールを送りたかった。

「僕には、これといった肩書きは、ありません。でも、すべてを証言します。堂元さん、あなたは、自分のほんとうの神様に許しを請うべきです。己れの罪を悔い改めなさい。決して遅くはありません」

賢治も及ばずながら、自分なりの言葉で堂元に一矢を報いた。

「どいつもこいつも、身の程を知らぬ無礼者揃いだ。覚えておけ。毎日、この世に生きている自分を後悔させてやる」

堂元の言葉が終わらないうちに、サロンに高らかな笑い声が響いた。

「これは、傑作だ。脅せるだけの脅し文句を、ずらりと並べた人を、ワタシは初めて見ました」

ワイズマンが大柄な身体を、両腕を抱えられた堂元の前に運んだ。金色の髪が灯りに反射した。

「けれども、堂元サン、そんな脅しは合衆国政府には、まったく通用しません。裁判ではワタシも証言する。アナタは逃れられない」

ワイズマンの赤ら顔の頬には余裕の笑みが浮かんでいた。

堂元はギョッとした顔になって、唇をへの字に引き結んだ。

「痛いところを衝かれましたね、堂元さん。確かに、あなたの権力がどんなに強くとも、本邦限定ですよ。合衆国ばかりではない。神様にも仏様にも通用しません」

賢治はワイズマンに快哉(かいさい)を叫びたい気持ちで、追い討ちを掛けた。打てば響くように、可那子が続けた。

「観念なさい、堂元成道。あなたにとって月光号は裁きの庭であり、空中の囚獄(しゅうごく)だったのよ。地上に降りれば、死神が待っているわ」

賢治の言葉にも、可那子の「死の接吻(せっぷん)」にも、堂元はわずかに首を傾けて額にしわを寄せただけだった。

「さぁ、堂元さん。そろそろ、お部屋に戻りましょうか」

船長は、ことさらに慇懃(いんぎん)な口調で続けた。

「朝食の卵のメニューやお飲み物などは、明朝七時に森田が伺いに参ります。夜間は、非番の者を交替で、お部屋の扉の前に控えさせます。ご用の節は、何なりとお申し付け下さい。ただし、霞ケ浦に着陸するまでお部屋の鍵は外側から施錠(せじょう)させて頂きます」

船長は制帽の鍔(つば)にちょっと右手を添えて敬礼した。

「田崎、堂元さまを2Bにご案内しなさい」

「かしこまりました。丁重(ていちょう)にご案内致します」

田崎が先導して、クルトとロルフに両腕を抱えられたまま、堂元はサロンを引きずられながら通り過ぎてゆく。

森田が、わざとのように恭しく扉を開けた。

「霞ヶ浦に着くまでに地上と連絡を取ってお迎えを呼びます。あなたの身柄は、わたくしどもが責任を持って東京の検事局に引き渡しますよ」

海軍仕込みの紳士たる船長らしい洒落た引導の渡し方だった。

「くそっ、おまえら、みんな、ハーデースとやらに呪われてしまえ」

扉に呑み込まれる堂元の遠吠えが、サロンの空間に残った。

客室通路に目を遣ると、堂元が２Ｂに押し込まれ、田崎が手際よく施錠する光景が見えた。


【2】


「残りの三人は……いったい……どうして殺されたんですか」

市川が、怖いものを見るような目をして、可那子を見た。

どう考えても、薫子と可那子が、一色たち三人の殺害に無関係とは思えなかった。残された謎は、二人から解かれなければならない。

「あら、一色さんたちの話をしてるの？」

可那子は悪びれるようすもなく、信じられないほど明るい口調で訊き返した。

「そうですよ。三人は誰が殺したんですか。いったい、どうやって」

市川は苛立ちを隠さずに可那子を問い詰めた。

「さぁ、どうなのかしらねぇ……」

可那子は目を逸らして空とぼけた。

「知らないはずがない。だって、一色子爵とあなたは、ただならぬ仲だったんでしょ？」

市川の追及に、可那子は驚きの色を目元にのぼらせた。

「さすがは新聞記者さんだわ。余計な過去を調べたものね。でも、一色さんは、あたしとの仲を後悔してるかもしれないわ」

可那子はちらっと舌を出した。

「そうですよ、こんな女に引っかかったせいです」

どこかに笑いを含んだ声が響いた。

客室通路へ視線を移した賢治は、あっと息を呑んだ。

「可那子、いや、佐和橋さんのせいで、僕はハーデースに罰を下されたんですから」

にこやかな笑顔を浮かべて、客室通路から出てきたのは、ツィードのハンティング・ジャケットに着替えた一色子爵その人だった。

「あれーっ」

「そんな馬鹿なっ」

「なんと、まぁ」

サロンに、どよめきが沸き起こった。

「い、一色閣下……い、生きてらしたんですか」

市川は喉の奥で掠れた声を出した。

「胸に短剣を突き刺され、血だらけになる。月光号に集ったみんなの前で、昔の悪事を顕わにされる。あんまり、いい役まわりじゃないな。ジョージ・バンクロフトや阪東妻三郎は絶対にやらない役だよね」

一色は、自嘲とも冗談ともつかない口ぶりとともに両手を拡げ、大仰に嘆いてみせた。

「でも、僕は、確かに一色さんの心臓に短剣が突き刺さっている光景を、この目で見たんですよ」

瞼に数時間前の凄惨な光景がありありと浮かんだ賢治は、信じられない思いで抗った。

「あれは、可那子の小細工さ。映画の小道具の短剣を僕の胸に突き立てたんだよ。ほら、これさ」

一色は気軽な調子で答えると、小さな木製の台座にダガー様式の柄が取り付けられている物体を、近くに立っていた市川に渡した。

「そうか。要するに、柄だけの短剣だ。シャツに開けた穴から柄だけを露呈させる仕掛けってわけか……」

市川は額にしわを寄せて、渡された小道具をひねくり回した。

「しかし、一色さんの身体はもちろん、ベッドの上は血だらけでしたよ」

３Ｂの扉を開けたときの鮮血の匂いが鼻腔に蘇った賢治は、抗議めいた口調で一色に突っ込みを入れた。

「保存血を使ったんだよ。霞ヶ浦で乗るときに、ワインの瓶に入れて、こっそり持ち込んだんだが、絶対に固まらないから、噴き出たばかりの鮮血に見えただろう？」

賢治の脳裏に、真っ赤に染まった白いシャツと、あごや頸部に滴り落ちていた血の海が広がった。

「もちろん、鮮血にしか見えませんでしたよ。でも、固まらない血液なんて、あるんですか？」

この問いには、仲里博士が代わって答えた。

「アルベール・ユスタンという名のベルギーの医師が、十五年ほど前に発明したものだ。血液にクエン酸ナトリウム塩を加えると凝固作用は阻害される。つまり、固まらないんだ。この方法により、保存血液が実用可能となり、輸血が容易になった。先の欧州大戦でも多くの負傷兵の生命が救われたんだよ」

「実は、いつまでも固まらないんで、時間が経ってから、誰かに部屋に入って来られると困ったんだが……。まぁ、なんとか誤魔化せたよ」

一色は快活に笑ったが、賢治は納得できなかった。

「でも、僕は、あなたに脈がないのを、自分の指で確認したんです……」

納得できない人間は、もう一人いた。北原船医である。北原は眉をピクピクさせながら、不満げに賢治の言葉に続いた。

「わたしも、確認しました。だから、死亡診断をしたんです。瞳孔散大については、アトロピンを使ったんでしょうが……脈については、やはり、頸動脈洞圧迫法を使ったのですか？」

「時間的に考えて、そんな細工ができた人は、可那子さんだけですよ」

賢治は釈然としない気持ちで可那子を見た。

「結構な力が要るんでしょ？　あたしに、そんな真似ができるわけないわよ」

可那子の答えは、賢治の予測通りだった。

「種明かしは簡単さ。ほらね、これだよ」

一色はポケットから、手品師のような仕草で白く丸い物体を二つ取り出して、サロンの人々に提示してみせた。

「テニスボールだ……庭球が、どうして手品の種なんですか？」

市川がきょとんとした表情で訊いた。

「両脇に挟んで腕を内側に強く押し続けると、一時的に両腕への血流が止まって、手首の脈がなくなるんだ。脈を止めなきゃならないから、両手でナイフの柄をぎゅっと握っていないとダメだったんだ」

一色は胸の前で柄を握り締めるような手つきをした。

「わかりましたよ。だから、首のまわりを血だらけにしておいたんですね。あの状態じゃ、誰だって、気味が悪いから手首で脈を取りますよ」

勢い込む賢治をいなすように、一色はゆったりと笑った。

「ははは、そういうわけだよ。ほら、川島先生だって、薫子さんに手首で脈を取らせただろう?」

川島が薫子に厳しい表情で指示し、薫子が眦(まなじり)を決して答えていた光景が思い返された。

——無理に頸動脈をさわる必要はない。橈骨手根関節部(とうこつしゅこん)でいい。

——わかりました。わたくしも近い将来、実務に就(つ)かなければならないのですから……。

賢治の頭の中で、3Bで起きた惨劇のカラクリが一本の糸で繋がった。

「あの場面も、みんながグルだったのか……。川島先生っ」

賢治は、自分の耳が痛くなるほどの声で叫んでいた。

「ほい来た……今度の矛先(ほこさき)はこっちかな」

おどけた表情で川島は首をすくめた。

「薫子さんに脈を測らせたのも……わざとやったんですね。あれも、インチキだったんですか」

賢治は胸の中に沸き上がる憤懣に、唾を飛ばしてしまった。

「まことに、どうも面目ない……だが、堂元成道を追い詰める大義のためだ。きっと、お釈迦さまも、お許しくださるだろう」

川島は、わざとらしく目を瞑ると、合掌してみせた。

「薫子さんっ。あなたも僕を騙していたんですね」

「ごめんなさい……。せっかくお友達になったのに、宮沢さんには、悪いと思っていたの……」

ちょっとだけしょげた表情で薫子は肩をすぼめた。

「でも、わたくしがおずおずと脈を取ったから、宮沢さんもそれ以上は一色さんに近づかなかったんでしょう？」

上目遣いに賢治を見る薫子の表情は、どこかに笑いを含んでいて、罪の意識は少しも読み取れなかった。

「ええ、そうですとも。あなたの迫真の演技に、一色さんの死を露ほども疑いませんでしたよ」

賢治は鼻から大きく息を吐きながら、憤然と答えた。

医師を目指す薫子の勇気ある振る舞いと見えた態度も、すべては演技だったのだ。それにしても、念の入った演出だった。

「一色さん、なんで、死んだふりなんてしたんです。みんなを恐怖に陥れてまで」

腹の虫が治まらない賢治が、強い口調で問い詰めると、可那子が一色のかたわらにすっと歩み寄って、背中に手を触れた。

「あたしの復讐に協力してくれたのよ。二人は過ちを犯して、窪山を苦しめてしまった。だから、あたしと一色さんで罪滅ぼしをしたかったの」

肩を落とした可那子の口調は、いつになく、しんみりとしたものだった。

「窪山さんには、すまない裏切りをしたと、いまは後悔しているし、可那子とは、よき友達だ。タロットや斬奸状を思いついたのは僕だ。堂元の罪を糺すとともに、自分自身への罰を下すつもりだった」

目を伏せる一色の口調は、きわめて真面目なものだった。

「立派な絵描きになる。そんなあの人の夢の実現を、わたしは待てなかった。貧乏に耐えられなかったし、作品が評価されなくて、日々荒れてゆくあの人についてゆけなかった。あたしは、だめな女なのよ」

涙混じりの可那子の悔恨に、賢治は返す言葉がなかった。

サロンの空気も、どこかしゅんとなった。仲里夫人の八重など、ハンカチで目頭を拭っている。

（そうか！　ドン・ファンの話をしているとき……）

語り口が明るかったばかりではない。思い返してみれば、可那子は一色の話を過去形で語らなかったのである。

――あの人、ドン・ファンだから……。

――『あんな素敵な人と、いい仲になれただけで幸せだ』って言わせるものを、持ってるらしいわ。

一色が生きていたからこそ、すべて過去形ではなく、現在形で語っていたのだ。死んでいたら、「あの人、ドン・ファンだったから」と言ったはずである。

「密室は、やはり可那子さんが作ったんですね。宮沢さんは、あなたと一色さんの仲を知って、３Ｂの鍵を事前に可那子さんが渡されていたのでは、と推理していたんです」

市川が話題を事件に戻した。

「その通りよ。さすがに名探偵さんね。宮沢さんと部屋に入ったときに、こっそり絨毯に鍵を落としておいたのよ」

賢治の推理は、この点は正しかったわけである。

「ハーデースの使者になってメッセージを残していったのは、僕の仕業だよ」

一色は右の目をちょっと瞑ってみせた。

トリックは呆気ないほど明解だった。死人が歩き回って扉にカードを貼ったり、斬奸状を部屋に置いたりすると、誰が思うだろうか。

「部屋の鍵はどうしたんですか？　鷹庭さんや中村さんの部屋の鍵を、一色さんや可那子さんは、持っていないですよね？」

今までの話を聞いても賢治に解けぬのは、この謎だった。

「部屋の鍵は、めいめい自分が持ってますからね」

聞き覚えのある明るいおどけた声が、客室通路から響いた。

つかつかとサロンへ出てきたのは、白いウールセーターに着替えた鷹庭芳成だった。鷹庭は、にこやかに笑みを浮かべて、一色と並んで立った。

「た、鷹庭さん！」

賢治はまたも、心臓が停まるかと思った。

「なんでよぉ。もう、いやぁ、みんな死んでないじゃないのぉ」

芳枝の喚き声がきいいと響いて、賢治の耳を刺激した。

紘平のいつものアクションである袖引きをふり払って、芳枝は鷹庭に駆け寄った。

「あたし、騙されてた。ずっとずっと怖い思いしてたのよ」

何度も何度も肩を叩かれても、鷹庭は芳枝の為すがままにさせていた。

「やめなさい、芳枝っ。乱暴しちゃダメだ」

紘平が後ろから抱きすくめて、芳枝の乱暴は止まった。

「ルイーズちゃん、気が済んだ？」

鷹庭が冗談めかして眉をひょいと上げた。芳枝のいかにもモガを気取ったヘアスタイルを、ルイーズ・ブルックスの真似と見たのは、賢治一人ではなかったらしい。

鷹庭の軽口は、芳枝の怒りの火に油を注いだ。

「何を言ってるのよ。あんた、ピストルで撃たれたはずじゃないのっ」

「あははは、すみません。この通り、無事です」

鷹庭は両腕をぐるぐると回してみせた。

「だって、背中や胸から血を流して倒れたでしょうが？　あたし、この目で見たんだからぁ」

芳枝は自分の右目を指さしながら突っかかった。すると鷹庭は、ケロリとした顔で答えた。

「あれは、映画の特撮で使われる仕掛けと同じなんです」

「特撮ですって？　どんな仕掛けを使ったって言うの。説明しなさいよ」

紘平の腕をすり抜けた芳枝は、鷹庭の袖を強く引っ張りながら訊いた。

「背中と胸に、少量の火薬と魚の浮き袋に血糊を仕込んで、電気式の発火装置を隠すんです」

賢治は、そんな特撮があるとは知らなかった。

でも、仕掛けの構造はすぐにわかった。

「そうかっ。ピストルの発射音にタイミングを合わせて、秘かに袖の中の電気スイッチを押す。火薬が爆発するから弾着と錯覚させるし、浮き袋が破れて血糊が洋服に染み出すので、あたかも撃たれたように見えるんだ」

賢治の叫びにうなずきながら、鷹庭は愉快そうに笑って、サロンの人々を見渡した。

「松竹キネマの蒲田撮影所でも、日活の太秦撮影所でも、毎日、この仕掛けで、たくさんの俳優さんが殺されてますよ」

「でも、鷹庭さんの背中には、たしかに弾痕があった」

藤吉少佐が解せない顔つきでつぶやいた。軍人である少佐の目から見ても、鷹庭の銃殺は自然だったようだ。

「銃弾の痕は、初めから洋服を小さく破ってライターで焦げ目を作っておいたのです。トイレで可那子さんに手伝って貰って準備完了ってなわけ。一張羅のジャケットを無駄にしちゃいましたけどね」

「廊下から聞こえた銃声は、どう工夫したんですか？」

賢治は自分の推理を確かめたかった。

「ピストルの発射音は、あらかじめトイレに隠しておいた、導火線を長くした爆竹です」

（発射音のところだけは、推理が合っていたか……）

ピストルの発射音ばかりか、弾着も血も、苦しんで倒れたのも、何もかもがウソだったのだ。だが……。

「でも、僕は鷹庭さんの脈を取りました。あのときは、可那子さんみたいに誰かが頸動脈洞圧迫法をする暇はなかった。鷹庭さんは両手で藻掻いてましたから……薫子さんや川島先生はウソを吐いていたんだとしても……」

賢治の胸に、鷹庭の脈を右手首で確認できなかったときの喪失感が蘇った。

「そう、わたしも確認している。しかも、頸動脈で測ったんだ。つまり、君は一色閣下のように、テニスボールを挟んでいたわけでもない。いったい、どうやって脈を止めたんです？」

鷹庭の近くに歩みを進めた北原船医も気負い込んで詰め寄った。

「僕はね。いちばん最初にみんなの前で斃れる役まわりでしょ。しばらく死体も曝されるわけです。一色さんみたいなその場しのぎじゃ、バレちまう。ほんとに死にかけたんですよ」

鷹庭は眉間に縦じわを刻み、わざと怖ろしげな表情を作ってみせた。

「だって、銃弾はウソで映画の仕掛けだったわけなんでしょ？」

芳枝が鷹庭を見上げながら不思議そうに尋ねた。

「実は、川島先生の注射で、昏睡状態にして貰ったんです」

鷹庭はにこやかに言って、説明を求めるように川島を見た。

「使ったのは、アイレチンだよ。堂元のために用意した、予備のアイレチンを使った。インズリンを大量投与すれば、低血糖発作で昏睡を引き起こす。意識は消失し、極端な徐脈を引き起こし、さらに血圧は測定不能なほど低下する……実は、ずいぶんと危険な方法だが、鷹庭くんは自分から進んで志願した」

快活な声で話す川島とは対照的に、北原船医は悄然と肩を落とした。

「わたしは……医師でありながら、三人も続けて誤った死亡診断をしてしまった……」

川島は北原に向き直って、気の毒そうに取りなした。

「無理もないですよ、北原先生。あなたは軍医出身だ。わたしら開業医とはクランケに対する態度が違います。軍医は可能な限り短時間で負傷者の状態を把握しようとする習性がある。だから、わたしたちのトリックが、うまくいったんです。失礼だが、あなたの戦場にいるような診断方法を逆手(さかて)にとって利用させて頂いたのです」

「軍医は敵弾を浴び続ける軍艦の上で、大勢の負傷兵を矢継(やつ)ぎ早(ばや)に診断しなければならないから、どうしても丁寧な診察はできないんですよ」

北原は口惜しげに唇を噛んだ。

「そう、わたしみたいに、金持ち相手の悠長な診察をしている余裕がないのは、当然ですからね」

「昏睡状態から回復させるためには、ブドウ糖の投与をなさったんですか……」

思いついたように言う北原に、川島は軽くあごを引いた。

「おっしゃる通りです。部屋に運んだ後、ボーイくんが退出した後、あわててブドウ糖を投与して、鷹庭くんの低血糖を回復させたのです」

「だから、先生は鷹庭さんや可那子さんの死体を運ぶのを手伝ったんですね」

賢治は、あのとき、川島がみんなの前で取った行動を思い返した。

森田と一緒に可那子の亡骸（なきがら）（ではなかったが……）を運んで、自分の部屋に安置したのも川島だった。あの行動も可那子が生きている事実を隠蔽（いんぺい）するためだったのだ。

「バレたか……。ボーイくんが二人で運ぶと、生きているのがわかっちゃうからね。わたしが頭のほうを持てば、わかりにくい。正直、ヒヤヒヤものだったが……」

川島は、おどけて眉を上げ下げした。

「みんなの中で一番お芝居が上手いのは、川島先生よ。お医者さまにしておくのは、もったいないくらい。いつか舞台で共演したいわ」

可那子は、さも面白そうに笑った。

（確かに川島先生は、ほんとにウソが上手い……）

一色の死を隠して狭心症だと公言したときの場面が脳裏に浮かんだ。だが、川島のウソは、もっと大きいものだったのだ。考えてみれば、川島のウソにみんなが引きずられ続けてきたわけである。

可那子が死んだと見せたときに、船長に対して乗客全員に情報を開示するよう求めたのも、ハーデースの呪いを堂元に突きつけて行く段取りの一部だったのだ。

「水野くんは中学校以来の親友だった……彼の仇を討つためなら芝居でも何でもするさ」

真顔でつぶやく川島の眼鏡が光った。

「鷹庭さんも迫真の演技だったでしょ？　さすがの名探偵さんも見抜けなかったくらいだもの」

可那子が含み笑いとともに、賢治を見た。

「低血糖でもうろうとした状態なのに凄いですよ……」

賢治は鷹庭が撃たれたときの苦悶の表情を思い出した。答えを返しながら、賢治の心のなかで、灯りが点るように一つの記憶が蘇った。

（そうか！　僕は、うっかりしていた！）

中村が船外に放り出される前に、可那子たちと同席して、お茶を飲んだ。

――一色さんに百七十円も負けてて真っ青だけど、天国まで取り戻しには行けないって……。


あのとき、可那子は確かに、悔しげに言って涙をこぼした。

しかし、よくよく考えてみれば、鷹庭は一色の死（死んではいなかったが）を知らない段階で、撃たれた（撃たれてはいなかったが）はずだった。そんな鷹庭が、天国にポーカーの負けを取り戻しには行けないなどと、言うはずはないのだ。

可那子のあの言葉は、そもそも、二人が死んでないから、うっかり出てしまったウソだったのである。

「ひどい、ひどい、ひどすぎる。あたしたちを騙してぇ」

　芳枝は紘平の隙を縫って、ふたたび鷹庭にむしゃぶりついた。

「やっぱり、あんたは詐欺師なんだわ。このウソつきっ」

「そんな風に呼ばれた昔もありましたね。でも、今の僕は真人間です」

　芳枝の身体を離し、襟（えり）に手をやって整えた鷹庭の表情は、まんざら冗談でもなさそうに見えた。

「じゃあ、みんな、ウソ……」

　芳枝の袖を摑まえたまま立っていた紘平は、呆然とした顔で絶句した。

「そうとも、見ての通り、誰一人として死んではいないんだ」

　鷹庭は得意気に笑いながら紘平に向かってうなずいた。

「で、でも……船外に放り出された中村さんは……」

　紘平の声が、はっきりと震えていた。

「中村さんは、生きているわけがない。四百五十メートル下の海面に放り出されたところを、わたしがこの目で見たんだから、間違いない」

　藤吉少佐は、きっぱりと言い切った。

　賢治も、非常口から覗き込んだときに垣間（かいま）見た、着物の切れ端も引っかかっていなかった安全ネットを、冷たい夜風の感覚とともに思い出していた。

「なぜ、中村さんは、死ななければならなかったのですか」

紘平は、誰にともなく訊いた。

透明な怪物は薫子をも襲っている。賢治は幻覚剤によるものではないかと考えたが、演技に過ぎなかったとしか思えない。中村は生きているに違いなかった。

「中村さんを襲った怪物の正体は、いったい何なんでしょうか。本当の答えを知っている人が、この中にいるはずです」

紘平は真剣な表情で、一色と鷹庭の顔を見比べて訊いた。

「おん厄(やく)払いましょう、厄おとしぃ」

鷹庭が、客室通路に向かってとつぜん奇妙な言葉を芝居口調で叫んだ。

〽ほんに今夜は　お月夜か
月光号より西の海　落ちた夜鷹(よたか)は　厄落とし
悪だくさんの成道(じょうどう)は　ついには万事が露顕(ろけん)して
こいつは春から　縁起がいいわえ

客室通路から『三人吉三巴白浪』のお嬢吉三の『厄払い』をもじった台詞(セリフ)

が、芝居そのままに響いた。

「巴屋ぁ」

「日本一っ」

大向こうよろしく声を掛けたのは、鷹庭と可那子だった。

中村伝七郎が背を伸ばしたきれいな姿勢で客室通路から品よく歩み出た。放り出されたときと変わらぬ結城お召し姿だった。

「えーーーっ」

「なにーっ」

「オゥ！　ヒー・イズ・アライブ！」

日本人乗客の叫声に混じって、興奮したエヴァの高い声が響き渡った。

「オー・マイン・ゴット！」

ロルフは中村が落ちたときと同じように叫んで、大きな鳶色の目を剥いて絶句した。

「生きていたんですね。中村さん」

紘平は感に堪えない声を出した。

「馬鹿な、あなたは、非常口から……」

藤吉少佐が言いかけるのを、やんわりと掌で制して中村は口を開いた。

「あたくし、ほら、役者でございましょう」

「そうだったのか。わかりましたよ！」

瞬間に謎が解けた。賢治は中村の答えを待たずに叫んだ。やはり、単純なトリックだったのだ。

「非常口から飛び出たふりをして、下の安全ネットに身を移したんでしょう？」

「ご名答です。あたくし、軽業が得意ですの。僭越ですけど、娘道成寺をやれ、なんて嬉しいお声も、頂いておりますから」

中村は身をくねらせながら答えた。

「しかし、わたしが覗いたときには、ネットには中村さんの姿はおろか、散りっ葉一枚、残っていなかった」

藤吉少佐は、まだ得心がいかない表情で中村の顔を見た。

「梯子につかまっていたんじゃないのですか。非常口から見えないところにある」

着物のたもとに風を受けゴンドラの外壁の梯子に捉まる中村の姿が、賢治にはありありと浮かんだ。

「宮沢さんとおっしゃったかしら、よくおわかりね。皆さまが覗き込む前に、あたくし、左っ側の梯子に登ってしがみついてましたの。風が強いから、それはもう怖(こお)うございました」

中村は、しなしなと両腕を交差させて、自分の肩を抱く姿勢を取った。

「確かに非常口の左右には、アルミのラダーがあります」

黙って成り行きを見守っていた滝野船長がぼんやりとした口調で口をはさんだ。

「月光号を始め、硬式飛行船では、外表皮には綿布(めんぷ)を使っています。嵐などに遭遇(そうぐう)すると、すぐに塗装は剝(は)げ落ちますので、非番のクルーが点検や補修を繰り返しているのです。外表皮に登るためのラダーです。でも、あの後、わたしは非常扉のロックレバーを閉めましたが……」

船長の問いに、得意げに答えたのは鷹庭だった。

「そこで僕たち黒子(くろこ)の出番です。皆さんがサロンへ戻ってから、ロックレバーを開けて、中村さんを抱え上げ、１Ｂの中村さんの部屋に隠したんですよ」

「そうか、中村さんが落ちたように見せたとき、非常扉のロックレバーを開けておいたのも、あなたたちなんですね」

賢治には、すべてが納得できた。

「じゃ、中村さんと薫子さんを襲った透明な怪物ってのは……」

紘平の質問の答えは聞くまでもなかった。

「あの演技は、中村さんにご指導頂いたの」

薫子は右頬に片えくぼを作った。

「最初はまるで形無(かたな)しだったんですけど、この方、役者の素質があるのね。稽古を積むうちに、すっかり上手くなった。器量よしだし、あたくしが紹介状を書くから、蒲田(かまた)でも太秦(うずまさ)でも、撮影所に遊びに行ってみたら、ってお奨めしてるんですよ」

中村は、薫子の肩に軽く手を置いた。

「あんまりの名演技なんで、怒る気もしないよ」

市川は憮然とした表情で言った。

確かに、堂元を追い詰めていったときの、薫子の演技は、あまりにも真に迫っていた。だからこそ、乗客たち……一色、鷹庭、中村、可那子と川島以外の乗客は、すっかり騙されてしまったわけである。

ワイズマンはエヴァに、事件の複雑な顛末をいちいち通訳して聞かせている。

エヴァの「リアリィ?」とか「ユア・キディング」などと相槌が続いていた。

一連の悪事に、薫子がどんな被害を受けたのかが、賢治は気になった。

「ところで、薫子さん、田園調布で開業していた雪ヶ谷先生は、あなたとどういう関係なんですか」

訊きたくてたまらなかったことを市川が尋ねると、薫子は長いまつげを伏せた。

「雪ヶ谷幸之介は、わたくしのたった一人の兄です」

賢治の心は薫子への痛ましさでいっぱいになった。

なるほど、薫子にとって堂元は兄の仇だったのだ。それなら、薫子のさっきの奮戦ぶりも怒りも悲しみもよくわかる。

「薫子さんの名字、最勝寺は偽名ですか?」

市川は不思議そうに訊いた。偽名では、案内状も届くまい。

「この月光号に乗るために、母方の姓を名乗っていたの。父母は亡くなっているけれど、わたくしは母方の叔母の家に住んでいるのよ。堂元は、兄がわたくしに送った手紙までは気づかなかった。それで悪事が露見したの。だから、堂元を追い詰めるのは兄の遺志だったと思うのです。兄だけではなく、亡くなった皆さまの……」

　薫子の言葉を、中村が引き継いだ。

「あたくしたちは、堂元に殺された医師たちの身内なんです。だから、みんなで堂元を追い詰めたかった。みんなで、あの悪人に一矢を報いてやりたかったんです」

「そうだったんですか！」

　川島は水野主任研究員の親友だと言っていた。賢治の頭の中で今回の復讐劇のシナリオの裏側が見えてきた。

「あたくしの兄は、谷山宗太郎です」

　中村はお召しの袖をひらりとさせて、一歩前に出た。

「慈光製薬の研究医だった方ですね。堂元のあまりにあくどいやり方に嫌気がさして、主任研究員の水野さんに、堂元のマラリアの陰謀をぶちまけた人物だ」

　市川は緑革表紙の手帳を覗き込みながら言った。あのさなかにすべてをメモしていたのだ。新聞記者魂、ここに極まれりと言うべきか。

「あたくし、本名は谷山浩二郎（こうじろう）と申します。陰言（いんげん）ノ罪なんて、あたくしに似合わないんですよ。芝居の世界は、それこそ足の引っ張り合いばかりで……あたくしなぞ、それはそれは、おとなしいほうです」

中村は女のような笑い声を立てた。

ハーデースの斬奸状は、自分で自分の罪状を記していたわけだから、四人とも本当に悪辣(あくらつ)な過去を持つはずはなかった。

「こんなヤクザな人間だし、若い頃は悪さばかりしていた。けど、疫学研助手の駒原美弥(みや)と知り合ってから、まっとうに生きようと心に誓ったんです。僕は……」

声を落とす鷹庭の瞳は潤(うる)んでいた。

「女医の駒原さんは、鷹庭さんの恋人だったんですか」

市川へ目顔でうなずいた鷹庭は唇を震わせてしばし黙った。

「本当に天使のような人だった。それを、あんな無残な……」

悲しみに歪む鷹庭の横顔は正視できなかった。

「美弥が天国から見ているからね。もう、僕は二度とお縄を受けるような悪事はしない。正々堂々と生きていきます。金にはならないけど、同潤会の下請け仕事を真面目にやっていきますよ。人を騙すのは、この月光号が最後にします」

言葉の最後で、ようやく鷹庭らしい明るいおどけた調子に戻った。

「主任研究員の水野光三郎は、先輩の家に婿養子にやった、わしの三男なのだ」

立ち上がった仲里博士が、堂々とした声で宣言するように言った。

ここにもう一人、復讐劇の役者がいた。

「仲里先生……じゃあ、もしかして……」

賢治の舌はもつれた。

「川島さんと協力して、薫子くんの最後の追い詰めを応援する役目だよ。毒薬の解説は、いかがだったかな?」

「あのアフリカのヘビ毒から作った溶血剤(ようけつざい)……」

「そんな薬、世の中に存在しないんだよ」

博士はあっけらかんとした調子で、歯を剝き出して笑った。

「何ですって!」

「ほれ、まずヘビの名前を覚えているかの」

博士は愉快げに賢治たちを見渡しながら尋ねた。

「メモしてあります。コンゴやローデシアに住むソウナ・ミモイでしょう?」

市川はふたたび手帳に目を落とした。

「では、薬の名前は、どうかの?」

「フィレンツェのリカシオ社のロノモ・シロコ……」

「薬の名前とヘビの名前をくっつけてごろうじろ」

「ソウナ・ミモイ・ロノモ・シロコ」

「続けて逆さまに読むとどうだな？」

「コロシ・モノロ・イモミ・ナウソ……ころしものろいもみなうそ……」

市川の顔に、ぱっと灯りが点った。

「殺しも呪いもみなウソかっ」

市川の悔しげな叫びが響いた。

「やだっ、みんなであたしを騙して。ひどい、ひどい、ひどいわーっ」

摑み掛かろうとした芳枝の腕を、紘平がしっかりと抱えた。

「すまんのう。ついでに記者さんや、フィレンツェの製薬会社の名前を逆さまから読んでみてくれ」

「リカシオ社を逆さまから読むと……オシカリ、うーん」

声を唸らせて市川は仰け反った。

「お叱りは覚悟の上だよ」

けけけっと仲里博士は笑った。

「なんていう人を食ったじいさんだ」

市川は鼻からふんっと息を吐いた。

「息子の菩提を弔うためだ。カンベンしてくれ」

冗談めかした口ぶりとは裏腹に、博士は白い眉を震わせていた。八重夫人が隣で涙を拭い続けていた。

月光号を襲った危機はミナウソだったのである。

全身から力が抜けた賢治は、くたくたと椅子に座り込んでしまった。


【3】


「ワタシは一つ、間違いを犯していました」

ワイズマンが大きな声を上げて立ち上がった。

「イギリスの謀略ではなかった。悪人を懲らしめるためだったのですネ」

「幸いにも、国際的な問題とはならなさそうですな」

柏木は笑いを堪えながら答えた。

「でも、一つは正しかった。アナタたち八人の正体はやはりスパイだった！」

ワイズマンは青い瞳をきらきらと輝かせた。

「あのう……ワイズマンさん、僕たちは、決してスパイってわけでは……」

鷹庭が頭をポリポリと掻きながら、眉をハの字に寄せた。

「堂元サンを追い詰めた手腕は、プロの調略(ちょうりゃく)技術としか思えない。モームの『秘密諜報(ちょうほう)部員』の主人公や、ルブランの探偵小説に登場するエルミーヌ伯爵夫人にも負けない」

どうやらワイズマンは、世界中で流行(はや)り始めたスパイ小説のファンと見える。

「アナタたちは政府機関ですか、陸海軍ですか？　それとも民間機関のスパイですか？」

ワイズマンは、秘密めかした表情を作ると、声を忍ばせて鷹庭に訊いた。

「僕たちは、ただの市民ですよ。政府とも陸海軍ともまったく関係はない」

弱ったような顔で鷹庭は笑いを嚙み殺した。

「ははは。これはワタシが悪かった。スパイが自分の正体を明かすはずがありませんネ」

「あのねぇ……スパイなんかじゃないんですよ」

鷹庭は鼻白んだが、ワイズマンの高調子(たかちょうし)は少しも変わらなかった。

「本物のスパイの活躍を見る機会に恵まれたエヴァが感激して、皆さんにワインをご馳走(ちそう)したいと言っています」

エヴァは、にこやかに微笑んで、田崎にオーダーした。

「ワイン！ いいですね。ちょうど喉(のど)が渇いていたところです」

「それじゃ、お言葉に甘えましょうか」

鷹庭と一色は即座に賛意を示したが、市川と柏木は顔を見合わせた。演技とは言え、可那子の毒死を見た人々がワインに抵抗があるのは当然だった。

森田がワゴンに、例の三リットル入りのイタリア・ワインと人数分のグラスを載せて運んできた。特大ボトルは大勢で飲むには便利ではあるのだが……。

田崎が船長の分も含めて十七個のグラスにワインを注いだが、誰もワゴンに近づこうとしなかった。一色と鷹庭も、場の雰囲気を察して、手を出せないでいる。

「ははは、皆さん、どうしました」

ワイズマンとエヴァは笑顔でグラスを手に取った。

（確かに、さっきのは可那子さんの演技に過ぎないわけだけど、アメリカ人ってのは、やっぱり、どこまでも合理的だな……）

「わたしの死んだふりがいけなかったのよ」

可那子はちらっと舌を出した。

「金魚で試そうと言っても、もう無理か……」

川島は飾りテーブルへ視線を遣った。金魚が浮かんだガラスの水槽は、高木と森田がとっくに片付けていた。

「わたしがお毒味役と言うことで……」

言いしな、川島は一気にワイングラスを干した。

「ほら。当たり前だけど、何ともない。素晴らしいワインです」

川島はエヴァにウインクを送った。

「エブリバディ・プリーズ」

微笑んでウインクを返したエヴァは自分もグラスを手にしながら、皆にワインを奨めた。

「センキュー。ミセス・ワイズマン」

「いただきます。うーん、いい香りだ」

一色と鷹庭は我慢できずにワインを飲み干した。二人が誘い水になって、ほかの乗客たちも次々にグラスを手に取った。

ワイズマンは満足げにうなずいて、ピアノの前のスツールに腰を掛けた。

「可那子サン、一曲、どうですか？」

「いいわねぇ。伴奏して下さるの？」

グラスを両手で持っていた可那子は、身を乗り出すようにして答えた。

「『ゲット・アウト・アンド・ゲット・アンダー・ザ・ムーン』。せっかくだから、月光号のテーマ曲がいいですね。ちょっとスローテンポで、皆さんに踊って頂きましょう」

ワイズマンは鍵盤(けんばん)の上で指を運ばせて、イントロを軽く弾いてみせた。

「ナイス・アイディア！　じゃあ、キーはEでお願いね」

可那子はウキウキとした声で叫んだ。

大正の終わり頃から徐々に広まったジャズ音楽は、聴く音楽ではなく、踊る音楽であった。

たとえば、赤坂溜池(ためいけ)の名門ダンスホール《フロリダ》や大阪戎橋(えびすばし)の《パウリスタ》は、日本のジャズのメッカでもあった。昨秋にはオフィス街の銀座にも《銀座ダンスホール》が生まれ、ジャズが紳士淑女の街に鳴り響き始めた。

だが、ダンスホールにいる女性はプロの踊り手(ダンサー)であった。男性客は、十枚のチケットを買って壁際に立っている女性ダンサーたちに一枚ずつ渡して踊って貰うのである。

曲が終わると、女性ダンサーは男性客と会話をするわけでもなく、すぐに壁際に戻るスタイルだった。

「それでは、皆さん、サロンの中央にお進み下さい」

可那子はジョーゼットの裾をひらひらさせて、人々を誘った。

男女が公然と抱き合うダンスの習慣は受け入れられがたく、風紀警察の目が、いつも光っていた。日本におけるダンスホールは、良家の子女（しじょ）の立ち入るようなところではなかった。

その一方で、上流階級は豪邸や高級ホテルで、プライベートなダンスを楽しんでいたのである。

洋行経験のある人々の感覚もまた違うようであった。藤吉少佐がスマートな仕草で手を差し伸べてエヴァを誘った。エヴァはにこやかな笑顔でうなずくと、少佐の手を取った。

「残念だが、僕は堂元氏の就寝前の診察をして来なくちゃならない。主治医の務めだからね。相手がどんな人間であっても患者は患者だ」

川島はおどけた表情で片目をつむると、抜き足で客室通路へ向かった。優秀な内科医もダンスは苦手と見える。

芳枝は一色に誘って欲しそうな目線を送っていたが、鷹庭が気取った姿勢で近づいて、紘平に声を掛けた。

「奥さまをお誘いしても、よろしいでしょうか？」

「ええ、どうぞ。ご自由に」

紘平は別に嫌な顔も見せずに、あっさりと承諾の意を伝えた。

「宮沢さん、踊りません？」

賢治は自分の耳を疑った。瞳をキラキラと輝かせて、薫子がかたわらに立っていた。

「僕はダンスなんて、できないです」

泡を食って、賢治は首を激しく横に振った。

浅草オペラのファンでダンス音楽も耳にはしている賢治だが、むろん、ダンスホールに足を踏み入れた経験はなかった。運動神経もよいほうではない。

「いいのよ。わたくしがリードするわ」

「え、いや、あの……とっても無理ですよ」

戸惑う賢治に構わずに、薫子は賢治の手を取った。

女性と手を握った経験も多くはない賢治の胸は、それだけで激しく波打ち始めた。

「レディに恥を掻かせないで」

薫子が耳元でささやいた。操り人形になったように、賢治はのろのろとサロンの中央に進み出てしまった。

中央のスペースは決して広くはない。三組の男女はそれぞれぴったりと抱き合って立つほかなかった。

薫子はすっと賢治の胸に滑り込んで、小さなあごを肩に載せた。ヘリオトロープが香って賢治の鼻腔を擽った。

「小さく斜め横にステップを踏めばいいの。まともに動けない狭いところだし、間違えたって平気だわ」

耳元の甘い声音に、賢治は目がクラクラして、喉がカラカラに渇いてきた。

ディナーショーのときより遥かにゆったりとした、洒落たイントロが始まった。キーが下がって、可那子のボーカルはしっとりとしたロマンチックな響きを持っていた。

「そうそう上手。そんな感じよ」

なにがなにやらわからないままに、賢治は薫子の導きに従って身体を動かし続けた。

賢治の全身は痺れ、天井がくるくるとまわり、いまにもぶっ倒れそうだった。

(これが、僕にとっての毒薬だったんだ)

しかし、甘美な毒には違いなかった。賢治は、自分の胸に伝わる薫子の温もりと鼓動に酔いしれる自分を抑えようがなかった。

すっかり耳に馴染んだ『Get out and get under the moon』の叙情的なエンディングを、可那子が静かに歌い納めた頃には、毒は全身にすっかり回っていた。ダンスが終わると、ヘナヘナと賢治は椅子に倒れ込んだ。

「とっても上手だったわ。ありがとう」

薫子は賢治の肩にそっと手を触れて、自分の席に戻っていった。

上手く踊れたはずはなかった。賢治は自分の顔がトマトみたいに真っ赤に染まってはいないかと怖れた。

「それでは、皆さま、大変な余興続きでした本日のムーンライト・ステージ、これにて、閉幕とさせて頂きます。ご声援、ありがとうございました」

可那子の奇妙な口上に合わせて、長丁場にわたるステージを演じた八人は、自分の席で立ち上がり、一斉に頭を下げた。

柏木も藤吉少佐も市川も、ワイズマン夫妻や森本夫妻も、観客となった人々は誰もが、大きな拍手で八人に惜しみない賛辞を送った。

そのときである。

「た、大変です。船長、ど、堂元さまがぁっ」

白目を剝いた高木が、客室通路から転げるようにサロンの中央へ走り出てきた。

市川が椅子から飛び出すように走り出た。正面に座っている藤吉少佐と賢治の目が合った。

二人はうなずき合い、市川の後に続いた。

客室通路に駆け込むと、堂元の部屋２Ｂの扉は開けられていた。川島医師とロルフが呆然とした表情で立っている。

「ああっ、これはひどいっ……堂元さん、どうして、こんな姿に」

市川の悲痛な叫び声が響いた。

続いて部屋に入った藤吉少佐も、背をのけぞらせた。

室内に入った瞬間、賢治の目に飛び込んできたのは、二段ベッドから角帯で吊り下がっている、無残な堂元の姿だった。

ベッドの上段手摺から角帯が下がって、堂元の太い首を絞め上げていた。仁王のような苦悶の表情の中で、両の瞼だけはしっかりと閉じられている。両手両足は力なく下がっていた。

「川島先生……これは……いったい……」

藤吉少佐が絶句して川島の顔を見た。

「自分で首を吊ったんだ。手すりにきちんと帯を結びつけてあるし、覚悟のうえの自殺だろう」

ベッドのかたわらに立っていた川島は、静かな口調で答えた。

鬱血して膨れ上がった顔面や、ダラリと舌を出している表情に、生命の痕跡は感じられなかった。誰が見ても、一目で絶望的だとわかる状況だった。

船長が北原船医を従えて戸口に立った。市川と賢治は遠慮して戸口近くに身体を運び、狭い船室の中央を二人に譲った。

「川島先生、堂元さまは……無理でしょうか」

船長は川島の顔を覗き込むようにして訊いた。

「脈はない……脈など取る必要もないだろうけれど、一応、測ってみた。堂元成道氏は、お亡くなりになった」

川島が眉間に深いしわを刻み、憂鬱そのものの表情で死亡宣告した。

「部屋に入ったのは……わたしが最初です。川島先生が……就寝前の診察をされるとおっしゃるので、廊下からお声をお掛けしたのですが……」

森田は、あごをガクガク言わせながら川島の言葉に続いた。

「ウンともスンとも返事がないから、わたしと森田くんが部屋に入ってみると、この始末だ。たとえ、相手がどんな人間であっても、医師として、自分が診ていた患者の死を見るのはつらい……しかも、こんな形ではなおさらだ」

川島は堂元の遺体から目を背けて、視線を床に落とした。

「着陸して当局の指示があるまで、手を触れずにおきますか？　自殺かどうかの確認をしたほうがよいようにも思うのですが」

北原船医は厳しい顔つきで船長の指示を仰いだ。

「このままの状態で放っておくわけにはいかないでしょう。吊るされたままでは、月光号の揺れで遺体が損傷する怖れがある。森田、ロルフ」

船長が下命すると、森田とロルフは堂元の首から角帯を解き、身体を下段に横たえた。

川島と北原が、頸部を丹念に確認し始めた。

「これは間違いなく自殺だよ。北原先生、この索溝を見て下さい」

川島は堂元の首に残った赤い筋状の痕を指さした。

「ええ、一本で連続しているし、前頸部では深く、後頭部にかけて徐々に浅い。もし、絞殺しようとして誰かが帯を掛けたのなら、同じ深さの索溝が頸部を一周するはずですからね」

遺体から顔を上げた北原船医は、川島から口頭試問を受けているような調子で答えた。

「その通りだ。扼痕や、索溝と直角に残った爪痕なども見られないから、扼殺とは考えられない」

川島はもう一度、堂元の首を観察しながら説明を引き継いだ。

「では、先生方、堂元さまはご自分で首に帯を掛けられたと考えて、よろしいのでしょうか」

自身も遺体を観察していた船長は、川島たちをふり返った。

「九分九厘、自殺と考えて間違いないね」

「少なくとも、扼殺でない所見は揺るがないでしょう」

二人の医師は自信を持って断言した。

「堂元成道さまが、お部屋で生命を絶たれました」

サロンに戻った船長が堂元の死を告げると、座っていた人々に大きな衝撃が走った。

だが、悲しむ者はいなかった。誰もが、驚きこそすれ、数々の悪行の当然の報いが訪れたと感じているように思えた。

「さすがの悪人も、僕らに完全に追い詰められたわけだからね。逃げる先はあの世しかなかったんだろう」

鷹庭は、むしろ、小気味よさげに言い放った。

「これで、窪山を始め、五人の犠牲者は浮かばれるわ」

可那子は目元にハンカチを当てた。だが、むろんこの涙は堂元ではなく、亡き夫に向けられたものだった。

「今まで法の網を掻い潜ってきた男も、天の網からは逃れられなかったわけだな」

仲里博士は詠嘆するように言って、客室通路の方向へ合掌してみせた。

「僕には、自殺をするような人には見えなかったんですけどね」

死者に失礼とは思いながらも、賢治は率直な感想を口にした。

人を人とも思わぬ傲岸さや、自分の持てる権力を利用して柏木たちを恫喝し続けた態度が思い返された。とてもではないが、前非を悔いて生命を絶つ男とは思えなかった。

賢治の考えていた堂元なら、逮捕され起訴されようと、最後の最後まで権力を使って悪あがきをするはずだった。

「でも、成功し続けた人間が大きな苦難に遭うと、竹が折れるようにパキンと来ちゃうものかもしれませんよ」

中村は両手で竹を折る真似をした。

賢治の目は中村の左右の掌に釘付けになった。幾つもの内出血斑が赤紫色に浮き出ているではないか。

「あれっ、中村さん……その手はどうされたんですか?」

賢治は沸き上がってくる胸の鼓動を抑えながら、中村の目を見た。

「ああ……これですか。非常口から飛び出したときにできたんですよ。風が強くて怖かったんで、必死で梯子に捉まっておりましたんで……」

中村は穏やかな調子を崩さずに、賢治の目を見つめながら、ゆっくりと答えた。

「そうだよ。僕が引き上げたときには、もうそんな風に真っ赤になっていたんだ」

鷹庭は何の気ない調子で相槌を打った。

「いやよね、この手が治るまでは、厚塗りして舞台に出なくちゃ」

目を細めて中村は笑った。

「どれ、診てあげようか」

川島の誘いに、中村は掌をひらひらさせながら笑顔を浮かべた。

「いいえ、大先生のお手を煩(わずら)わせるほどじゃありませんよ。あたくし、自分の肌に合う軟膏(なんこう)も各種、持参しておりますので」

「はは、役者さんは、肌に付ける薬なんかもいろいろと難しいからね」

歌舞伎役者の身体に手を触れる面倒さを、川島は知っているらしく、あっさりと診察を諦めた。

「いずれにしても、堂元が自裁(じさい)したからには、すべては終わったわけだ。ねぇ、薫子さん」

一色は声に感慨を込めて話題を、堂元の死に戻した。

「ええ、本当に……きっと、兄も、あの世で喜んでいると思います」

薫子は静かに言ってうつむいた。

柱時計が午前零時を告げる鐘を物憂く鳴らし始めた。

日付が変わったサロンの人々に、大事が終わった後の気だるいような虚脱感が漂っていた。

（けれども、僕には、まだ、確かめなければならない事実がある……）

賢治は、抑えきれない胸の鼓動を隠しつつ、事実の探求を続けようと、心の中で誓った。


【4】


しばらくすると、人々は潮が引くようにサロンを去って、おのおのの客室に戻って行った。

「森田さん、大騒動の後で喉が渇いてしまったのです。サイダーをお願いしても、いいですか」

賢治は、サロンに残って一人でテーブルを拭いていた森田に声を掛けた。

冷えた有馬サイダーを持ってきた森田に、賢治は礼を言いながら問いかけた。

「森田さん、立哨(りっしょう)してたときの話を聞きたいんですが」

「はい、どのようなお話でございましょうか？」

森田は、何を訊かれるのだろうと、幾分か不安げな顔になった。

「堂元さんを部屋に監禁してからの話ですけれど、それから、堂元さんが亡くなるまで、森田さんは、ずっと部屋の前にいたんですよね」

賢治は森田をリラックスさせようと、努めてゆったりとした口調を選んで尋ねた。

「はい、二十三時十分頃からロルフと二人で、ドアの前で立哨しておりました」

怪訝な表情を残しつつも、自分の落ち度などを問われるわけでないとわかった森田は、はきはきとした声で答えた。

「最初に部屋から通路に出てきた人は一色さんですよね。いつ頃ですか」

サロンからは見えなかった、『もう一つの時間』の流れを追う――森田に問いかけ始めた賢治の狙いだった。

「立哨を開始してすぐです。ご自分の部屋から、すっかりきれいな姿で出て来られました」

「一色さんが部屋を出てきたときには、騒ぎになりましたでしょうね」

賢治の問いに、一色登場時の驚きを思い出したのか、森田は笑みを浮かべながら答えた。

「まさか、生きてらっしゃるとは思いませんでしたから。でも、一色閣下は『わけがあって、死んだふりをしていたんだ。しばらく黙っていてくれ』とだけおっしゃって、ほんの一、二分、サロンに続く扉のところで耳を澄ませていて、すぐに出て行かれました」

「サロンへ続く扉は開かれていましたものね。続いて鷹庭さんが部屋から出てきたんですね」

鷹庭がサロンへ登場したのは、一色が出てきてから十分ほど後だった。

「ええ、一色閣下の後、五分後くらいでしょうか。このときも驚いて、鷹庭さまに、どうされたのかと伺いました。そうしましたら、私どもの近くまで歩いて来られて『一色閣下や仲間たちと皆さまを騙していたんだけれども……』とのお話で、詳しい事情を伺いました。五分くらいお話ししていると、後ろから声が掛かったんでふり向くと、中村さまで……」

頭の中で、客室通路の時間を再現していた賢治は、あわてて聞き咎めた。

「ちょっと待って下さい。中村さんが部屋から出てくるところは、見ていなかったんですね」

「鷹庭さまのお話を伺っておりましたので……。ただ、すぐ後ろは中村さまのお部屋ですから」

森田は、不思議でも何でもないといった口調で言葉を継いだ。

「中村さまが出て来られてすぐに、一色閣下と同じように扉の前で待機していた鷹庭さまはサロンへ入り、五分ほどしてから、『お嬢吉三』の呼び出しに合わせて、中村さまが出て行かれました」

賢治の胸は、高鳴った。客室での時間の流れが、はっきりと見えてきたのである。

「その後は、もう誰も部屋から出て来なかったんですね」

賢治の頭の中では、『もう一つの時間』が完成しつつあった。

「そうです。サロンでダンスが始まった頃に、川島先生が就寝前の診察だとおっしゃって、お見えになり、わたしが部屋の鍵を開けて中に入ると、あの始末でした……。先生とロルフを堂元さまのお部屋に残したまま、わたしがサロンに駆け込んだ次第です」

脳裏に組み上がった図式を反芻しつつ、賢治は森田に念押しの質問を重ねた。

「確認なんですけれど、一色さん、鷹庭さん、中村さんのほかに部屋から出てきた人は、誰もいなかった。また、川島先生より前にサロンから客室通路に入ってきた人もいなかったんですね」

「はい、おっしゃる通りでございます。ほかには、猫の子一匹、出入りしておりません」

森田は、きっぱりと断言した。

「なるほど、よくわかりました。色々と伺って、すみませんでした。ちょっと気になったものですから……いや、それにしても、このサイダーは美味いですね」

賢治はサイダーで喉を湿らせると、グラスを高く掲げて乾杯の真似をしてみせた。

「お気に召して嬉しいです。何かご注文がありましたら、厨房へお声をお掛け下さい。誠に恐れ入りますが、あと三十分ほどでサロンは消灯させて頂きます」

満面に笑顔を浮かべた森田は一礼して去った。サロンには賢治一人が残された。

賢治は上着の内ポケットから、船長に貰った座席表を取り出してテーブルの上に開いた。

《解》は、明らかであった。

堂元は、自殺を装って殺されたのである。この犯行が可能な人間は、一人しかいなかった。

堂元が森田たちに押し込められた際に、堂元の部屋2Bに潜んでいた人物である。

その人物は、二段ベッドの上段手摺に角帯を結びつけて、自身もベッドの上段に身を隠して、堂元を待っていた。

犯人は、堂元がベッドに近づくのを待って、空中から帯を相手の首に引っ掛けた。間髪を容れず自分はフロアに飛び下り、堂元を背中合わせに担ぎ上げたのだ。いわゆる『地蔵担ぎ』と呼ばれる柔道の技を使ったのである。

この方法なら、自分の体重を堂元の首に掛けられる。首に残った帯の痕は、首吊り自殺とまったく同じ形状になるはずだ。

賢治は何かで読んだ覚えがあった。

川島と北原、二人の医師が丁寧に確認しても、『地蔵担ぎ』による絞殺ならば、他殺と見抜けないのは当たり前である。

では、堂元が監禁されたときに、2Bに隠れる行動が可能であった人物は、誰か？

ただ一人、中村伝七郎しかいなかった。

中村は自室に隠れていたのではなかった。

――そこで僕たち黒子の出番です。皆さんがサロンへ戻ってから、ロックレバーを開けて、中村さんを抱え上げ、中村さんの部屋1Bに隠したんですよ。

ウソは、鷹庭のこの言葉にあった。非常口から引き上げられたおりに、中村を隠したのは1Bではなく、2B、すなわち堂元の部屋だったのだ。

従って、共犯は鷹庭である。

中村が堂元を殺害した事実を証拠づけるものが、両の掌に残った内出血斑である。赤紫色の斑点(はんてん)は、堂元の首を絞めた際に思い切り力を込めたために生じた鬱血の結果に違いなかった。

だが、内出血斑に気づいた賢治の指摘をごまかす中村に、鷹庭は援護射撃(えんごしゃげき)を送った。

——ああ……これですか。非常口から飛び出したときにできたんですよ。風が強くて怖かったんで、必死で梯子に捉まっておりましたんで……。

——そうだよ。僕が引き上げたときには、もうそんな風に真っ赤になっていたんだ。

鷹庭が共犯であるもう一つの根拠は、中村が２Ｂから廊下に出るチャンスを作った事実にある。

——後ろから声が掛かったんでふり向くと、中村さまで……。

——鷹庭さまのお話を伺っておりましたので……。ただ、すぐ後ろは中村さまのお部屋ですから。

鷹庭は森田に話しかけて、なおかつ数奇な復活話で注意を逸(そ)らしたのだ。中村は、森田とロルフが鷹庭に注意を向けている隙に2Bを抜け出して、あたかも自室の1Bから出てきたように装ったのである。

では、2Bの鍵は、どうしたのか。

——わたしと柏木書記官が左舷(さげん)、田崎パーサーと中村さんが、右舷(うげん)のすべての客室を調べました。

藤吉少佐の言葉が蘇った。

中村は鷹庭が射殺された騒ぎの際に、田崎とともに2Bを見て回った。その際には田崎から合鍵を渡されているはずである。中村は点検した後に2Bの鍵を掛けるふりをして、そのまま開けておいたのだろう。

では、抜け出す際には、どんな手段を使ったのであろうか。堂元を監禁したときに、2Bの鍵は森田が外から掛けたのではなかったのか。客室の鍵は外から施錠された場合には、内側からは開けられない構造のはずではないか。

中村は2Bに忍び込んだ際に、鍵に細工をしたものに違いなかった。ロッキング・バーを受ける穴のところに紙でも丸めて詰めれば、森田が施錠するときには鍵自体は廻(まわ)る。森田が施錠されたと思い込んでも不思議はないはずだ。

考えてみれば、中村の点検後、クルーがもう一度室内を見回っている。中村は最初から鍵穴に細工を施していたものに違いなかった。

謎を解き終えた賢治は、深い悩みを抱える羽目に陥った自分に気づいた。

賢治を迷わせているのは、中村と鷹庭の罪を世に問うべきか否か、の命題である。

たしかに、堂元を殺害した二人の罪は、軽いものではない。

だが、四人の医師を殺し、可那子の夫の口を封じた罪は、はるかに重いと言わざるを得ない。熱帯熱マラリアを流行させて多くの人を苦しめた罪は、決して許されるものではない。

賢治が堂元の自殺を初めに疑ったときに感じたように、堂元が訴追(そつい)されれば、あらゆる権力を利用し、どんなウソを吐いてでも、自らの罪を逃れようとしたに違いあるまい。

罪を問おうとした中村、鷹庭を始め、薫子、可那子、一色、川島、仲里夫妻の八人を抹殺する怖れもある。

訴追に協力して真実を証言しようとする柏木書記官や藤吉少佐、市川記者にまでも魔手（ましゅ）が伸びないとも言い切れなかった。

堂元が訴追を免（まぬが）れたとすれば、この先の人生で、さらにどんな悪行を重ねてゆくか、知れたものではない。

ある意味では、堂元を死に追いやった中村と鷹庭こそ、正義の使徒（しと）なのかもしれない。

とは言え、中村たちの殺人を黙っている自分の態度は、二人の殺人に荷担したも同様ではないのか。

静まり返ったサロンで、弾けるサイダーの泡をぼんやりと見つめながら、賢治はいつまでも考え込んでいた。

自室に戻った賢治は、抱えている悩みの重さに目が冴（さ）えて、寝付かれずにいた。

上段のベッドでは市川が健康な寝息を立てている。

腕時計を見ると、時刻は午前一時を廻っていた。たぶん、周防灘（すおうなだ）の上空を飛行中のはずである。

賢治は満月を展望窓から眺めて心を静めようと、部屋を出た。

扉を静かに押すと、灯りを落としたサロンは、蒼い月の光に染まって海の底のようだった。

左舷の前方、南西の海上に、満月は燦然と輝いていた。

展望窓の前に白いワンピースに身を包んだ華奢な身体が立っていた。夜空を眺めている姿が、賢治の眼には幻のように映った。

「薫子さん……どうしたんだろう。こんな時間に……」

賢治のつぶやきが聞こえたのか、薫子はゆっくりとふり返った。

瞳からあふれた涙の筋が、きらりと月の光に光った。

「お兄さんを思い出しておられたのですか」

「そうね……それもあるわ……」

歩み寄った賢治に、薫子は言葉少なにうなずいた。

「悲しい想い出が、なにか、ほかにも？」

「いいえ、そうじゃないの。月の明かりって、なんて澄んでいるのかしらって思ったら、なんだか、涙が止まらなくて……」

目元にハンケチを持って行く薫子に、賢治は掛けるべき言葉を探しあぐねた。

常南電車の駅で話しかけた半日前のできごとが、遠い昔のように思えた。

人物当てゲームをしていたときの明るく無邪気に見えていた薫子。

堂元の罪を指弾するハーデースの僕(しもべ)を演じていた薫子。

ダンスに誘ったどこか世慣れた薫子。いま、目の前で涙を流す頼りなげな薫子。

四人の薫子はまったくの別人だった。

だが、人物ゲームさえも、無邪気な遊びなどではなかった。鷹庭や一色たちと面識がないと、賢治に思い込ませるための演技だったのだ。薫子がどんな女性なのか、賢治にはすっかりわからなくなっていた。

賢治は、本当の姿を知りたくて、薫子の大きな瞳を見つめた。

「でも、月の光があんまり明るいんで、星たちが霞(かす)んじゃってるわね」

薫子は小さく笑った。澄んだ瞳がウソの翳(かげ)りを宿(やど)しているとは思えなかった。

賢治の心に、たとえようのない哀憐(あいれん)の気持ちが生まれた。

兄を失った悲しみの深さは、妹トシを病気で亡くし、何年も苦悩の淵をさまよわなければならなかった賢治には、痛いほどよくわかった。兄を失った想い出を悲しむ姿は、真実の薫子に思えた。

「こちらへ来ると、星明かりもよく見えます」

賢治は影となっている右舷側へ薫子を誘った。

「ほら、北の空をご覧なさい」

暗く沈んだ後方の夜空に輝く満天の星を賢治は指さした。

「わぁ、すごい星の数。わたくし、こんな星空を見るのは初めてよ」

薫子の声は、幼児のように無邪気に響いた。

蒼い紗を拡げたような空一杯に、透明な水晶の輝きがちりばめられていた。

「アルファベットのW型の星座が見えるでしょう。あれが、カシオピイアです。ギリシャ神話では、エチオピアの王ケフェウスの美しい妃の名として登場します」

——カシオピイア、もう水仙が咲き出すぞ
おまへのガラスの水車きつきとまはせ

「もう少し右へ首を向けると、夏の終わりからは、右に傾いだA型の星が見えるのです。アンドロメダ座です。ケフェウス自慢の、さらに美しい姫の名です」

——アンドロメダ、あぜみの花がもう咲くぞ、
　おまへのラムプのアルコホル、しゆうしゆと噴かせ。

賢治は『水仙月の四日』と題する童話で、雪童子と名付けた雪の精に語らせた台詞を口に出しながら、北の夜空を案内していた。

「素敵な詩ね。誰の詩なのかしら」

薫子は小首を傾げた。

「僕の詩です。物語の中に取り込んだ詩です。……僕は詩や物語を書いています」

賢治は誇りを持って、生涯の課題である文学を口にした。なにか自分をわかって貰いたかった。

「あなたの？　宮沢さんは作家さんなのね」

薫子は少し驚いたように目を見張った。

「いやぁ、本を出しても、ちっとも売れんのです」

賢治は頭を掻いたが、薫子は真剣な目つきで首を横に振った。

「世間の人がいつも正しい評価を下すとは限らないわ」

「自分の書いたものは、いつかは、みんなにわかって貰えると信じています」

賢治は頰を熱くして胸を張った。

「素晴らしいわ。あなたは、自分に対して本当の自信を持ってる人なのね」

「自信があるのかどうか、自分でもわからんのですけれど、僕の書いたものは、きっと読んでくれる人がいるはずです」

「あなたのような人と一緒に生きてゆける方は幸せね……」

独り言のように薫子はつぶやいた。

返す言葉が出て来ずに、賢治は薫子の瞳を見つめてしまった。左胸に大きな搏動を覚えた。

「わたくしには、遠い世界のお話だけど……」

薫子はぽつりとつぶやいて、目を伏せた。からかわれたのだろうか。だが、薫子の表情は、あまりにも淋しげだった。

「僕はいま、こんな星空の物語を考えています」

賢治の口から、わずかな理解者を除いて、滅多に他人に話さない物語の構想が口を衝いて出た。混乱した気持ちを静めたかった。

「先年、樺太鉄道の汽車から北の夜空を眺めていて考えがまとまりかけてきたんです。星空を……銀河を走る鉄道へ乗る、少年たちの話です」

「この月光号みたいに、汽車が夜空を飛ぶの？」

「そうではないのです。もっと遠く高く、銀河の中を汽車は走ります。銀河は、大きな水晶の川なのです。河原には草花が咲き、星々は三角標となって河原に灯を点します。駅も次々に出てきます。たとえば、あの白鳥座も、ステーションなのです」

賢治は北西の水平線近くを指さした。

「ああ、今は、白鳥座は頭のほうしか見えない……海の間際で青白く大きく輝いているのが、一等星のデネブです。銀河の流れの島には白い北十字が立っています。白鳥の停車場は、北十字を祈る人々が降り行く軽便鉄道のステーションなのです」

「銀河は星の河原なのね。しかも、駅を巡って小さな汽車が走る」

薫子は瞳を生き生きと輝かせた。

「それは、この世ではない。でも、あの世でもない、幻想第四次を走る汽車なのです」

「幻想第四次……ユークリッド計量空間としての四次元のお話なのかしら」

医学生だけあって薫子は物理学にも知識を持っていた。

「四次の意味は、実は、僕にもまだ、はっきりしないのです。でも、銀河星雲を走り抜けて、汽車は天上界へと向かいます。それは、つまり、星空が人間にとって……」

熱を込めて語る賢治の話を、薫子は右頬にえくぼを浮かべながら、飽きもせずに聞き続けていた。

船体を流れ去るかすかな風のうなりと、夜空に拡がる五基のエンジン音が、サロンに響き続けていた。

第六章　巨船、夕闇に降り立つ

【1】

黄昏の光のなか、五百人を超える海軍兵たちが天に両手を拡げて待っていた。

予定時刻である十八時前に、月光号は霞ヶ浦飛行場への着陸態勢に入った。

船体から蜘蛛の糸のように垂らされた無数の白いロープが、整備服姿の兵たちによって引かれて、月光号は静かに地上に舞い降りた。

ほかの土地では地上に降りられない巨大飛行船は、あっけないほどスムースに繫留索に固定され、着陸作業は終わった。

砂地に降ろされたタラップは沈みゆく夕陽に銀色に輝いた。日没三十分前とあって、飛行場には、薄紅色の宵闇が忍び寄り始めていた。

夕闇の中にたくさんのフラッシュが光った。新聞社は出発時と変わらぬ取材陣を配置していた。出発時には比ぶべくもないが、夕陽を浴びて立つ見物の人々の姿も少なくなかった。

（船や列車と違って、長く乗っていても何ともないなぁ）

賢治の身体（からだ）は少しもふらつかなかった。砂地の上で何度か脚を踏みしめながら、ほとんど揺れなかった二十六時間を思い出し、あらためて飛行船の快適さを実感していた。

三々五々、タラップを下りてゆく搭乗客たちに、滝野船長が遠慮がちに告げた。

「お急ぎのところ、まことに恐縮ですが、司法当局の取り調べがあります。お客さまは、あちらの管理棟の待合室へお運び下さい」

賢治の胸は、どくんと大きく搏動（はくどう）した。昨夜、頭の中で組み立てた推理を話すべきか。また、反対に峻厳（しゅんげん）な捜査官の尋問（じんもん）に黙っていられるか。どちらにせよ賢治は苦しい立場に立たされることになる。

ことさらに異を唱えるものはなく、田崎やボーイたちに案内されて、賢治たちは鉄筋コンクリート造り二階建ての真新しい管理棟に向かって歩き始めた。

待合室に入ると、無機質な白い壁沿いに木製のベンチが続いているだけの、がらんとした部屋だった。中央に火の入っていないダルマストーブが置いてあるくらいで、これと言った設備はなかった。

天井には緑色の金属傘が二列に並び、鬼灯（ほおずき）のような白熱球が点々と灯（とも）されていた。

電灯傘を見上げると、緑色の小さな蛾（が）がぽつんと一匹、目立たずに止まっていた。

（緑の傘にアオスジアオリンガ……あれでも、擬態（ぎたい）のつもりなのだな）

乗客たちは思い思いにベンチに腰を下ろし、田崎たちが手荷物を運んできた。

「取調官が五十音順に、こちらの部屋でお話を聞きたいとのことですので……」

船長の立つ奥の壁には、窓のない、閉ざされた木の扉があった。

「なによ。あたしは、ただ脅かされて怖い思いしただけなのに、なんで待たされなきゃなんないのよぉ」

芳枝が鼻を鳴らした。森本夫妻は、賢治より後の順番で最後となろう。

「カフェはないの？　この飛行場内には？」

高飛車な口調で芳枝は、船長に突っかかった。

「海軍基地ですので、軍人用の酒保しかありません。また、お呼びするまではトイレ以外には、この部屋を離れないで下さい」

「まったく、いやになっちゃうわ」

ふてくされた芳枝は、頰をふくらませながら、長く続くベンチの入口側の端に腰掛けた。紘平はトイレに立ったようだ。

「取調官はアルファベット姓の方から始めたいそうで、一番はワイズマンご夫妻です。あなたは外国公館職員ですので取り調べを拒めるそうです。いかがなさいますか？」

「いいや、ワタシもすべてを話します」

船長が尋ねると、ワイズマンは快活に笑って扉の向こうに消えた。

順番を飛ばされたエヴァが肩をすくめて小さく笑った。

「鷹庭さん、お尋ねしたかったんですが、一体全体、どうして、四人の医師を殺した堂元の悪事に気づいたんですか？」

隣に座っていた市川が身を乗り出しながら、左横に座っていた鷹庭に尋ねた。

「新聞に書かれちゃ困るから……」

鷹庭は左右の手をベンチの後ろについた姿勢で、微妙な苦笑いを浮かべた。

「僕は今回の事件を記事にするのは、とうに諦めています。せっかく仲よくなった皆さんに累が及ぶのは、僕だって嫌なんです。ぜひ、聞かせて下さい」

言いよどむ鷹庭に、至極真面目な表情で市川は請うた。

「ま、君を信じよう。……すべては最勝寺嬢から始まったのさ」

鷹庭が指さした薫子は、向かいのベンチで可那子と何やら小声で話していた。

「去年の夏頃、薫子さんが僕のところを訪ねてくれたんだ。薫子さんは兄さんの雪ヶ谷先生から僕の話を聞いていたんだよ。駒原美弥にろくでもない虫がついてるってね」

鷹庭の笑いは、陽気なこの男にはふさわしくなく、どこか虚無的に響いた。

「兄の死に不審な点があるから、って……。で、僕も美弥の恨みがあったんで、真剣になって調べ廻った。後ろ暗い商売をしてたわけだから、まぁ、世間の人よりは、その……いろいろと調べる手段も知っている。警視庁には知り合いの刑事もいるしね」

「なるほどねぇ」

忍び笑いを漏らした市川に、鷹庭は口を尖らせた。

「変な笑い方しないでよ。そりゃあ、まぁ、僕をお縄にした刑事も混じってるさ。とにかく、僕たち二人は一昨年の秋の火事は堂元の仕業に違いないと、意見が一致した。で、二人で火事の被害者の遺族のところを廻ったんだ。みんな、僕たちの話を真剣に聞いてくれた」

「それで、わしらも仲間に入れて貰ったんだよ」

いつの間にか、仲里博士夫妻がかたわらに背筋を伸ばして立っていた。

「あたくしも川島先生も、同志仲間に入ったんです。兄の仇討ちですから」

霜降綾の鳶マントを羽織った中村が、笑みを浮かべて近づいて来た。

「わたしは、親友の仇を討つべく、堂元の糖尿病に目をつけ、糖尿病の専門家として自分を売り込み、主治医の位置に就いた」

拡げていた新聞を畳んだ川島は、立ち上がると歯切れよい口調で言った。

「そのうちに、窪山さん、つまり可那子さんの前のご主人も堂元に殺されたのではないか、との疑いが浮上した。これは鷹庭くんが知り合いの刑事から秘かに聞き出した話でな」

「窪山龍明という絵描きが、疫学研の火事が放火らしいと警視庁に駆け込んだ後で省線電車に飛び込んだ……どう見ても口封じだと思ったんで、赤坂の《フロリダ》に出演していた可那子さんのところに薫子さんと一緒にお邪魔したんですよ」

「ステージがはねたら、鷹庭さんたちがやってきて、そんな話をするから、それは驚いたわ。でも、考えたら、納得できたの。あの人、絵を描く自分に執念燃やしてたし、簡単に自殺するような男じゃなかったから」

待合室の反対側から歩み寄った可那子が会話に加わった。

「一色閣下も僕ら同志の仲間に入ってくれた。みんなで情報を交換する会が結成されたんだ。『十三夜会（じゅうさんやかい）』なんて適当な名前つけてね」

「その実、堂元成道被害者の会だったというわけだよ」

鷹庭の言葉に、一色は細身の葉巻を燻（くゆ）らせながら、ゆったりとした笑みを浮かべた。

「八人は月に一度は一色さんの屋敷に集まっていた。それで、去年の十三夜、つまり一周忌の祥月（しょうつき）命日に、廃墟になっている白金の疫学研究所跡で追善供養（ついぜんくよう）を行った。あふれる涙を拭って手向（たむ）けの花を捧げながら、僕たちは堂元を死刑台に送る決意をした」

鷹庭はなめらかな口調で続けると、右手で手刀を作って、自分のうなじを斬る真似をした。

賢治は鷹庭の顔を盗み見た。堂元を殺害した良心の呵責などは少しも見えなかった。

「半年ばかり前だが、診察の際に、堂元が月光号に乗る予定になっているのを聞き出した。わたしに同乗しろと言うんだ。十三夜会でみんなに話すと、一色子爵が、仇討ちは空の上の密室空間でやろうと、アイディアを出してくれた」

川島は眼鏡を光らせて、言葉を続けた。

「相手があの堂元成道じゃ、追い詰めるのには取り巻きのいない狭いところへ追い込む以外にないからね」

一色は半分以上も残っている葉巻を、惜しげもなく吸い殻入れに放った。

「それで、あたくしたち、なけなしのお金をはたいて、太平洋航空会社の株主になったんです。もっとも、持っていれば将来は必ず上がるって鷹庭さんが言うから、あたくしなんか、ほら、不安定な稼業ですから、貯金のつもりもあったんですけどね」

あっけらかんとした中村の表情も、自らの殺害行為を恥じている人間とは思えなかった。やはり、この二人の殺人犯は、自分たちを正義の使徒と信じているように思われた。

「金満家たちは空の旅なんて目新しいものには飛びつかなかった。幸い、株主招待には間に合った。わしらは首尾よく、今回の招待客となったんだ」

仲里博士は手にしていたステッキで、床をとんと突いた。

「あたしは、太平洋航空会社のサービスを下請けしているオーシャン・サービスって会社に、ディナーショーの売り込みをしたのよ」

可那子の瞳も明るかった。中村と鷹庭を別としても、可那子、薫子、一色、川島、仲里夫妻と残りの六人も何らかの罪に問われる怖れがある。それにもかかわらず、誰もがすっきりとした表情に落ち着いていた。

「でもね、一筋縄じゃ行かない相手でしょ。学のある一色閣下があの復讐劇の脚本を書いてくれたわけ。医学の知識は川島先生、薬の知識は仲里先生、大専門のお二人がいるじゃないですか」

中村は軽く揉み手しながら、ほかのメンバーに花を持たせた。

「で、プロの役者である中村さんが演出家になって、みっちり稽古をつけてくれたんだ」

一色はにこやかに笑って、中村にエールを返した。

「ご婦人の演技指導は、もっぱら可那子嬢の役目だった。愚妻は筋が悪いんで大した役には、つけられなかったんだ」

「わたしは、お芝居なんてとても無理と言ったんですけど、主人が、お前は光三郎の仇討ちができないのかって責めますでしょ。それは一所懸命、お稽古しましたのよ」

八重夫人は掌を口に当てて品よく笑った。

「それぞれ忙しいが、稽古は僕の屋敷で何度も続けたんだよ。最初に死んじゃうんで、出番の少ない僕が実際に堂元役を演じて出発の直前までね」

「すごいチームワークだなぁ」

市川は心の底から舌を巻いている、そんな表情で唸った。

「みんな、亡くなった人々を供養したい。そんな一心だったのよ。ね、薫子ちゃん」

「え、ええ……もちろん、そうですわ」

幾分か青ざめていた薫子だけは、どこか元気がなかった。

自分が何らかの罰を受ける怖れに緊張しているようには見えない。もっと沈んだ表情なのである。

ほかの人々は堂元の死で、すっかり気持ちに区切りがついているようだったが、薫子が抱いている兄の死への悲しみは、少しも癒えないのだろう。

「身をやつす人々……やっぱり、日本人は不思議だ……謀略国家なのだろうか」

扉の向こうから出てきたワイズマンは、相も変わらず謀略説を口にしていた。エヴァが笑いながら、扉の向こう側へ消えた。

ワイズマンと、日本人の一番目である市川の取り調べは、比較的時間が掛かったが、残りの人間は、一人につき五分ほどで順調に進んでいった。

待合室には、取り調べの済んだ人々が増えてきた。誰もが立ち去り難いのか、取調室から出てくるとふたたびベンチに腰を下ろして、罪のない雑談をしていた。

「もう、まだぁ。あたし、待ってるの飽きちゃったわ」

とは言え、すでに一時間以上が経過していた。芳枝が不満を口にするのも、無理はなかった。

「ハニームーンがさんざんよ。あたし、もうあの人とは別れるわ。だって、そうでしょうが。あんなに勇気のない人っていないわ。事件の間、あの人、あたしの袖を引く以外にまったく何もしなかったのよ。あんな男らしくない人、もうイヤだわ」

側に紘平の姿が見えないためか、芳枝の憤懣はふくらむばかりだった。

「一色さんは、奥さんいらっしゃらないんでしょう?」

おかしな流し目で、芳枝は一色を見つめた。

「ルイーズちゃん、駄々を捏ねちゃだめだよ」

一色は芳枝の秋波などはまるきり相手にせず、ウインク一つで軽く流した。

「さて、市川さん、土浦の駅前で玉突きでもやりませんか。鷹庭くんも、どう?」

土浦駅前の商店街は、軍人相手の店が軒を並べていた。撞球屋の看板も、見かけた気がする。

一色の誘いに、市川はウキウキとした声で答えた。

「いいですね。どうせ九時過ぎまで上野行きはないんだし、他紙の連中に取材内容を教えたら、やるべき仕事はないんですよ。駅前で時間潰しと行きますか」

「大賛成ですね。ついでに霞ヶ浦名産のウナギで麦酒でもやりましょう。みんなで精進落としと行きましょうよ」

何が精進だったのか不明だが、鷹庭は屈託ない顔で笑った。

「あたしもご一緒していいかしら」

可那子はショールを羽織りながら、誰にともなく尋ねた。

「もちろん、大歓迎ですよ。あ、宮沢さんを待ってましょうか」

「市川さん、僕は、ご遠慮させて頂きます」

いくら健康を回復してきたと言っても、賢治の全身は、関節がバラバラになりそうなほどにくたびれきっていた。

東京へ帰るみんなとは方向が逆だし、青森へ向かう夜行急行の二〇一列車が土浦を通過するのは、夜半過ぎだった。泊まらないまでも、どこかの宿で一休みしようと考えていた。

それに、これ以上、鷹庭と席を同じくし続ける自信はなかった。

賢治の推理は立証できる見込みが薄かった。

肝心の堂元の首に残された帯の痕は、首吊り自殺とまったく同じ形状になっている。現に川島と北原、二人の医師が自殺と断定しているのだから、物的証拠とはならないだろう。

あらかじめ堂元の部屋である2Bの鍵を開けておいた点も、ロックレバーの挿入される穴になにかを詰めておいた点も、ともに証拠は残っていない。従って、中村が堂元の部屋に潜んでいた事実を証拠立てるものは、何一つ存在していない。

唯一の物的証拠は、中村の両手に残った鬱血斑だが、これとても、鷹庭の偽証により、手すりにつかまっていた際の痕であるとされてしまうだろう。

賢治が組み立てた堂元殺害のストーリーは、裁判では、おとぎ話、法螺話と見なされるかもしれなかった。下手をすると、賢治自身が誣告の罪に問われる怖れすらあった。

平気の平左の鷹庭の側にいつまでもいるのは気が詰まった。

可那子と肩を並べ出口へ歩き始めた一色が、インヴァネスの裾を翻して、思いついたように声を掛けてきた。

「そうだ、宮沢さん。あなたは僕がタロットに隠した、堂元成道の名前を見事に当てたそうだね。むろん正解だし、おかげで十三夜会の連中から明かすより真実味が出たよ」

「皆さんの、お役に立てたのですね」

賢治としては、間違えた解釈も多々発表しただけに複雑な気持ちだった。

「大した推理力だけど、実は僕はもう一つの意味も持たせたんだ。人の皮を被った《悪魔》の堂元が、《月》の夜に、疫学研究所という象牙の《塔》を燃やした。

僕たちが《正義》の剣を振るって、堂元に《死》を与えるって意味をね」

「なるほど、堂元の放火殺人事件の告発と、復讐劇の予告も隠されていたんですね」

賢治は感心して、一色の品のよい細面に見入った。

「そうなんだ。僕もまさか、堂元が自殺するとは思っていなかったけどね。みんな、いろんな説を唱えていたらしいけど、案外、他にも正しい解釈があるかもしれないね……じゃ、今日は失敬するよ」

一色はスマートにウィンクすると、颯爽と待合室を出て行った。

「市川さん、一つだけ調べて欲しいんです。疫学研究所の火災の後で、生き残った医師の氏名です。お手数ですが、お手紙を頂ければありがたいです」

賢治は一つだけ心に引っかかっていた謎の解明を市川に託した。

「了解です。新聞に載ったはずなんで造作ない。必ずお手紙しますよ。ところで宮沢さん、これからは成都新聞を、ぜひよろしくお願いしますね」

手を振る市川を最後尾に四人は去った。これがきっかけになって、ほかの人々も、次々に飛行場の宵闇へと消えていった。

賢治の前の順番である藤吉少佐が別室から出てきた。

「宮沢さん、また、飛行船でお目にかかりましょう。あなたとお会いできてよかった」

「東京に見えたときには、逓信省をお訪ね下さい」

藤吉少佐と柏木書記官は、親しげに握手を求めると、二人連れ立って建物を出て行った。

「宮沢さま、お待たせしました。どうぞ、中へお入り下さい」

船長が扉を開けた。賢治の鼓動はどんどん高まっていった。

【2】

六畳くらいの殺風景な部屋には事務机がぽつんと設（しつら）えられ、濃灰色（のうかいしょく）の三つ揃えをきちんと着て銀縁眼鏡を掛けた一人の男が、机上（きじょう）の書類に目を通していた。

「お待たせしました。宮沢さん」

旅館の番頭のように愛想よく顔を上げた男の顔を見た賢治を混乱が襲った。

「あの……僕の順番じゃないんですか……」

「そうです、宮沢賢治さん、あなたからお話を伺います」

「だって、森本さん……なんで、あなたが?」

疑問の言葉を口にしているうちに、賢治には正解がわかった。

「東京刑事地方裁判所検事局検事の、森本紘平です。まぁ、お掛け下さい」

まさしくそれは紘平だった。賢治はロイド眼鏡を銀縁に掛け替えた紘平の顔を、穴のあくほど見つめた。刑事捜査の主宰者として絶大な権限を持つ官吏には見えず、銀行員に相応しい容貌だった。

「どうして、検事さんだっていう身分を隠してたんですか。身分を明かせば、みんなの大きな助けになったはずじゃないですか」

月光号の記憶が脳裏を次々に走り、賢治は腹立ち紛れに叫んでいた。

「僕はその……今回の事件には関係がないつもりだったんですよ。今回は、仕事じゃなくてハニームーンですから」

紘平には少しも悪びれる態度がなかった。

「あなたが堂元を捕まえたらよかったではないですか」

目の前に座る人物が、捜査官であるのを忘れ、賢治は激しい口調で詰め寄った。

「権力者の犯罪には、できるなら関わり合いになりたくないですからね。正直な話……」

　紘平は怒るわけでもなく、柳に風と受け流した。

（これじゃあ、奥さんに愛想尽かしされるはずだ……）

　賢治の心の内を見透かしたように、紘平はニヤッと笑った。

「うちのヤツ、外でさぞかし息巻いてるでしょ」

「一色さんと一緒に帰るって言ってました。あなたとは別れるって……」

「引き取ってくれるなら、熨斗つけてお渡ししたいが、あの人のまわりには美人が寄るから、まるで無理だな」

　紘平は平然とした顔で嘯いた。

「一色さんは、さっさと帰ってしまいましたよ」

　芳枝の秋波をさらっと受け流していた一色の顔が浮かんだ。

「そうだろうなぁ。芳枝みたいな気の強いオカメを、一色さんみたいなドン・ファンが相手にするはずはないよなぁ」

　紘平はふっと息を吐くと、はにかむような顔になった。

「僕は日本橋の呉服太物商のせがれなんです。実家は結構、内福だったんですが、尋常二年生のときに親父が死んだんで瓦解したんです」

なるほど、もの柔らかい紘平の雰囲気は、呉服屋の若旦那と言うに似つかわしい。

「それから、お袋が苦労して中学へやってくれましてね。ようやく帝大を出て高等文官の司法科試験に受かって法曹になれた。それで十分じゃないですか。ところが、お袋が要らん高望みをするもんだから、とんでもない高価な買い物させられたんですよ」

「買い物って、どういう意味なんですか」

「うちのヤツですよ。ありゃあ、西国筋の小大名の二女でね。お袋の見栄っ張りのせいで、見合いさせられたんです」

「じゃあ、芳枝さんは子爵様のご令嬢ですか……」

大名家となれば、子爵以上の華族に列せられている。品のないお姫さまもいたものだが、気の強さなどは、子爵令嬢と呼んでもいいかもしれない。

「子爵家ったって、一色さんのところと違って貧乏なくせに、プライドだけは高いんで、嫌になっちゃいますよ。嫁ぎ遅れてたのを貰ってやったのに……」

紘平は余計な話を喋りすぎたと思ったのか、大きく咳払いをして書類に目を落とした。

「さて、あなたは、岩手県平民、花巻川口町議会議員である宮沢政次郎氏の長男の宮沢賢治さんに、間違いないですね……」

取り調べは形式的なもので終わった。すでに整理されてある月光号内で起きた事実を紘平が述べ立て、賢治が一つ一つ同意をさせられる性質のものだった。

むろん、賢治だけが知っている事実、すなわち、中村と鷹庭の殺人行為については触れられるはずもなかった。

迷いつつも、賢治はついに事実を口にできなかった。

最後に、今回の事件や取り調べについて、公判廷以外では絶対に他言しない旨の誓約をさせられ、検察官面前調書に署名と拇印（ぼいん）を要求された。

すべてが終わってしまう不安感が沸き起こってきた。

もう一度、賢治は迷う自分の心と向き合った。

「森本さん……いや、検事さん。みんなを騙（だま）した八人の罪は、どうなるんでしょうか」

とりあえず、気に掛かっていた疑問点を賢治は尋ねてみた。

「それねぇ……言いたくないんだよなぁ」

森本検事は薄ら笑いを浮かべた。

「四人の死んだふりは犯罪行為になるんですか？　誰も死んでないから、被害者はいないような気がしますが」

「被害者は太平洋航空株式会社です。八人の一連の行為については、刑法第二三三条の威力業務妨害罪が成立します。それに、金魚を殺しちゃったんで、第二六一条の器物損壊罪もね」

「三つの犯罪は、かなり重い罪なんですか？」

賢治は恐る恐る訊いた。

「最高刑は三年の懲役です」

賢治の胸は波打った。

薫子たちは刑務所に入れられるのか。

「でもね、太平洋航空は、この件を表沙汰にして欲しくないって強く言ってましてねぇ。被害届も出さないそうです」

それはそうだろう。空中の豪華客船、月光号の名前に傷がつくだけだ。

「業務妨害罪は親告罪じゃないけど、この手の犯罪は、被害者が不問に付せと言ってると、起訴しにくいんですよ」

森本はちょっと顔をしかめた。

「堂元成道を脅した行為には、どんな犯罪が成り立つんですか」

堂元が死んでいるからといって、罪が消えはしないはずである。

「第二二二条の脅迫罪か、第二二三条の強要罪。これも最高で三年。本当に毒薬でも、せめて食塩水でも射ってくれりゃ、最高刑十年の傷害罪が成り立つんだけど、ほら、現実には予定されたアイレチンを射っただけでしょう。要するに心理的に威迫したに過ぎないんですよ。こちらも、最終的な目的が、堂元が犯した凶悪犯罪の暴露にあるので、立件しにくくてねぇ。おまけに、堂元自身は自殺しちゃっているわけですし……」

自分の気づいた事実を思って賢治の鼓動は高まった。

「堂元や太平洋航空を騙した行為は、詐欺罪にはならないんですか」

森本の唇の端にはすねたような色が浮かんだ。

「財物の騙取がないんで、詐欺罪は関係ないですね。ウソをついただけじゃ犯罪じゃないですから。一色子爵は帝大法科の先輩ですからねぇ。こちらが起訴しにくいのを読んだ上で、シナリオを練ったとしか思えないんですよ」

「じゃあ、八人の人たちは……」

「飛行船事業は逓信省や海軍も協力していますし、色々なからみがありますんでね。君子、危うきに近寄らずで……」

そこまで言うと、森本は背を伸ばして、急に厳かな表情を作った。

「今回の八人の件は、微罪不検挙の原則に基づき、不問に付すつもりです」

賢治は安堵の吐息を漏らした。

「それなら、なんで僕たちを取り調べたんですか」

当然の疑問だった。八人を訴追する意志がないのならば、空の旅で疲れている乗客たちの時間を奪う必要はあるまい。

「堂元の自殺に行き合っちゃったんで、一応、東京に長距離電話を掛けまして、事情を報告しましてね。そしたら、上席に怒鳴りつけられましたよ。『お前は何をしとるんだ。堂元成道の放火殺人の案件を不問に付す気かっ』ってね。それで、船長にあなたたち乗客を足止めさせました」

「検事局には、それでも少しは骨のある人がいるんですね」

皮肉が通じたのか、紘平は首を竦めた。

「乗っている人たちが悪かった。合衆国公館職員に、逓信省書記官、新聞の一面にも名の出た海軍少佐、新聞記者……。しかも、一色子爵たちの奮闘で、彼らは堂元成道を訴追する義憤に駆られていた。生き残っている実行犯もいるはずだし、これじゃあ、どこからどんな圧力が掛かったって、事件を不問に付すわけにはいかんのですよ」

　では、堂元が主謀者である犯罪は法廷で裁かれるのか。死んでしまっている以上は、堂元を死刑台に送るわけにはいかないが……。

「結構な話ではないですか。巨悪を見逃すべきではないと思います」

「まぁ、それでもまだ、堂元成道が自殺してくれたから助かりましたよ。生きていたなら、どんな圧力が掛かってくるかもわからない」

　平然と保身を口にする紘平に、賢治は呆れて二の句が継げなかった。

「でもね、被疑者死亡で処理したとしても、変なところから睨まれる怖れがあるんです。何しろ、堂元は政府や軍関係、右翼の大物にも顔の利く大物でしょう。こんな事件を担当した検事は、貧乏くじ以外の何ものでもない。僕は本当にくじ運が悪いですよ」

　紘平は当たり前の話だと言わんばかりに嘆いてみせた。

（中村さんや鷹庭さんを、こんな男に渡したくはない）

　立証できそうにない見込みから、二人の告発を諦めていた賢治だったが、新たに別の心配が生まれた。

権力にへつらう者は、弱者には厳しい。

賢治が真実を告げたら、堂元殺害の案件は、徹底的に取り調べられるのではないか。

この事件には、華族である一色子爵が関係していないからである。

中村と鷹庭は調べられても当然だが、巻き添えを食って、薫子を始め、何人もの乗客が共犯の疑いとして取り調べられ、嫌な思いをする怖れがあった。

賢治の心の中で、中村や鷹庭の犯罪を告発する意志は、完全に消え失せていた。

「公判廷で証言して頂く必要があったら、裁判所から郵便が行きますので、その節はまぁ、よろしく」

なんともあっさりとした紘平の締めくくりの言葉だった。

「検事さん、何かをしないと相手が死んでしまう場合、何もしないで見殺しにするのも、殺人罪ですよね」

賢治は心の中で燃え上がり始めた怒りに震える声を抑えて、努めて静かな口調で切り込んだ。

「ええ、場合によって、殺人罪が成立します」

「現実にもそんな事件がありますか」

「そうですね……ある男が内縁関係にある子供に対し、殺す意志を以て殴る蹴るの暴行を加え、子供が転倒して顔面や頭部を強打して死亡したとします。この場合に男が殺人罪に問われるのは、むろんです。ところで、子供の実の母親が、男が暴行しようとしている状況を認識しながら、殺す意志を以て見て見ぬふりをしていた場合に、この母親にも殺人罪が成立する場合がある。専門的には、殺人罪の不作為の幇助犯と言います」

何を訊くのかと、紘平は不思議そうに眉を寄せた。

「あなたを始め、今まで堂元の犯罪を見逃してきた司法当局の人たちは、みんな、殺人罪の不作為の幇助犯ですよ。あなたたちが何もしないから、堂元の悪行は続き、多くの人たちが殺されたり、苦しめられたりしたんだ。熱帯熱マラリアで死んだ人も、四人の医師も、可那子さんの前の旦那さんも、あなたたちが殺すのを手伝ったみたいなもんです」

煮えくりかえる気持ちを抑えられなくなった賢治は、激越な調子で紘平たち司法当局の不作為の罪を指弾した。

紘平は面食らった顔で、両手を胸の前で左右に振った。

「無茶を言わないで下さいよ。僕たちに、被害者が犠牲になって欲しいなんて意思があるわけがない。素人にはわからないでしょうけれど、立件には色々な困難を伴うんです。相手によっては簡単に手出しできない場合だってあるんですから」

「いいえ、無茶なんか言ってません。鼻薬を嗅がされて言うことを聞いたり、権力を怖れて何もしないのは、法律的にはどうだか知りませんが、徳義上は相手の悪行に荷担しているのとまったく同じ行為だと思います。では、僕は、これで失礼します」

賢治は、怒りのたけを、別れの言葉に代えて紘平に叩きつけ、扉のノブに手を掛けた。

外へ出た賢治は、幾分の期待を込めて薫子の華奢な身体を待合室に探した。薫子と話して猛る心を静めたかった。

だが、ガランとした待合室に見出したのは、滝野船長のがっしりとしたコート姿だけだった。最後の順番の森本検事夫人は無聊に耐えかねて逃げ出してしまったのだろう。

「宮沢さま、ひとかたならぬお世話になりました。心より御礼申し上げます。ただ、わたくしどもの誇る空の旅をお楽しみ頂けなかったのが、残念でなりません」

船長は口惜しそうに口元を歪めた。常に職務に誠実だった船長によって、賢治の怒りは黒雲が晴れるように、すっと引いていった。

「いいえ、船長始め、皆さんのおかげで、僕は月光号が、空の旅が大好きになりました」

賢治は、自分でも驚くくらい明るい声で答えた。

「お待ちしております。ぜひ、また月光号へお越し下さい」

船長は丁重に腰を屈めて頭を下げた。

革トランクを手に提げ出て行く賢治を、船長は戸口まで見送った。

建物から出たところで、船長は姿勢を正し、丁重な海軍式の敬礼で賢治に別れを告げた。

夜露の降り始めた砂地の道を踏みながら、賢治は常南電車の阿見駅へ向かった。

霞ヶ浦の方向は、だだっ広い草原に見えた。

湖水を映しているためなのか、東南の空を見上げると、茫漠（ぼうばく）とした地平の彼方が白く輝いている。もうすぐ月の出なのだ。

ふり返ると、宴（うたげ）の終わった月光号が、沙漠（さばく）に繁栄の蹟（せき）を留（とど）める古代の遺跡のように、巨大な黒い影を落としていた。

（素晴らしい空の旅を、またよろしくナ）

賢治はコートの襟越しに、再会への期待を込めて、月光号に別れを告げた。

駅へ続く草原の道を歩きながら、時々立ち止まって賢治は夜空を眺めた。

銀紗のようにちりばめられた星を眺めながら、賢治の心は遠い銀河に向かっていた。

(そうして汽車は銀河を走り始める。天の川の水はきっとガラスよりも水素よりも透き通っているのだ。窓の外には燐光の三角標があちこちで光っている……)

やがて、賢治は草のしとねに腰を下ろした。

スメタナの『モルダウ』のゆったりした弦の響きが脳裏に響き始めた。

(汽車の旅では多くの人と出会い、別れてゆく。それはちょうど我々の人生のように)

夢想を続ける賢治はいつまでも星空を眺め続けていた。

終　薫風（くんぷう）過ぎゆく朝に

明け放たれた雪見障子（ゆきみしょうじ）の向こうで、庭の藤棚（ふじだな）は満開に咲き匂っていた。

飛行船の出てくる物語の筋立てを考えていた賢治は、文机（ふづくえ）の原稿用紙から顔を上げた。

「藤は雲の紫なり……か」

賢治は、明治の作家、斎藤緑雨（さいとうりょくう）の残した言葉をつぶやいた。ぶんぶんと蜜（みつ）に集まるクマバチたちの忙（せわ）しない羽音には微笑を誘われる。

「せはしく苔（こけ）や草をわたる　朝の熊蜂（くまばち）の群もある」

今度は自作『種山ヶ原（たねやまがはら）』の一節が口を衝（つ）いて出た。

構想を練る作業に飽きた賢治は、原稿用紙を片づけた。

何の気なしに、昨日届いたばかりの一組のタロット・カードを、引き出しから取り出して文机に置いた。

月光号の事件で、あらためてタロット・カードに興味を持った賢治は、神田神保町の洋書屋に英国ライダー社への取り寄せを頼んだのだった。

机の上いっぱいに拡げた五十六枚の大アルカナから、賢治は例の五枚を一枚ずつ探し始めた。

《Devil》《Moon》《Tower》《Justice》《Death》

——案外、他にも正しい解釈があるかもしれないね……。

霞ケ浦で一色が最後に残した言葉が脳裏に蘇って響いた。

(もしかすると……一色さんは、五枚のアルカナに、さらに、ほかの意味を隠したのかもしれない)

バタバタと足音が廊下から近づいてきて、在方から来ている下女が顔を覗かせた。

「旦那さん。郵便でがんす」

尋常小学校をこの春出たばかりの子供のような下女は、お下げ髪を揺らし、上気しながら二通の封筒を差し出した。

「めやぐかげだな（手間掛けたね）」

頰に朱を散らしてぺこりとお辞儀した下女は、やって来たとき以上に足早に立ち去った。

掌に載った一通は、立派な和紙の封筒で消印は麴町、筆墨で書かれた差出人名は、市川夏彦だった。

もう一通は、函館の消印のある四角い西洋封筒だった。裏を返すと、細いペン字が遠慮がちに、最勝寺薫子とあった。

賢治の胸は高鳴った。どちらから開けるべきか。

明るい初夏の陽が降り注ぐ縁側に腰を下ろして、賢治は和封筒に洋銀のペーパーナイフを入れた。


——先般は誠にお世話に成りました。宮澤さんのおかげで、實に愉快な空の旅でした。

さて、僕は今回の事件を小説に書いて見度ひと考へてゐます。各紙に『大菩薩峠』を連載中の都新聞の中里介山氏や、『半七捕物帳』で鳴らす東京日日出身の岡本綺堂氏、『呪いの金剛石』で探偵小説を書き始めた報知の傑物、野村胡堂氏等の諸先輩に負けてはをられんと云ふ氣概です――

市川の手紙は、男性の手紙には珍しく候文を使わず、平明な話し言葉で書かれていた。読み手に強く訴えかける文体が、新聞記者らしい気がした。

――そんな譯で小説の取材のために、僕は八人の處を次々と訪ねて回りました。皆さん、己れの職責に燃えて暮らし、又、家庭人に戻つた方は、靜かな生活に歸つてをられました。

僕の期待に反して、一色子爵と可那子さんの縒りは戻らなかつたやうですが。

閑話休題、ご依頼の件に就いて、調査結果をお知らせ致します。

當時、東京市の衞生疫學研究所に勤務してゐた醫師で、生き殘つた者は次の五名です。

宮前宗輔醫學博士（所長）、大迫竹藏醫師、笹峰康郎醫師、出本陽之介醫師、三島和孝醫師。

以上は、新聞記事からの取材なので、五人の現在の消息は解りません。

出本陽之介……。

一人の医師の名が賢治の目に飛び込んできた。

（そうか、わかったぞ！）

五枚のアルカナを並べ終わった賢治は、心の中で叫んでいた。

《Devil》、《Moon》、《Tower》、《Justice》、《Death》
最初から二文字ずつを選べば、De、Mo、To、Judeと読めるではないか。

（出本、ジュードが、もう一つの《解》だ）

ジュードが、ユダの英語読みであるのは、言うまでもない。

十二使徒（じゅうにしと）が揃った最後の晩餐（ばんさん）の場で、イスカリオテのユダはイエス・キリストに裏切りを予告される。新約聖書の有名な記述から、ユダは裏切り者の代名詞となっている。疫学研究所に火を放った裏切り者は、出本陽之介医師に間違いあるまい。

――一つだけ、豫想もしない出來事がありました。最勝寺薫子さんの消息です。薫子さんの住居に葉書を出してもまつたくや梨の礫なので、僕は訪ねてみました。

すると、どうでせう。母方の叔母の家と言つてゐた名簿の住所地に建つのは、薄汚い貸家でした。然も空き家なのです。裏に住む家主は、最勝寺さんと云ふ若いご婦人の借主は先日、引つ越しました、轉居先は知らぬと云ふ許りで埒が開きません。

仕方なく僕は、帝國女子醫專にも行つてみました。

其処では、更に驚くべき事實が待つてゐました。

雪ヶ谷幸之介醫師の妹、雪ヶ谷薫子さんは、慥かに過去に在籍する女子醫學生でした。更に、母方の姓も最勝寺で間違ひありません。ですが、一昨年の冬に兄の後を追ふやうに結核に斃れてゐたのです。

詰り、昨夏に鷹庭氏の元を訪ねたと云ふ最初から、雪ヶ谷薫子は此の世に存在しないのです。月光號に乘つてゐたあの蒲柳の美女は、薫子さんではあり得ないのです。

薫子さんに就いて、他の七人にも訊いて回りましたが、鷹庭氏始め、誰一人と

して詳しい事情は知らなかつた。月光號の薫子は、謎の女として、探索不能です
——

続く末筆の挨拶を読む心のゆとりはなかった。

賢治は震える手で西洋封筒にナイフを入れた。


——前文お許しくださいませ。此のお手紙を差し上げようか少しく悩みました。併し、宮澤さまだけには本當の事をお傳へし度くてペンを執りました。

私は、薫子さままではありません。

雪ヶ谷先生の妹さまの御名前をお借りして申し譯ないと思つてをります。自分に就いて皆さまにお話しした中で、眞實は女子醫専の生徒であつた事だけです。

雪ヶ谷先生の御手紙は亡くなられた薫子さまから拜借致したものです。

私は、出本陽之介と云ふ男と將來を誓ひ合つてをりました。

出本は四人の志高き醫師達を殺した惡魔の手先です。

卑劣な惡魔が出本であると云ふ事實は、あの晩、一色さまがタロット・カードで、初めてお教へ下さつたのです。

實を申しますと、出本も堂元の手下に殺されました。私が鷹庭さまの許を訪ねましたのも、堂元に對する仇討ちの氣持ちからでした。

一色さまは、私が出本を失つて悲歎に暮れてゐると知り、過去は早く忘れるやうにと仰せになつてゐました。そればかりか、勿體なくも私の如き者を、愛しい、共に生きようとさへも仰いました。

ご自分の力で、一色さまは、出本陽之介が放火犯であり、裏切り者である事實を調べ、愚かな私をお諭し下さつたのだと思ひます。

併し怖れてゐた事實でございました。だからこそ、私は薫子さまの御名前をお借りして、鷹庭さまに近づいたのでございます。

あつてはならぬ其の事實を知つたからには、最早、此の世の中に身の置き處はありませぬ。唯々、四人の方々の安らかな眠りをお祈りするほかはありません。

魂が觸れ合へる宮澤さまとお知り合ひに成れたのが、月光號での幸ひでございました。

銀河を驅け抜ける輕便鐵道のお話、一生忘れません。上梓される日を、北邊の僧院で心待ちにしてをります。

幾久しくお元氣で過ごされます事をお祈り申し上げます。

かしこ

天使の聖母トラピスチヌ修道院、アザリアの赤き花咲く中庭にて

マリイ・テレズ佳代童貞女——

常南電車でタブロイド紙の向こうから現れた薫子……いや、佳代の姿が心の中に蘇った。

手紙の束を手にしてぼんやりとしたままの賢治の身体を、藤の香りを乗せた初夏の薫風がふわりと通り過ぎていった。

【引用】

※1　作詞：C.Tobias・W.Jerome／作曲：L.Shay／日本語詞：伊庭孝

※2　作詞：George Whiting／作曲：Walter Donaldson／日本語詞：堀内敬三

※作中のウェイト版タロット図は、以下のウィキペディア・ページより借用した。

《悪魔》：http://en.wikipedia.org/wiki/The_Devil_(Tarot_card)
《月》：http://en.wikipedia.org/wiki/The_Moon_(Tarot_card)
《塔》：http://en.wikipedia.org/wiki/The_Tower_(Tarot_card)
《正義》：http://en.wikipedia.org/wiki/Justice_(Tarot_card)
《死神》：http://en.wikipedia.org/wiki/Death_(Tarot_card)

以上の図案の出典は、ロンドンのライダー社が一九一〇年に発売したブックレット

「TAROT」である。

ライダー社の書籍は遅くとも一九四〇年代には絶版となった。考案者のアーサー・エドワード・ウェイト（Arthur Edward Waite）は一九四二年に没し、作画者のパメラ・コールマン・スミス（Pamela Colman Smith）は一九五一年に没したため、各図案の日本国に於ける著作権は既に消滅している。

飛行船月光号殺人事件　謎ニモマケズ

一〇〇字書評

切・り・取・り・線

購買動機（新聞、雑誌名を記入するか、あるいは○をつけてください）

□（　　　　　　　）の広告を見て	
□（　　　　　　　）の書評を見て	
□ 知人のすすめで	□ タイトルに惹かれて
□ カバーが良かったから	□ 内容が面白そうだから
□ 好きな作家だから	□ 好きな分野の本だから

・最近、最も感銘を受けた作品名をお書き下さい

・あなたのお好きな作家名をお書き下さい

・その他、ご要望がありましたらお書き下さい

住所	〒				
氏名		職業		年齢	
Eメール	※携帯には配信できません	新刊情報等のメール配信を 希望する・しない			

この本の感想を、編集部までお寄せいただけたらありがたく存じます。今後の企画の参考にさせていただきます。Eメールでも結構です。

いただいた「一〇〇字書評」は、新聞・雑誌等に紹介させていただくことがあります。その場合はお礼として特製図書カードを差し上げます。

前ページの原稿用紙に書評をお書きの上、切り取り、左記までお送り下さい。宛先の住所は不要です。

なお、ご記入いただいたお名前、ご住所等は、書評紹介の事前了解、謝礼のお届けのためだけに利用し、そのほかの目的のために利用することはありません。

〒一〇一・八七〇一
祥伝社文庫編集長　坂口芳和
電話　〇三（三二六五）二〇八〇

祥伝社ホームページの「ブックレビュー」からも、書き込めます。
http://www.shodensha.co.jp/bookreview/

祥伝社文庫

飛行船月光号殺人事件(ひこうせんげっこうごうさつじんじけん)　謎(なぞ)ニモマケズ

平成30年7月20日　初版第1刷発行

著　者　鳴神響一(なるかみきょういち)

発行者　辻　浩明

発行所　祥伝社(しょうでんしゃ)

東京都千代田区神田神保町3-3

〒101-8701

電話　03（3265）2081（販売部）

電話　03（3265）2080（編集部）

電話　03（3265）3622（業務部）

http://www.shodensha.co.jp/

印刷所　萩原印刷

製本所　ナショナル製本

カバーフォーマットデザイン　芥 陽子

ISBN978-4-396-34439-9 C0193